# 母さんは料理がへたすぎる

白石睦月
Mutsuki Shiraishi

ポプラ社

# 母さんは料理がへたすぎる

contents

画　　くまおり純
装丁　bookwall

# 母さんは料理がへたすぎる

僕の名前は山田《やまだ》龍一朗《りゅういちろう》。今春、なんとか志望校に入学できた十五歳。身長一六四センチ（あと十一センチはほしい）、靴のサイズ二四・五センチ（あと二センチはほしい）、最近ハマっていることは、キャラ弁当作り。

「龍一ィ！　化粧ポーチ見なかったぁ？」

「リビングの電話台の上」

ロングTシャツ一枚の下はノーブラの母親が、太もも丸出しでキッチンの前を駆けていく。僕は手の動きを中断させない。タイマーセットしていた炊飯器から、炊きたてのご飯をラップにのせる。ぎゅっと手で握っておにぎりにしていく。具は子持ち昆布。

「おにぃー、とおるのパンダのハンカチはー？」

「いつもの棚。よく探せ」

ボサボサ頭の妹一号は、黄色い幼稚園バッグを引きずりながら、洗面所のほうに歩いていく。僕は白い長丸のおにぎりを三個つくった。今度はデコふりかけを使い、ピンクのおにぎりをつくりはじめる。こっちの具はツナマヨ。

「おにぃー、ほたるのリボンのくつしたはー？」

「まだ洗濯してない。ハート柄で妥協しろ」

こちらも頭バクハツの妹二号は、ぺたんぺたんと河童《かっぱ》みたいな足音をたて、やはり洗面所のほうに去っていく。僕は焼き海苔《のり》にハサミを入れる。サフォーク種のヒツジの顔の形に切り、三枚同じものができたら、ラップをはがした白いおにぎりにくっつける。次はスライスチーズを雲形のクッキー型で三枚抜く。醬油の使い捨てボトルのふたで丸く六枚抜く。そして雲のほうをヒツジの頭の毛に見立て、丸のほうを白目に見立て、小さな黒丸を海苔から切り抜き黒目にしたら、顔ができあがった。

つづいて、ピンクのおにぎりを仕上げていく。こっちはブタだ。メインのピンクの顔に三角のおにぎりをくっつけて耳にする。スライスハムを丸く切って鼻にする（鼻の穴は、つまようじの丸いほうの先を押しつけて表現）。海苔を楕円に切って口にする。スライスチーズを三角に切ってギザギザの歯にする（まず正方形に切り、対角線にハサミを入れると効率良し）。そしてこっちも黒丸の目をつけたらできあがった。ひつじのショーンと、いたずらブタである。

僕はフーと息を吐《は》いた。本日の作品の出来栄えを確認した。ひつじとブタのまわりには甘い玉子焼き、タコさんウインナ、昨晩の残りのきんぴらごぼうとマカロニサラダ、彩《いろど》りとしてミニトマトとキュウリ、デザートはタイムセールでゲットした一個八十円のゴールドキウイ。僕はウムとうなずいた。携帯をかまえて、パシャリと写真に収める。

キッチンの前には、六人掛けのテーブルが置いてある。そこに三人集まっていた。なんとか見られる格好になった母親、危うい手で牛乳をマグカップにそそいでいる妹一号、食パンをポリ袋から取り出してそのままムシャムシャしている妹二号。まだ三号がいない。

「母さん、目玉焼き焼いといて。賞味期限の近い卵から使ってよ。渉《わたる》を起こしてくる」

「ええっ！　龍ちゃんがやってよぉー。代わりに私が起こしてくるから……」

「いや、僕が行く。頼んだからね」

僕はさっさとエプロンを脱ぎ、食卓のイスの背に掛けた。メイク途中で片目だけくっきりしている母親の視線が、助けを求めるようにしつこく追いかけてくる。けど、僕はかまわず二階へ上がっていく。なぜって母親には前科があるから。妹三号を起こしにいったはずが、ふたりして二度寝をむさぼっていたところを、一度や二度ではなく僕の目玉に目撃されている。そんな人に任せていたら、一日が二十五時間に延びたって足りやしない。

「渉、いいかげん起きろって」

三つ子の部屋に入ると、案の定、渉はまだぐっすり寝ていた。多少乱暴にゆさゆさと揺さぶりながら声をかけると、どんぐりまなこがゆっくりと開いていく。三つ子は川の字になって毎日眠っている。透《とおる》や蛍《ほたる》のふとんやシーツの乱れようにくらべ、渉は寝相だけはいいので、寝坊魔でもまだ救いがある。僕を見つけると、妹三号はにっこり笑ってこう言った。

「わたる、おとーさんのゆめをみたよ」

そう、と僕は答え、その先の言葉が見つからないので、わざと大きな声を出した。

「ほら、さっさと立つ！」

渉はあくびをしながら立ち上がり、まだ足もとが危なっかしいので、僕と手をつないで階段を下りた。トイレと洗面をすまさせると、渉はそこらへんにあったハンカチと靴下を選んだ。そして僕らがキッチンに戻ると大変なことになっていた。むっとするような油の臭い。僕は眉をひそめた。僕らには父親がいない。三年前に交通事故で死んでしまったから。

「……僕、確か目玉焼きって言ったよね？」

ガスコンロの前で、母親が苦笑いを浮かべていた。手もとのフライパンにはスクランブルエッグ。というか、スクランブルエッグでもない。目玉焼きに失敗して、黄身と白身がまだらにまじりあう、なにかができあがっていた。火の通しすぎで、パッサパサである。もうある意味、スクランブルで間違いなかった。

「だ、だいじょーぶだって！　お腹に入っちゃえばいっしょいっしょ！」

母親はアハハと笑うと、フライ返しでこそぐように、フライパンから玉子を平皿に移した。オムライスの要領で、ケチャップのハート形をその上に描いてみせた。そしてテーブルに持っていくと、さっそく三つ子たちと食べはじめた。どうにか食べられるらしい。みんな表情が渋いけど。

昨晩の残りのコンソメスープは、白菜と玉ねぎがくたくたになって透《す》きとおっている。ふわりと湯気ののぼる琥珀《こはく》色を、僕はスープカップにそそぎ、みんなの前に黙って置いていく。そして僕もイスに腰かけ、トーストをかじり、仕方がないのでケチャップまみれの玉子のカタマリも少しだけかじった。当たり前のようにテレビにアニメが映っている。みんなふうふう、モグモグしている。夏用のいぐさのスリッパが、そろそろ足に冷たい。リビングの棚には父さんの写真が飾ってある。いつも同じメガネをかけ、同じ笑顔で笑っている。テレビの中の時計が七時四十五分をさすころには、スープ鍋の底がきれいに現れていた。

母さんはもう片方の目もくっきり仕上げると、うっすら茶色い髪を後ろでまとめ、パンツスーツに着替えて出勤していった。僕は妹たちに歯みがきをさせ、水色のセーラー服に着替えさせた。八時になったら幼稚園バスが迎えにきた。僕は冷ましておいた弁当を持たせ、次々と送り出していった。

シンとした家の中で、ごうごうと換気扇だけが鳴っている。僕はスイッチを切った。イスの背に掛かったままだったエプロンを、洗濯カゴに放り投げにいく。青いピンストライプのエプロンは、三年前まで父親が使っていたもの。放り投げかけた手を止め、僕はそっとカゴに落とした。そしてモスグリーンのネクタイを締め、ああきょうは卵の特売日だと思いながら、学校へ歩いていった。


二学期が始まり、体育大会も終わり、クラスの勢力図はすっかり決まってきた。ピラミッドの頂点にわかりやすく上り詰めたのは、野球部のホープ率いる集団だろう。まあ、そんなことはどうでもいい。僕の目下の生きる歓《よろこ》びは、となりの席の椿原《つばきはら》さんが、きょうも楽しそうに笑っていてくれることである。

世の中にこんな可愛い子がいるのかと、四月にはじめてこの教室に入った僕は、わが目を疑ったものだ。背中まで伸びたサラサラの黒髪、透きとおるような肌、その頰《ほお》に落ちる長い睫毛《まつげ》の影、さくらんぼの唇、華奢《きゃしゃ》な肩、すらりと伸びた手足……もう挙げだしたらキリがない。ああ可愛すぎる。芸能人やアイドルではない、リアルな世界に存在してくれる奇跡に感謝感激雨あられ。あああ椿原さんのお父さんお母さんありがとうございます。

「なあ、シェフ、なんか甘いもんでも持ってねーの？」

前の席の佐藤《さとう》が振りかえり、哀れそうな声を出して僕の机にもたれかかってきた。

「持ってねーよ。つうか昼食ったばっかりだろ」

僕は辞書で単語を引きながら返事をした。僕のあだ名はシェフだ。一学期末の調理実習で、うっかり本気を出してしまったせいだった。ふだんはふつうに名字で呼ばれているものの、調理実習のときやふと思い出したときにシェフにされる。たとえば、今みたいに小腹が空《す》いたときなんかに。

僕らのクラスは急に五時限目が自習となり、配られた英語のプリントをやっていた。監督を任されたのは新米の女の先生で、教卓のところで、女子ときゃっきゃしながら勉強を見てあげている。そのグループの中に、椿原さんもまざっていた。

「あー、無性にチョコが食いたい。クッキーでもいい。あわよくばアップルパイ。まじでなんもねえの？」

「なんもねえ」

佐藤はまだぶつぶつ言っている。アップルパイ持参で登校する男子高生なんて、どう考えたっておかしいだろうが。と、先生に質問を終えたらしい椿原さんがこちらに戻ってくるのが見えた。心臓がアホみたいにトランポリンしはじめる。

「え、山田くんって、お菓子もつくれちゃうの？」

佐藤のぶつぶつがあまりに大きな独《ひと》り言《ごと》だったからだろう、椿原さんは自分の机に戻るなり僕に話しかけてきた。トランポリンで宇宙まで跳べそうになる。が、ここでへんな間を空《あ》けてはいけないのだ。

「あ、うん、簡単なものならね……」

僕はなんでもないように答えた。口の端が少しだけ引きつっているけど。

「そうなんだー、すごいなー、ねえ、佐藤くんにあげた残りでいいから、今度つくってきたら私にも分けてくれる？」

佐藤にあげるなんて話はまったく出ていない。が、僕は宇宙遊泳中なので、「じゃ近いうちに……」とクールに答え、もうプリントにいそがしいふりをすることしかできなかった。椿原さんが嬉しそうに笑ってくれた。もちろん佐藤はガッツポーズしている。僕はふわふわと漂ったまま、幸せに放課後を迎えた。

それから四日後（四日ぐらい空けたほうがいいと思ったのだ）、僕はアップルパイ持参で登校した。日曜をこれでもかと有効活用し、パイ生地からこねて仕上げた、美しい照りのあるアップルパイ。一番おいしそうなところを、大きくカットして箱に収めた。昼休みに何気ない顔で手渡した。椿原さんのぱっと輝く顔だけでお腹がいっぱいになった。そして佐藤にも、仕方がないので分けてやった。でかい弁当と購買のパンをたいらげたあと、ぺろりとパイも胃袋に入れやがったので、お前は牛かとつっこんだら、キョトンとされた。

僕に料理を仕込んでくれたのは父さんだった。

父さんと母さんは大学の学部は違う同級生で、卒業して二年後に結婚した。さらに一年後に僕が生まれた。同じころ父さんの会社が倒産し、母さんは育児休業をとらずに働きつづけ、必然的に父さんが赤ん坊を育てることになり、そのまま主夫になったそうだ。

正直言って、父さんは世渡り下手だった。潰《つぶ》れた会社だって三十社も面接を受けてようやく雇ってもらえたところだったらしいし、頼まれたら嫌と断れないたちで、地区の班長だって何年も何年も任されっぱなしだったし、バザーで出すクッキーをひと晩で三百枚焼かされたことだってあった。ほんと、ため息が出るほど不器用な人だったのだ。でも、代わりといってはなんだけど、その手だけは見えない羽が生えているみたいに自由だった。とっておきの魔法がかかっていた。

お米は、いちばんはじめに吸わせる水がいちばん大事なんだよ。はじめていっしょにキッチンに立った日、父さんの教えてくれた言葉を今でも僕はおぼえている。おそるおそる、はじめて米を研《と》いだときの、あの水の冷たさも。

三つ子が幼稚園に入ったら、父さんは総菜屋を始めようとしていた。手頃な空き店舗も見つけてきて、不動産屋と契約もすませた後だった。それなのに自動車と接触し、頭の打ちどころが悪く、あっけなく逝ってしまった。

お葬式の日、透も蛍も渉もまだ訳がわからなくて、セレモニーホールを走り回ってはしゃいでいた。母さんはロボットみたいにやるべきことをやっていた。

一周忌と三回忌は、お坊さんを呼んだし親戚の人もうちに呼んだ。それなりに盛大だった。でも、もう七回忌まではなにもしないらしい。場合によっては、七回忌もしないのかもしれない。

三つ子は年長に上がり、僕は高校に入学し、母さんは四十一歳になった。渉は父さんの夢を見たというけれど、僕は父さんの顔がぼんやりしてきている。毎日のようにリビングの写真が目に入るのに、まばたきをしない笑顔はなんとなく見ていられなくて、自分がものすごく薄情なヤツに思えてくる。

あとひと月で学園祭が開かれる。この日ばかりは生徒だけでなく、一般の人たちも自由に校内に入ってこられるそうだ。僕らのクラスは、喫茶店をやることになっていた。

メニューはコーヒーや紅茶などのドリンクと、パンケーキやカレーライスなどの軽食が中心になる予定。けど、デミグラスソースのハンバーグセットとか、ふわふわ玉子のオムライスセットとか、限定二十食ぐらいでやったらいいんじゃないという案も出ている。もちろん、用意するのはシェフの僕なのだが。クラスの話し合いで決まったとき、責任重大だなあと正直及び腰になったけど、調理班には椿原さんも入っている。こうなったら、たとえ五十食でも百食でも僕はがんばろうと思っている。

図書室の丸時計の針が四時半をさした。それを見上げ、僕の心は一瞬引きつる。

放課後の一時間を、僕はいつも窓ぎわの席で過ごしている。そのへんの棚から本を一冊抜き取り、ページをぱらりとめくるけど、視線が向かう先は窓の外だ。

ほんのり黄みを帯びた青空。まっすぐ伸びた飛行機雲。目の粗い生成《きな》りのカーテンが風でふくらみ、壁に床に散らばるひかりの網目がちらちら躍る。全身からよけいな力が抜けていく。ああ、自由だあ、と僕はかみしめる。

でも、タイムリミットはいつも訪れる。一瞬引きつった心にアイロンがけして、僕はイスから立ち上がった。のどかな吹奏楽部の練習曲が僕を留まらせようとする。けど、妹たちを迎えにいかねば。

妹たちは月・水・金は僕が来るまで幼稚園に残っていて、サッカー教室とか英語教室とかで過ごしている。あとの火・木はとなりの家の中山《なかやま》さんが預かってくれている。六十歳ぐらいのおばさんで、父さんを失ってから助けてくれるようになった。そしてきょうも中山さんにお礼を言い、僕は三つ子とぞろぞろとスーパーまで歩いた。基本的に買い出しは週末に母親がすませるのだけど、やっぱり五人で生活しているとそれだけでは厳しい。

お菓子はひとり一個までと決めてある。渉は頓着《とんちゃく》なくすぐ決められるのに、透と蛍がさんざん悩んだせいで、二十分も菓子コーナーで足止めを食らうことになった。特売の卵は忘れずに買った。あと、タイムセールになっていたニンジンと牛乳とサンマなんかも。

「今晩はサンマの塩焼きだぞー」

帰り道、真っ赤な夕日に向かうように先を歩く妹たちに、僕は呼びかけた。すると、ホネがめんどくさーい、と嫌がられた。

「めんどくっさーいオナラくっさーい」

妹たちはケラケラ笑いながら、くさいくさいを連発しはじめた。どうやら幼稚園ではやっているらしい。テンションが上がったせいか、意味不明な歌さえ歌いだす始末。そんな僕らのようすを、道行く人たちが、苦笑しながらチラチラと見て通り過ぎていく。徒歩十分の自宅までが北極ほどに遠い。ああ夕日が目にしみる。くっさーいくっさーい。ああ早くあしたになって椿原さんに会いたい。

学園祭の準備は着々と進んだ。クラスのTシャツもつくった。野球部のホープたちが色やデザインを決め、書道八段という担任によって「絆」の筆文字が背面に入れられた。買い物班は、パンケーキ用のミックス粉やオムライス用のケチャップなどを業務用サイズで買ってきた。装飾班は、きらきらしい看板を段ボールでつくったり窓飾りをカラーセロハンでつくったりした。僕ら調理班は、当日も借りることになっている家庭科室を借り、ひととおりのメニューをこしらえてみた。

お化け屋敷や迷路を制作しているクラスみたいに、夜遅くまで居残ることはなかった。けど、僕の帰りは確実に遅くなっていった。東の空に白い月がのぼっているのを見つけたときは、ひそかに心が弾《はず》んだものだ。その他大勢といっしょだったけど、椿原さんといっしょに下校できた日だってある。

少しのあいだだけだからと了承を得て、妹たちは母さんが迎えにいった。定時でいったん会社を退き、とっぷり日が暮れて僕が帰宅したら、また会社に戻るというパターンだった。

罪悪感がなかったわけじゃない。ただ、母さんはなにも言わなかった。だから、僕はこわいような自由を満喫していた。

電話がかかってきたのは、学園祭前日のこと。

その日は午前授業のみで、午後からの時間はあすの準備のために充《あ》てられた。校内中が大いそがしだった。僕らのクラスも机やイスをセッティングしたり、教室をデコレーションしたり、いよいよ生鮮食品をスーパーまで買いにいったりと、猫の手も借りたいほどだった。あしたは六時に正門が開くので、調理班は朝イチで集合となっていた。けど僕は、デミグラスソースは前日につくっておくことにした。ガスコンロの数に限りがあるし、前売りぶんのハンバーグ券はとっくに売り切れになっていたから。

本格的なデミソースはつくるのに数日かかるし、そんなのはつくったこともないので、僕は父さんのレシピを借りることにした。

玉ねぎ十個をみじん切りにし、バターで炒め、小麦粉をふりかけ、ホールトマトを加えてまぜ、中濃ソース、コンソメの素、醤油、甜菜糖《てんさいとう》、赤ワインで味つけし、二リットルの水をそそいだらコトコト一時間以上煮ていく。鍋底がこげつかないよう、ときどき木べらでぐるりとかきまぜるのを忘れてはいけない。

僕は家から持ってきたレシピノートを手に取った。父さんの小さな字がびっしりならんでいる。トマトやフライパンや牛や豚のへたなイラストまで添えてある。僕はそろそろと文字をなぞってみた。そして木べらを一回ぐるり。父さんの残したものがこうして形となり、たくさんの人に届けることができる。そのことが、素直に嬉しかった。

電話がかかってきたのは、そのときだ。

「あんた、今どこにいるのっ！」

耳に当てないでも聞こえるほどの大声が、携帯電話からほとばしった。母親からだった。家庭科室にいた数人の調理班メンバーが、びっくりして僕のほうに振りかえる。壁時計はまだ六時過ぎ。いきなり怒鳴られる理由がわからなかった。せっかくいい気分だったのに と、僕はつい苦々しい声を出した。

「……学校だけど、なに？」

「なにじゃないでしょ！　妹たちは？　きょうは出張で帰りが遅くなるから、必ず迎えにいくようにって頼んだわよね？」

僕は息をのんだ。その通りだった。

「幼稚園から電話があったの。すぐ行って」

僕はクツクツしているソースの表面を見て、あと少しだけ、と言いかけて遮《さえぎ》られた。

「蛍が熱を出したのよ。だから中山さんには頼めない。お願いしたからね」

最後のほうは声がかすれて、そこで電話は切れた。ただならぬ雰囲気を察してか、調理班のメンバーはシンとしている。僕はエプロンを脱いだ。とろりとするまであと四十分は煮るように言い含めて、鞄をもぎ取るようにして、家庭科室を飛びだした。

僕はなにをやっているんだろう。こんな気持ちになるために、三年もがんばってきたわけじゃない。藍色の夜の中を走った。

蛍の熱は、夜遅くには三十九度を超えた。寒気がして頭も痛いらしく、眠れないと泣くので、迷ったけど解熱鎮痛剤を飲ませた。すると疲労も手伝ってか、ようやく寝息をたてはじめてくれた。風邪がうつらないよう、透と渉は一階の客間に寝かせた。いつもは寝なさいと言ってもなかなか言うことをきかない透も、この日ばかりはおとなしくふとんに入った。そして零時少し前、母さんが帰宅した。僕は蛍の頭にのせるタオルを交換するため、キッチンの冷たい水でしぼっていた。

「……もう龍一も寝なさい。あした早いんでしょ」

母さんはそう言うと、僕からタオルを受け取り、二階に上がっていった。僕は言われるまま自分の部屋に入った。でもベッドに横になっても眠れなかった。そのうち、だんだん夜が白んでくるのがわかった。目を開けると置き時計が五時半をさしていて、僕は床に脱ぎ捨ててあった制服を着て学校に行った。

結果から言うと喫茶店は大繁盛した。フードメニューは完売した。僕はひたすらひき肉をこね、ハンバーグを焼き、デミグラスソースをかけていった。ソースの鍋底は少しこげていたけど、そんなに味に影響はなかった。噂を聞きつけ、校長先生まで食べにきてくれた。シェフシェフと、あだ名で呼ばれてはみんなに褒められた。けど、嬉しいとは思えなかった。テクニックだけでつくった料理が、本当のおいしさを引き出せたわけがないから。

それでも一応役目は果たせたという安堵感はあった。僕はほっとしながら、蛍の好物のミルクゼリーの作り方の手順ばかり、頭の中で追っていた。目の前にあったのはハンバーグやオムライスだったのに。今集中すべきことに集中できず、やるべきことから目をそらし、こんなヤツ、シェフでも兄でもなかった。

真冬がすぐそこまでせまっている。寒さに弱いせいか、僕は食欲がなく身体《からだ》がだるい。

期末考査の試験週間に入り、いつもとちがって放課後の図書室は混んでいる。僕のいつもの席も二日に一回ぐらいは先客がいて、そういう日は早々にあきらめ、早々に妹たちを迎えにいき、こたつに入ってアニメ観賞する妹たちのそばで、数学の問いを解いたりする。

蛍の高熱は、三日もつづいたのだった。不安になりはじめた四日目にようやく下がってきて、さらに二日安静にしていたら、七日目にはすっかり全快してくれた。最近はツインテールの髪型にこだわっている。透はおだんごヘアにでっかいリボン。渉は髪の毛よりも買ってもらったばかりの羊毛のぼうしのフワフワした肌触《はだざわ》りにご執心。

僕らに日常は戻ってきていた。でもあの日以来、母さんとの関係はよそよそしい。

「お母さまが帰ってきたわよー」

玄関から声が聞こえて、リビングの扉が開いた。夜の七時半だ。三つ子が口々におかえりおかえりと雛《ひな》みたいに応える。僕もおかえり、と小さく言う。そして数学の教科書とノートをまとめると、こたつから立ち上がった。

「夕飯、肉じゃがだから。鍋に残ってるのぜんぶ食べていいよ。みそ汁もあたためて。あと、サラダとお浸《ひた》しは冷蔵庫に入ってる」

必要事項を伝えると、僕はリビングを出て、二階の自室に向かいはじめる。「ありがとーテスト勉強がんばってー」の声が追いかけてきて、階段の途中で足が止まる。あの日のことを責められたわけじゃない。話題に出されたことすらない。だからなのか、なんとなく、同じ部屋にいると居たたまれないのだ。

僕には反抗期らしい反抗期がなかった。反抗したい盛りに、うちには反抗できる余裕がなかったから。もちろん、今さら反抗して手間をかけさせたいわけじゃない。でも、転んでしまったのだ。ひたすら前へ前へと走りつづけ、靴ひもが両足ともほどけていることに気づかなかった。それで、とうとう転んでしまった。僕も、母さんも。来春には三つ子たちが小学校に上がる。ようやくひと息つける。僕らは思いのほか疲弊している自分に、相手に気づき、戸惑っているのだ、きっと。

「山田くん、なんか最近元気ないね」

可愛い声がすると思ったら、椿原さんだった。僕も彼女も、ついでに佐藤も放課後のそうじ当番で、女子がホウキで掃いたところを男子がモップで拭いていた。

「えっ、そんなことないよ。全然元気元気」

僕は腕を大きく動かし、モップがけをやってみせた。椿原さんに話しかけられ、実際にわかに元気が出てきていた。一メートル四方ほどの床がピカピカになり、ほらねと顔を上げると、大きく澄んだ瞳がまだ少し心配そうに僕を見つめていた。可愛すぎる。心拍数が五十メートル走ダッシュ後みたいになる。

「よーし、じゃあ、この椿原が山田殿に良きものを進ぜよう」

僕が平常心を保つのに必死になっていると、椿原さんはなぜか武士みたいな口調になって、ついてまいれと僕をうながした。廊下にならぶロッカーの扉を開けると、鞄の中から小さな水玉模様の紙袋を取りだした。

「さあ、遠慮なく受け取るがよい」

中身を確かめ、僕は驚いた。ぽんと渡されたそれは、ハート形のクッキーだったのだ。少し歪《ゆが》んでいたし、厚みが均等でもなかったけど、ハート形。椿原さんは笑っていた。

「きのうの夜ね、テスト勉強に嫌気がさして、気分転換につくっちゃった。友だちにあげるつもりだったんだけど、山田くんにあげるよ」

「い、い、いいの？」

「いいよー、ま、シェフとちがって味は保証できないけどねー」

椿原さんはニヤリと笑った。それから「佐藤くんに見つかると面倒だよ」と、僕にすばやくクッキーをかくすように指示した。もちろんマッハで自分のロッカーにかくした。椿原さんが笑った。僕も笑った。友だちに呼ばれた彼女は教室に戻っていったけど、僕は感動の余韻で、しばらくその場から動けなかった。

もしかして、という気持ちがふくらんでは押し戻される。武士口調もニヤリ笑いも、きっと僕に遠慮させないため。もしかして、もしかして、と誘惑するように歌う蝶々が僕の頭のまわりを飛びまわっていた。その日は図書室も、僕が行くまでいつもの席が空いていた。やっぱり運が向いてきたのかも、と気分よく一時間ほど試験勉強をしたのち、僕は妹たちを連れて家に帰った。

携帯電話の紛失に気づいたのは、夕飯の準備をはじめて間もなくだった。

おなかすいたおなかすいたと騒ぐ雛たちの口にカステラをひと切れずつ与え、キャベツの千切りをしていてふと、椿原さんにちゃんとお礼を言えていないミスに思い至った。僕はあわててメールを送ろうとした。が、携帯がなかった。鞄をひっくり返しても、制服のポケットを裏返しても、どこにもなかった。

図書室だ。真っ青になりかけた矢先、僕は思い出した。あそこで見たのが最後だ。僕はいそいで制服に着替え、ガスレンジに近づいたら一生おやつ抜きだぞと妹たちをきっちり脅し、すぐ戻ると言って学校に向かった。

最終下校時間のせまる校内はシンとしていた。ふだんは運動部であふれているグラウンドも閑散としていた。僕は薄暗い廊下を小走りし、階段を一段飛ばしで三階まで上がり、図書室までやってきた。息を切らしながら、ドアの取っ手に指をかけたとき、ガラス窓越しにまだ残っているふたりの人影が見えた。

椿原さんだった。それと、野球部のホープ。僕の視力は一・五だ。

ふたりは窓ぎわの席にならんで座っていた。小声でおしゃべりをしていた。電灯の消された室内でも、まだ窓ぎわは明るく、線香花火の最後の輝きみたいな夕日だけを頼りに顔を寄せ合っていた。ふたりはなにか食べていた。目を凝らすと、ハート形だとわかった。

ああ、と僕は心の中でうめいた。クッキーだ。とてもきれいにできたハート形。

僕はよろけ、腰が抜けそうになった。が、なんとか踏ん張り、せめて気づかれないように足音をしのばせ、よろよろと廊下を戻っていった。階段を一段一段下りていく。

ああ、僕はなんてバカなんだろう。大バカ者だ。もしかして椿原さんも、なんて、うぬぼれもいいところじゃないか。

一枚の絵のような図書室の風景を思い出す。あまりにもふたりがお似合いで、一ミリもくやしさがこみ上げてこない。くやしくはないけど、でも、視界がゆらゆらしてきて、ぐにゃりと足もとが揺らいだ瞬間、僕は階段を踏み外した。勢いよく落下していく。ドドドドと尻もちをつきつづけ、最後に頭をゴチンとぶつけて、僕は気絶してしまったらしい。

保健室のベッドの上で目を覚ますまで、二時間もの空白があった。

その空白の中で、僕は父さんに会った。

父さんはニコニコして、いらっしゃいませ、とあいさつしてきた。そこはこぢんまりとした、明るくて清潔な店だった。カウンターに所狭しと総菜パックがならび、春菊の白和《しらあ》え（☆）、野菜の炊き合わせ（☆☆）、デミグラスソースのハンバーグ（☆☆☆）などと妙な札が添えてある。総菜店は商店街の一角にあって通りはにぎわっていた。僕が戸惑っていると、父さんがカウンターの内側へと手招きしてきた。そしてそろいの青のピンストライプのエプロンをつけ、いっしょに働くことになった。

客はすぐにやってきた。ひじき煮とエビチリのパックを選ぶと、ほのかに発光する氷砂糖みたいなものを懐《ふところ》から四個取り出し、僕に支払って帰っていった。どうやらこれがお代らしかった。夕げの時間帯なので客は次々にやってきた。総菜のパックはどんどん売れていき、売れ筋のものを、僕と父さんとでつくって補充していった。そして日が暮れるころには材料も尽きてしまった。ああ、きょうは龍一のおかげで儲《もう》かったよ、と父さんは汗をふきふき嬉しそうに笑った。レジの中は、色とりどりの星でいっぱいになっていた。

僕、ここにいてもいいかな。うつむいて尋ねると、父さんはなにも言わず少し笑ったようで、僕の前に熱々のグラタンを置いた。たっぷりのチーズがこんがりキツネ色になっていた。スプーンですくうと、細かく刻んだブロッコリーがたくさん入っていた。僕は驚いて顔を上げた。なぜって今晩、僕がつくろうとしていたものと同じだったから。三つ子のうち透だけブロッコリーが苦手で、でも刻んで食感をごまかせば食べられるようになった。

だから夕飯は鶏肉とブロッコリーのグラタンにしようと準備していたのだ。そう思い出すと、僕は急に家が恋しくなった。でもここには父さんがいる。ちらと父さんの顔色をうかがうと、やっぱり笑っていて、まずはしっかり食べなさいと言い、自分もグラタンを食べた。僕も食べた。絶妙なとろみ加減のホワイトソースは、やっぱり父さんにはかなわなかった。

満腹になった僕は、雲のようなベッドに寝かされた。小さな子のように、頭をなでられた。つらいときはつらいって言っていいんだよ、と父さんがほほえんだ。でも龍一は琴子《ことこ》さんにそっくりだからなあ、とも言って苦笑した。どこが、と反論しかけて、僕は代わりに、父さんはさびしくないのと訊いた。そりゃあさびしいよ、と父さんは当たり前みたいに答えた。けど声は存外明るかった。さびしいけど、僕の料理を待っててくれるお客さんがいるからね、けっこう毎日楽しく暮らしてるよ、そう言うと僕の頭をくしゃくしゃっとなでて、もう寝なさいと肩までふとんを引き上げてくれた。僕は眠りたくなかった。でもまぶたがどんどん重くなってきて、もうここにはいられないことを悟った。父さんの手の感触をおぼえていようと思えば思うほど、眠たくなって、僕の意識は遠のいていった。

目を覚ますと、琴子さんが上から僕をのぞきこんでいた。僕の頭に触れていた手を離すと、ベッドを囲むクリーム色のカーテンを開け、先生息子が目を覚ましました、とかすれた声で叫んだ。

大げさに気絶したわりに、僕は小さなたんこぶをこしらえただけだった。そしてなんと、僕を保健室までかついでくれたのはホープだった。階段の踊り場でのびている僕を発見し、椿原さんといっしょに介抱してくれ、母さんが学校に駆けつけたのを確かめてから下校したらしい。遅くまで残ってくれた保健の先生に何度もお礼を言い、僕は母さんの車に乗ってようやく帰宅した。

妹たちはこたつで爆睡していた。約束どおりガスレンジには近づかず、ただ空腹をこらえきれなかったらしく、白いご飯にふりかけをかけ、魚肉ソーセージと納豆と桃ゼリーとカステラまでひと切れも残さずたいらげたら満たされたようで、それらの残骸が机の上に散らばっていた。とりあえずこのまま寝かせておこうと母親は言い、僕に二階で着替えてくるよううながした。

スウェットに着替えて戻ってくると、母さんがキッチンに立っていた。なにしてるのと尋ねる声がつい裏返り、もうちょいでできるから座っててと背中が答えたので、僕はそわそわしながらも食卓のイスに座って待った。

「はーい、あったかいうちにめしあがれ」

運ばれてきた小鍋のふたを開けると、ふわりと湯気があがった。玉子雑炊だった。案外まともだったので、ひそかにほっとした。母さんが取り皿によそってくれ、僕はちょっと照れくさく、れんげでひと口食べてみた。

瞬間、甘ッ、と脳天がしびれた。頭を打ったせいで味覚がおかしくなったのかと疑い、僕はもうひと口食べてみた。やっぱり甘々だった。しかも甘いだけじゃない。鶏がらスープの素の味と……昆布茶の味……それに生姜《しょうが》のすりおろし……緑色はなんだろうと思っていたけど乾燥パセリが散らしてあるのだと分析できた。塩と砂糖を間違えたというレベル話ではない。これ、味見したんだろうか。玉子雑炊らしきものを僕が呆然と見ていると、向かいのイスに座った母さんが言った。

「龍ちゃん、あした精密検査に行くからね」

「……え、いいって。もう大丈夫だって」

「ダメ。絶対に連れていきます」

母さんの両手がテーブルの上でぎゅっと拳になっていた。その視線の先には、確かめなくても、きっとリビングの父さんの写真がある。僕は黙々とれんげを口に運んだ。

「龍ちゃん……ごめんね」

拳が少しゆるみ、ぽつりと母さんが言った。

「なんていうか……これまで、いろいろと」

後ろでまとめた茶色い髪が、ひと房だけ頬に流れて影を落としている。父さんの言葉がよみがえってくる。つらいときにつらいって言えない人。僕によく似た人。こっちこそ、ごめん。言いたいのに、うまく声に出せなくて、代わりに僕は雑炊をかきこんだ。へんに甘ったるい。お世辞にもおいしいとは言えない。けど、きれいに食べきりたかった。小鍋からおかわりする僕を見て、母さんの口もとはほほえんだけど、目もとには涙がにじんでいる。僕は気づかぬふりをしてガツガツ食べた。おいしくはない。けど、世界一おいしい手料理を。

「あっ、おにい、やっとかえってきたー」

どうにか鍋がカラになったころ、透と蛍が目を覚ましてダイニングに走ってきた。

「おっそーいおそすぎるーふりょー」

僕をはさむようにイスによじ登ってきて、両側からバシバシたたかれる。それで忘れていた打ち身の痛みを思い出し、僕はイテテテと身体をよじった。さすがに母さんが止めてくれたけど、すでにじゅうぶん鬱憤《うっぷん》は晴らしたらしく、妹たちは機嫌よく母さんと手をつないで風呂に行った。が、妹三号がいない。僕はこたつを見にいった。

「おい渉、お前の器《うつわ》のでかさはわかったから。起きろ。風呂入れ」

まだ眠りこけていた渉の肩をトントンすると、ゆっくりと目が開いていった。僕を見つけると、おそーい、とやはりひと言文句を言ったあとで、にっこりと笑った。

「わたるね、おとーさんのゆめをみたよ」

僕も、今度はにっこり笑ってうなずいた。

「うん。僕もね、父さんの夢を見たよ」

そう言うと、渉のどんぐりまなこがキラキラしてきて、両手両足を僕の身体に巻きつけるようにして抱きついてきた。イテテテと声が出そうになったけど、ぐっと飲みこみ、巻きついたままの渉を落とさないように風呂場まで運んだ。そんな僕らを、写真の中の父さんがニコニコと見守っていた。


朝六時半。アラームを止め、僕は一階に下りてゆく。キッチンの小窓はすでに明るい。青いピンストライプのエプロンを締め、ガスレンジのスイッチを押し、きょうも新しい火をおこす。

僕は鰆《さわら》の西京焼きをグリルで焼く。青菜入りの玉子焼きをフライパンで焼く。煮干しでだしを取ったみそ汁の具は、長ネギと特売のとうふと貰《もら》いものの里芋。キャベツとキュウリの浅漬けを軽くしぼる。

例のたんこぶはすっかり治っていた。もちろん精密検査で異常も見つからなかった。僕を助けてくれたホープは、話してみるとけっこういいやつで、椿原さんとお幸せにと嫌みなく言えるぐらいには友だちになっている。

七時を過ぎて、リビングで妹たちがグルグル回っている。汚すからまだ着替えるなと言ったのに、そろいのワンピースをひらひらさせ、ピンク、赤、ブルーのランドセルを背負っている。母さんもバタバタ走り回っている。新しいパンストどこだっけとパンツ丸見えで訊いてくるので、僕は目が腐らないようにうつむき、洗面所の棚の下から二番目と教えた。きょうは小学校の入学式なのだ。炊飯器のふたを開け、僕は赤飯を茶碗によそう。

「ごはんできたぞー」

歓喜の舞がピタリと止んだ。母さんも、ちゃんとスカートをはいて食卓にやってきた。

「はい、いただきまーす」

四人を席につかせ、僕は合掌の音頭をとった。いただきまーすと、声が重なって返ってくる。友だち百人できるかなあと透が言い、百人もいたら大変なだけだと僕は答え、おにい友だち少ないもんねーと蛍が笑い、大人になるってそういうことだと僕は反論し、龍一には佐藤くんっていう親友がいるのよと母親がフォローするも僕はノーコメントで、お赤飯おいしいねえと渉がしみじみ述べるころには、食卓にならんだ皿の中身はほぼ食べつくされていた。よし、と僕は思う。

八時ごろ、ばっちりメイクの母親と三つ子たちは出かけていった。ようやく静かになった家の中で、僕は姿見の前に立った。モスグリーンのネクタイを締める。鏡に映る自分の体形が、去年より少しシャープになっている気がした。写真立ての中の父さんと見くらべてみる。少し、似てきたような気がした。

僕の名前は山田龍一朗。今冬、なんとか大人の階段を一段のぼった十六歳。五十メートル走の自己ベストは七・五秒（あと〇・三秒は縮めたい）、数学のテストの最高得点は七十八点（せめて八十点はとりたい）、将来の夢は、本物のシェフになること。

いってきますと声に出して伝える。靴のひもをぎゅっと結び、僕は学校に向かった。

ないないづくしの女王さま

おそろいのワンピース、おそろいのランドセル、おそろいのエナメルシューズ。カラーはそれぞれちがっても、あたしたちはいっつもいっしょ。

毎日おんなじものを食べて、おんなじ部屋でねむって、おんなじ絵本を読んで、おんなじアニメを見て、おんなじ歌を歌ってる。蛍《ほたる》と渉《わたる》と、あたしはいっつもいっしょ。

「まあ、三人とも、ほんとにそっくりだこと」

幼稚園に入園したとき、先生たちにまじまじと見つめられたっけ。「ごにゅうえんおめでとうございます」と書かれた、おそろいのピンクのリボンをむねにかざって。

キョウミシンシンに見つめられて、あたしは顔がムズムズした。今にも笑いだしそうだった。あたしたちはトクベツ。三つ子っていう、とっておきのワンセット。トクベツってとっても気持ちがよかった。

「あらー、山田《やまだ》さんたち、ほんとにそっくりなのねえ」

今年の春、あたしたちは、小学校に入学した。あたしは一組、蛍は二組、渉は三組。うまくばらけてくれて、あたしは、ひそかにホッとしていた。

放課後、いっしょに下校するために、あたしたちはろうかで待ち合わせ。一組の小松《こまつ》先生、二組の塚本《つかもと》先生、三組の高橋《たかはし》先生が声をかけてきた。三人に見下ろされ、あたしはムズムズした。どこがって、なんていうか、顔も、おなかも、足のうらも、とにかくぜんぶ。

「三つ子なんて、開校以来じゃないかしら」

「いつもいっしょで、心強いわよねえ」

「マンガや映画みたいに、授業を入れかわってたりして」

先生たちは楽しそうにアハハと笑って、じゃあ気をつけて帰ってくださいね、とあたしたちに手をふった。

「さようならー」

答えるあたしたちの声は、みごとにかさなった。シンクロはよくあること。蛍と渉がくすっと笑った。だからあたしも、くすっと笑っておいた。

「きょうのおやつなにかなあ」

「冷蔵庫にマンゴープリンがあったよ」

「戸棚にはどら焼きがかくしてあったよ。おにいのかくし場所ってワンパターンだよね」

「気づかないふりするのも大変だよねえ」

くすくす笑いあってる妹たちの後ろすがたを、あたしはとぼとぼ歩いて追いながら、ちがうのに、とひそかに奥歯をかんだ。

あたしは蛍より二センチも背が高いのに。

渉より二時間もおそくまで起きていられるのに。

ふたりより早くごはんも食べられる。かけっこだって速い。トイレのかべにはってあるアルファベット表もいちばんにおぼえた。顔だってよく見たらそんなににてないと思う。だってあたしだけ左目の横にホクロがある。それにそれに……。

ダメだ。こんなんじゃどうにもならない。自分がいちばんわかってる。

「とおるー、まだー？」

「ごーお、よーん、さーん」

げた箱の前でぼんやりしてたら、すでにくつをはきかえたふたりにせっつかれた。蛍がカウントダウンを始める。あたしはこぼれかけたため息をのみこみ、あわてて赤いラインの入った上ばきをぬいだ。

一年生は五月いっぱいまで、近所の子たちが何人かあつまって、グループになって集団下校する。もちろんあたしたちは三人ワンセットだ。


まずは朝だと思った。

起こされないでも、起きられるようにしてみた。土曜だってそう。

せっかく寝坊できるお休みなのに、もったいないと思わないでもなかった。けど、あたしはあたしになるため、あったかいふとんをエイヤッとけとばした。蛍を起こさないよう、渉は気をつけなくてもあと一、二時間はバクスイだろうけど、そーっと部屋をぬけ出した。階段をおりてすぐの部屋が、おかあさんの寝室。おかあさんはこの春、カチョーにショーシンして、とってもいそがしそう。あたしはよりいっそうつま先立ちになって、そーっと通りぬけた。

リビングのまんなかに立って、家じゅうをぐるっと見回してみる。あたしのセンサーが洗面所のほうにピピッと反応。よし、きょうは洗たくに挑戦してみよう。パジャマはきれいにたたんで洗面所の竹編みのカゴにおさめる。休みだからって、ダラダラとだらしないかっこうでいるのはNG。

あたしはランドリーバスケットから洗たく物を取りだし、洗たく機にポイポイ投げこんでいった。おふろの残り湯をくみあげポンプでジョロジョロうつして、洗たく機の中をいっぱいにしていった。よしよし、ジョウデキ。でも、カンジンの洗剤は棚の高いところにあって、背伸びしただけじゃぜんぜん手が届かない。あたしはダイニングからイスをずるずる引きずってきた。その上に立って、よしよし……とニンマリしかけたところで、手がつるっとすべった。あっ、あっ、と思っているうちに、スローモーションみたいに箱がゆかに落ちていった。でもじっさいはいきおいよく落ちたわけで。ぶわあっと、まっ白い粉が、あっちこっちにとびちった。

「……えええっ、なにごとっ？」

この世の終わりみたいなうらがえった声が、背中のほうから聞こえてきた。おにいだ。だるだるのネズミ色のスウェット上下を着て、洗面所の入口のところでかたまってる。あたしもかたまってる。へんな空気が、むせるほどさわやかなローズの香りがただよう中に、シーンと流れた。

「……とりあえず、かたづけるぞ」

そう言うと、おにいは、あたしをイスからヒョイとかかえあげ、洗面所の入口のところに下ろした。

「ホウキチリトリ」

キッチンのほうを指さされ、あたしはダッシュで取りにいった。おにいは手早く粉洗剤をはきあつめた。いっしょにあつまったホコリをあるていど取りのぞいたら、「もったいねー」と言いながら、ジッパーつきのビニール袋にさらさらと器用に入れていった。それからあたしに視線をうつした。いよいよしかられるのかと、ギュッと身がまえた。けどそうじゃなかった。

「スプーンすりきり一杯」

「……へぇ？」

「今度落としたら、さすがに兄は泣く」

すっかり中身がへった洗剤の箱を、「ほら」とわたされた。あたしはびっくりしながらも両手でしっかり受け取り、言われたとおり、半透明のスプーンで一杯すくって洗たく機に入れた。ドキドキしながら運転ボタンをおすと、ぐるぐると洗たく物が回りはじめた。

そこまですむと、バクダンでも取り上げるように、おにいはあたしの手から洗剤の箱を取りかえした。棚の高い位置にもどしかけて、ちらっとあたしを見てから、棚のいちばん下にしまいなおした。そして肩をぐるぐる回しながら洗面所から出ていった。あたしはなんとなく、ぐるぐるしつづける洗たく機をしばらくながめて、なんとなくため息がこぼれた。

「あれ、きょう仕事なの？」

「うん、きゅうに電話かかってきて。きのう届くはずの商品が取引先に配送されてないんだって。状況たしかめてこなきゃ」

キッチンのほうから、おかあさんの声が聞こえてきた。見にいくと、おかあさんはブラウスのボタンをとめていた。おにいは電子レンジを動かしはじめていた。おかあさんはあたしと入れちがいに洗面所に入って、顔を洗って、長い髪をブラシでとかしはじめた。

おにいはきょうも青いピンストライプのエプロンをしめている。フライパンを火にかけて、冷蔵庫から卵を二個取り出して、流し下のぬか床《どこ》からきゅうりを取り出して、赤とオレンジと黄色のミニトマトはきっちりヘタを取っていく。レンジがチンと鳴る。あったまったご飯をラップの上に広げて冷ましているあいだに、おにいは玉子焼きをつくって、それをまな板の上で冷ましているあいだに、ラップのご飯をギュギュっとにぎって、二個の三角おにぎりをつくった。昨夜の残りの山菜炊きこみご飯だ。

「母さん、これ途中で食べて」

おけしょうを終えたおかあさんに、おにいはお弁当箱を手わたした。あたしが幼稚園のころ使っていた、ウサギの絵のお弁当箱。

「えー、うっそ、うれしー」

おかあさんはパッと笑顔になって、おにいにチューしようとした。けど、おにいが忍者なみの速さでよけたので、つき出されたベージュ色のくちびるは、あたしのほっぺにおし当てられた。そして「いってきまーす」と手をふって、おかあさんは黒いかばんを肩にさげて仕事に行ってしまった。

「透も食う？」

残った山菜ご飯もぜんぶおにぎりにしながら、おにいがたずねてきた。あたしはまた、なんとなく、ため息をつきたいような気持ちだった。けど、気持ちとはウラハラに、おなかはすいていた。おにぎりを一個もらった。

おにいは最近山菜にハマってる。春休みにみんなでドライブして遠出したとき、道の駅に立ち寄って、採《と》れたての山菜をどっさりゲットしてからというもの、すっかりとりつかれてしまったのだ。スーパーやらＪＡやらちっちゃな農産物直売所やら、自転車で回っては、めずらしいものは手に入らないかとがんばってる。

世界のチンミとか、おいしいチョコレートとか、高級なお肉とかじゃなく、山菜ってところがおにいらしい。正直あたしはチョコレートにハマってくれたほうがよかった。でもおかあさんはよろこんでる。おとなになったら、山菜のソボクさというか、味わい深さみたいなものがわかるようになるのだろうか。

おかあさんは、最近、帰りがとてもおそい日がある。そういう夜は、山菜のぞうすいとか、おうどんとかを食べてるみたい。

「はあー、やっぱり旬のものって元気をもらえるわあ」

あたしは、ドアのすきまから見たのだ。真夜中にトイレに起きてきて、おかあさんとおにいが、テーブルで向かいあっているところを。テーブルの上のオレンジ色のあかりだけが、ぼんやりついていた。

「ついに春がきやがったぞー、いっちょやったるかぁーって、山がざわついてるのが伝わってくる」

「山菜はそんなにガツガツしてないと思う」

「あらぁ、自然界ほど、ここぞってときはがっついてるものよ。おおいにギラついてもらわなくっちゃ。おいしいものが食べられなくなっちゃうもの」

おかあさんはウフフと笑って、山菜うどんをすすってた。まだグレーのストライプのブラウスを着ていた。ストッキングとお仕事用のスカートは床にぬぎすててあって、黒いジャージをはいていた。ふうふうしながらおうどんを食べて、夕飯の筑前煮《ちくぜんに》をつまみながら、ちょっとだけ、グラスでお酒を飲んでいた。ふうむ、とおにいはうでをくんでいた。

「俺、きょう山に行ってくるから」

ぼんやり思い出しながら、おにぎりをかじってたら、また四角いフライパンを火にかけていたおにいが言ってきた。やま？

「って、やまんば山？」

「そ。直売所のばあちゃんに教えてもらったんだけど、やまんば山は、けっこういい山菜スポットらしいんだ。シーズンになると、地元の人も山菜採りに入るんだって。だから俺も行ってみようかと」

リビングのゆかには青いナイロンリュックが用意してある。軍手とかカマとか、いろいろつめこまれているのだろう。

やまんば山は、うちからいちばん近い山。車で三十分ほどで行ける。ほんとうの名前はべつにあるけど、ポイ捨て禁止とか山火事注意とか、かんばんに描かれたおばあさんの絵がみょうにこわいから、やまんば山ってよばれてる。春にサクラを見にいくか、秋にモミジを見にいくか、それぐらいしか行かないところなのだけど。

「弁当つくっとくから、昼はそれ食え。日がくれる前には帰ってくるから」

おにいはフライパンを火からおろすと、お弁当箱を四つならべた。玉子焼き、とりのてり焼き、昨晩の残りのおからの煮物とレンコンのきんぴら、カットしたポンカンを手ぎわよくつめていく。もちろん山菜おにぎりも。そして同時に魚焼きグリルでおみそをぬった紅《べに》ジャケを焼いて、おなべで冷蔵庫のあまりものを寄せあつめたスープをつくって、朝ごはんの準備もすすめているのだ。

おにいは、すっかりおにいだけのおにいになれている。くやしくなるからあんまり見たくないのに、やっぱりその手の動きにうっとりしてしまう。あたしは手のひらに残った、水滴だらけのラップを、くしゃっと丸めた。

かべのカレンダーに目がいく。学習教材のふろくでついてきた、カラフルな年間カレンダー。ところどころの日付が赤丸でかこんである。五月は母の日に大きな◯。うちには父の日がないから、そのぶん母の日はトクベツ。

「山菜の女王ってよばれてる、シオデを見つけたいんだよなあ」

スープの煮こみ具合をたしかめつつ、おにいは洗いものも始めている。

「女王？」

「うん。よくおぼえてないんだけど、小学生のころ、父さんと一度見つけたことがあるらしいんだよなあ。やまんば山で。父さんのレシピノートに、リュウと山菜採りにいってゲットって書きそえてあった」

「ふ、う、ん……」

あたしは返事をしながら、みるみるうちに、脳みそのすみっこから、グッドアイディアがムクムク生まれてくるのがわかった。そしてさけんでいた。

「おにぃ！」

「ど、ど、どうした？　きゅうに……」

「あたしもいっしょに行きたい！」

母の日のプレゼントは山菜の女王にしよう！　こんなにピッタリくるものなんて、そうそうあるもんじゃない。肩たたき券も似顔絵も色紙でつくったカーネーションも、そんなのもう子どもっぽい。ぜんっぜんコセイテキじゃない。でもシオデだったら？　きっと日本じゅうであたしだけだ。おかあさんはびっくりして、よろこんで、ほめてくれて、きっとあたしはあたしだけのあたしになれる！

「ずるいー、ふたりでどこ行くのー？」

ふいに蛍の声がとびこんできた。リビングのドアが開いて、目をこすりながら、渉もそばに立っていた。ちょうどお弁当もできあがって、朝ごはんも完成したところだった。まったくなんていい鼻してるんだろう。

やまんば山には、けっきょく四人で出かけることになった。お弁当をリュックにつめて、市内ジュンカンバスに乗って、虫よけスプレーをふきかけて。でもそう簡単にお宝が見つかるはずもなかった。ワラビとかゼンマイとか、あたしたちはビニール袋いっぱいに持ち帰れたけど、女王さまには、半日歩きまわってもお目にかかれなかった。

蛍と渉はくたくたになって、帰りのバスの中でねむりこけていた。あたしはじっと、まどの外のうすぼんやりした、しずんでいくけしきを見つめていた。お日さまとさよならするのが、ずいぶんとおそくなってきてる。

バスが大きくカーブを曲がって、空のはしっこにあらわれた三日月を見つけて思った。だいじょうぶ。まだ時間はある。ぜったい、見つけてみせる。

【シオデ・牛尾菜】

別名、山のアスパラガス。すがたや食感がアスパラににているため。群生しないので、めったに見つけることができない。しかしワラビやウドといっしょに生えていることが多い。草むらや林の中。

採取時期は春。五月から六月にかけて。新芽がおいしく、大きくなるとかたくなる。根もとから折ると簡単にとれる。

ゆでておひたしにしたり、マヨネーズであえたり、てんぷらにしてもよい。

グーグルで出てきた内容は、こんな感じだった。

あたしは先週にひきつづき、今週末も早起きして、魔法びんのお茶やら、昨晩の残りのポテトサラダを食パンでぎゅうぎゅうにしてサンドイッチにしたのやらを、こっそりリュックにつめた。そして蛍や渉が起きだす前に、音をたてないよう、玄関のドアを開けた。

バスの時刻はきのうのうちに調べておいた。おにいからハイシャクしたバスカードにまだお金は残ってるけど、足りなくなったら、きちょうなお年玉の残りを使うつもり。

ツンとつめたい、しめった朝の空気をすいこんだ。きょうもいいお天気。休日七時のバスは空《す》いている。ひとりでバスに乗るのははじめてだ。オトナって感じ。また一歩、あたしだけになれたって感じ。

おにいは学校の用事がいそがしくて、しばらくやまんば山には行けないみたいだ。なぜか文芸部というのに入ってて、たぶんヒマそうとかラクそうとか、そういう理由で入部したんだろうけど、高二になってセンパイになったため、新入部員をあつめなきゃいけないみたい。だからきょうも土曜なのに学校。新入生の歓迎会の準備。きっとお茶がしづくりをたのまれちゃうのだ。それでイキヨウヨウとつくっちゃうのだ。

いいなあ。たよられるって、いいなあ。あたしも早くそんなふうになりたい。一気に百歩ぐらいすすみたい。ぜったい、シオデを見つけなきゃ。

おにいといっしょじゃなくって、結果オーライな気もしてる。だれもあたしがひとりでシオデを探しつづけてるとは知らないから、みごとゲットできたら、サプライズは、ほんとうに最高のサプライズになる。

「おじょうちゃん、ひとり？」

やまんば山の草むらで、顔を上げると、おばあさんがそばに立っていた。手ぬぐいを頭にまき、軍手をはめ、山菜採りの編みカゴをしょってる。きた、とあたしは思った。

「ううん、おとうさんといっしょです」

あたしはのぼってきた遊歩道をふりかえり、いもしないおとうさんを指さした。すんごくドキドキしてるくせに、なんでもないふうによそおって、用意していたセリフを口にする。指先にはちょうどよく、四十才ぐらいの男の人がおさまってくれる。ぽかぽかとあったかい土曜日、やまんば山はお花がどんどんさきはじめて、けっこうにぎわっているのだ。

「学校の課題です。春の草花を探してます」

「あら、そうなのねえ。がんばってねえ」

見知らぬおじさんをちらりと見て、おばあさんは納得したようだった。あたしからはなれていく。子どもがひとりでいたら、話しかけてくる人がいるだろうとは、ソウテイナイだった。だからあたしは、「おとうさん」というワードを使おうと決めてきたのだ。

「おとーさん」

小さく、もう一回口に出してみる。めったに言わないから、のどを通りぬけるとき、なんとなく、ほんのりあまい。

「おとーさん」

さらにもう一回、だれにも聞こえない声で言ってみる。すると今度は、ハッカのあめをなめたみたいに、のどがスーッとして、なんとなく、もうそれ以上は言えなくなった。

気を取りなおし、シオデ探しを再開する。でも探しても探しても見つからない。でもでもおにいの記憶がほんとなら、おとうさんはここでシオデを見つけてるのだ。ウソつきのカタボウをかつがせてるみたいで、さすがにもうしわけない気持ちがあったので、あたしは遊歩道わきのベンチで手早くお昼を食べたあと、さらに山の上に行ってみた。草むらの中に注意深く目玉をはわせて、いっしょうけんめい探しまわった。それでも、きょうも収穫はゼロ。

あたしはつかれきって、大きな切りかぶに腰をおろした。いつケガしたのか、右手の甲がかすり傷で赤くなっていた。

魔法びんの残りのお茶を飲みほし、まわりを見わたしてみた。山菜採りのおじさんもおばさんも、ハイキングの家族づれも、だいたい帰ったあとだ。やまんば山はしずけさを取りもどそうとしていた。やまんばみたいな絵のかんばんが、うすぐらい木々のあいだで、ポッと白く光ったような気がした。そんなわけないのに、あたしはあわてて立ちあがり、どこにそんな元気が残っていたのか、遊歩道をかけおり、よゆうで四時すぎのバスにまにあってしまった。

停留所のベンチでバスを待っていると、こんな時間からやってくる自転車があった。ものすごいいきおいで、アスファルトの道をのぼってくる。

白のTシャツに紺色のジャージを着て、その人は駐車場わきに自転車をとめた。ものすごく髪が短いので、男の人だとばかり思っていた。でも女の子だった。と、ハンシャテキに、あたしは停留所の案内板のウラにかくれた。なぜって雪乃《ゆきの》ちゃんだったから。

雪乃ちゃんは、あたしに気づかなかったみたいで、すぐ遊歩道のおくに走りさっていった。ちょうどバスがやってきて、いそがなくていいのに、あたしはいそいでバスに乗りこんだ。だってサプライズがどこからもれるか、わかったもんじゃないもん。

バスが動きだすと、高校のステッカーのはってある銀色の自転車が遠ざかっていった。雪乃ちゃんは、おにいのおさななじみ。おとなりに住んでいる。去年、ものすごくソフトボールの強い高校にはいって、毎朝一時間半もかけて通っているらしい。近所の土手ぞいの道をひとりで走っているのをよく見かけるし、きっとやまんば山にも自主トレにきたのだ。

かたむき始めた夕日に、自転車の銀色がキラッとかがやく。迷いのない雪乃ちゃんも、雪乃ちゃんだけの雪乃ちゃんになれているのだ、きっと。銀色のきらめきはあたしにはまぶしすぎて目を細めた。

ようやく家に帰りつくと、リビングに蛍と渉がそろっていた。手にハガキのようなものを持っている。

「あたしたちねえ、きょう、お皿をつくってきたのよ」

「文化センターのね、中山さんが通ってる陶芸教室にね、つれてってもらったの」

中山さんは、雪乃ちゃんとは反対側のおとなりに住んでる、やさしいおばあちゃん。幼稚園のころからの仲良しさん。

「たくさんのお茶わんから好きなのえらんで、絵をかいて、ユウヤクをかけたの」

「母の日のお皿だよ。あしたもやってるって。まだ母の日までに焼きあがるって」

「透もつれてってもらったら？」

ふたりが手に持っている紙は、そのお皿の引きかえ券らしかった。あたしはちょっとだけ、ほんとにちょっぴりだけ、グラッときた。でも右手の甲の赤さが目に入った。

「……いい、あたしは、いい」

迷いをたちきるように、あたしは洗面所に入った。じゃぐちから流れでる水が傷口にしみた。

くりしていた。

「えっ、亜里沙《ありさ》ちゃんって、自分だけの部屋があるのっ？」

一年生になって、仲良しになった前の席の亜里沙ちゃんは、あたしのハツゲンに逆にびっくりしていた。

「えっ、当たり前じゃない。だってもう一年生だよ？　透ちゃんはちがうの？」

あ、当たり前なのかぁ……あたしはどう答えていいものやら、こまってしまってうつむいた。だってひとり部屋どころか、あたしは学習机すら持っていなかったから。

「みっつも机を買っちゃったら、部屋がせまくなってしょうがないわ」

メジャーで部屋のすんぽうをササッとはかったあと、おかあさんはそう言って、ササッと決定してしまったのだ。

あたしたちの部屋のつくりつけの棚には、オモチャや絵本やぬいぐるみがあふれてる。クローゼットには三人ぶんのおふとん一式と衣装ケース一式。でも机ひとつなら、いや、つめこめばふたつまでなら置けそうだったのに……。みっつめは、そう、たとえばリビングのはしっこにでも置けばいい。けどもちろん、ケンカのもとになるようなことは、最初からさけてとおるのがわが家のテッソク。

ショッピングセンターに、ランドセルをえらびにいった日、同じフロアで、同じ年らしい子たちが学習机の前ではしゃいでいた。引き出しを開けたり閉めたり、イスに座ったり下りたり、ライトをつけたり消したり。あたしは新聞におりこんであった、ショッピングセンターのチラシを、こっそりポケットに入れていた。どうしたいわけでもなかった。でも持っていたかったのだ。一週間ぐらいして、シワシワになってすててしまった。

一年生になったあたしたちは、リビングやダイニングの机で宿題をしている。帰りの会が終わり、あたしは亜里沙ちゃんと教室を出た。すでに蛍と渉がろうかで待っていた。待ってくれていたのに、しかめっつらになりそうな自分を、どうしたらいいのかわからない。

「ごめん、きょうは亜里沙ちゃんと帰るから……」

あたしのとつぜんのセンゲンに、ふたりはポカンとしたあと、「あ、そう」と蛍が言って渉と行ってしまった。亜里沙ちゃんは少しこまった顔で見守っていた。けどお父さんのテンキンでひっこしてきたばかりで、まんざらでもなさそうだった。ひとりっ子で、まだ友だちが少なくて、このままあそびにおいでよとさそわれた。寄り道してはいけないことになってるけど、まっすぐ家に帰りたくなかった。

亜里沙ちゃんのお部屋は、想像よりはるかにすてきだった。ピンクのイチゴの絵がいっぱいのベッドカバー、出窓のまっしろいフリルのカーテン、それに傷ひとつないピカピカの学習机。

やさしそうなおかあさんがおやつを運んできてくれた。ナッツクッキー、チョコブラウニー、カラフルなマカロン。お花もようのティーカップには、オレンジの香りのする紅茶。おとうさんの出張のおみやげという、トロリとした北海道のチーズタルトはゼッピンだった。おかしは少しずつ、キラキラの宝石みたいにならべられてて、亜里沙ちゃんは少し食べると算数のドリルをとき、また少し食べると学校でのことをあたしに話しかけるのだった。

あいづちを打ちながら、あたしはうちの場合を思いうかべていた。たとえばポテトチップスだ。おやつの時間にビッグサイズをひと袋もらって、バリッと全開にすると、いっせいに三本の手がのびる。できるだけ大きいのを取る。小さいものは二、三枚まとめて取る。残り少なくなってきたら、かけひきが始まる。アンモクのリョウカイで、順番に一枚ずつ取っていって、できるだけ欠けていないのをえらんで、そして蛍も渉もあたしも最後の一枚をねらう。最後の最後のカスさえも指にくっつけて、きれいに食べつくしてしまう。

亜里沙ちゃんのお皿の上には、まだ半分以上もおかしが残っていた。あたしは、なんでだろう、シワシワになってすててしまった、あのチラシを思い出していた。

「いいなあ、亜里沙ちゃんは。ほしいもの、ひとりで、なんでも持ってて……」

宿題がすんだあと、おっきなシルバニアファミリーのおうちであそびながら、あたしはしみじみと言ってしまった。亜里沙ちゃんは持っていたウサギの人形の動きを止めた。そして少しこまったように、そんなことないよ、と笑った。

帰りに、チーズタルトを二個おみやげにもらえた。おかあさんにあげようとすぐ思った。と同時に、かくしておかなきゃとキモにめいじた。そして家に帰りついたとたん、わが家はわが家なのだった。

「うるせえぞっ」

キッチンから、おにいのどなり声がひびいてきた。どなりながら、トントントンっと、高速でキャベツを千切りしていた。蛍と渉がトンカツのお皿をうばいあっているのだった。

こっちのが大きいっ、あたしが食べるっ、とさわいでいた。

「透、おせーぞ」

「う、うん、ごめんなさい」

あたしはすなおにあやまり、二階にかけあがった。チーズタルトはランドセルの中にかくしたまま、トンカツはいちばん小さいのを食べた。夕飯後に三人でおふろに入って、まっさきに上がって、ぬれた髪のままた二階にかけあがって、冷蔵庫の前にイスを引きずっていって、タルトをレジ袋にくるんでいちばん上の段におしこんだ。冷やしたらいっそうおいしいのよ、と亜里沙ちゃんのおかあさんが教えてくれたから。

きっときょうもおかあさんは帰りがおそい。あしたの朝、ちょうどヒエヒエになったころ、あげようと思った。

でも、あまかった。あまあまだ。妹たちの鼻のよさは、ジンジョウではないのだから、もっとくふうしてかくさなければいけなかった。翌朝、蛍と渉がアニメを見ながら、当たり前のようにタルトをほおばっていたのだ。

「ふぇ？　二個しかにゃかったから、とーるはもう食べたんでひょ？」

わなわなしているあたしを、口をモグモグさせながら、渉がふしぎそうに見あげて言った。蛍にいたっては、ごちそうさまーと、すまし顔で口をハンカチでぬぐうしまつ。もうだまるしかなかった。かべのカレンダーに目がいく。あと数日で五月になってしまう。

ゴールデンウィークは、みんなで伊豆《いず》を二泊三日で旅行した。楽しかった。ずっと楽しいまま、帰ってきたくないような気持ちにさえなった。でも連休はあっというまにすぎて、ついに母の日の朝をむかえてしまった。

まだ家族のだれも起きていない。あたしはおもたい足どりで、リュックに食べものをてきとうにつめて、はじめて二日連続でバスに乗った。

蛍と渉が絵をかいたお皿は、きのうできあがってきたらしい。赤いカーネーションのイラストがいっぱいの紙にきれいにつつまれて、クローゼットの下段にかくしてあった。きのうも収穫ゼロだったあたしは、それを見つけて、モヤモヤして、お皿をつくらなかったことを後悔して、そんな自分をふきとばすように、だれよりも早くふとんにもぐりこんだ。

バスにはあたししか乗っていない。十時間以上寝たというのに、まだまだねむい。

シオデを見つけたからって、どうなるっていうんだろう？　そんな考えが頭のすみっこにわいてくる。わいてきては頭をふって、時間になったら動きだすロボットみたいに、あたしはやまんば山をのぼっていった。そしてあっというまにお日さまが真上にのぼってしまった。

もちろん収穫はゼロ。期待なんてしてなかったけど。ううん、ウソ。もしかしたらって気持ちがあったから、あたしは今、こんな気持ちになってる。

あたしの足もとを、働きアリたちがせかせかと横切っている。あたしはかじっていたビスケットの粉を、パラパラとこぼしてやった。思いがけないごちそうに、アリたちはよろこびあって、ひとつぶ残らず巣に持ちかえっていった。

あたしだけのあたしになる？　奇跡的にシオデを見つけられたからって、おかあさんのようにも、おにいのようにも、雪乃ちゃんのようにもなれない。うすうすわかってきてるのに。そういうことじゃないんだって。

それでも、あたしはやまんば山にとどまってるのだ。ビスケットを五枚だけ食べて、まだ探していないほうへと足を向けてしまう。体はだるい。おもい。またどこかで手を切ってる。汗でぬれたTシャツが気持ち悪い。たぶんヤケになってるだけだ。それでも、探すことをやめられない。

おトイレに行きたくなるので、魔法びんのお茶を飲むのはひかえていた。でもやっぱり行きたくなるので、あたしは遊歩道を早歩きで下りて、駐車場そばのトイレに入った。出てくると停留所にバスがとまっていた。いつも乗って帰るバスだった。おばさんたちが乗りこんでいく。あたしはそのようすをじっと見ながら、あたしの足は接着剤でかたまってるかたまってるとサイミンジュツをかけて、バスが動きだすのをじっと待った。ウィンカーを出して、バスはUターンしていく。もう走ってもまにあわないきょりまではなれたところで、あたしはようやくサイミンジュツをといた。遊歩道にもどった。

母の日の夕飯メニューは、手巻きずしだとおにいが言ってたっけ。きっと蛍と渉は手伝っている。スーパーに行ったり、部屋をそうじしたり、テーブルに花をかざったり。あたしはなんにもしてない。やまんば山で手ぶらのからっぽ。肩たたき券でも、おかあさんはよろこんでくれたはず。そんなのさいしょからわかってた。だからこそ泣きそうだった。

気づいたらいつもの遊歩道からはずれていた。道はばがせまく、手すりのロープもないところを歩いていた。まわりの草はのびほうだいで、ざわっと頭の上の葉っぱがざわついて、鳥がけたたましく鳴いてとびたった。ヒューッと冷たい風が、汗のひいた首すじをかすめていく。

あたしはあわててもとの道にもどろうとした。でものぼってきたほうから、ガサガサッと音がした。背より高い草むらのせいで、正体はよく見えない。音は一歩一歩近づいてくる。ま、まさかクマ？　ふいに「ポイ捨て禁止！」のやまんばのかんばんが、なぜか目にとびこんできた。あたしは後ずさった。ク、クマじゃない……！

「ねえ、待ってよ……」

しわがれた低い声。やぶの中から、ぬっと手がのびてきた。

「ぎゃあーっ！」

あたしは全速力で坂道をかけあがった。でももっと速い足音が追いかけてきた。やまんばは超足が速い。ばばあのくせに超タフ。このままじゃ追いつかれる。それで食べられちゃう。三枚のお札でも、やまんばはよだれをたらして、でっかい包丁を持ってて、髪をふりみだして、子どもを頭からバリバリっと……！

ガッと、ついに右の手首をつかまれた。

「ぎゃあーっ！」

あたしは両手両足を力のかぎりジタバタさせ、最後までひっしにテイコウした。でも思ったとおりやまんばは怪力。ああ、意地なんてはるんじゃなかった。さっきのバスに乗ればよかった。おかあさん助けて！　天国のおとうさん助けて！　おにい、蛍、渉……！

「ちょ、ちょっとお、透ちゃんってば。おちついてよ、わたしだって」

……ん？　よくよく聞いてみれば、しわがれても低くもない声だった。聞きおぼえさえあった。あたしはおそるおそる相手の顔をかくにんした。髪の毛はみだれていた。けど、よだれもたらしていないし、包丁も持っていない。

「ゆ、ぎ、の、ぢゃ、ん……？」

「そう、雪乃だよ。こんな時間に、しかもこんなところで、なにしてるの透ちゃん？」

白のTシャツに紺のジャージ。ほんとに雪乃ちゃんだった。全身から力がぬけていく。あたしは地面にへたりこんだ。なみだと鼻水で顔がぐちゃぐちゃになっていた。

「ねえ、だいじょうぶ？　びっくりしたよー、きゅうに逃げるんだもん」

首にまいていたスポーツタオルで、雪乃ちゃんはあたしの鼻水だらけの顔をふいてくれた。雪乃ちゃんの汗のにおいと、うちとおんなじ洗剤の香りに、あたしはますます安心して、ますますぐちゃぐちゃになってしまった。

雪乃ちゃんは、やっぱりやまんば山で自主トレをしているらしい。この道はめったに人が入ってこないから、ひみつのトレーニングコースにしているらしい。きょうも走っていたら、コースに入っていくあたしを見かけて、追いかけてきたらしい。雪乃ちゃんはウェストポーチからポカリを取り出し、キャップをひねってわたしてくれた。あたしはごくり、ごくりとゆっくり飲んだ。いつのまにか空がハチミツ色になりはじめていた。あたしたちは体育座りして、しばらく空を見上げていた。

「それで、透ちゃん、どうしたわけ？」

「うん、シオデがね……母の日の……女王さまで……」

「は？　女王さま？」

「うん、山菜で……アスパラににてて、ずっと探してるんだけど、ぜんぜん見つからなくて、でもおかあさんにあげたくって……」

きっともう五時をすぎてる。幼稚園のころからの決まりで、五時には家に帰っていないといけないのに。おにいはおこるだろうな。おかあさんも心配してるはず。今度はなんのなみだなのか、またじんわり目があつくなってきた。けど、いいかげんあきらめないといけない。そう思って立ちあがったとき、ちょっと待って、と雪乃ちゃんが引きとめてきた。坂道の先を見つめてる。

「ねえ、アスパラって言ったよね？　わたし……見かけたかも。ついてきて！」

そう言った〇・五秒後には、雪乃ちゃんは大またで坂道をのぼっていった。あわててあたしもついていく。くねくねした道を百メートルほどすすんだあと、きゅうに開けた場所に出た。木と木のあいだがぽっかりあいてて、ハチミツ色にとけたお日さまが、風にそよそよしている草むらをそめている。

「ねえねえ、シオデってこれじゃない？」

草むらをひざでどんどん割っていった雪乃ちゃんが、コーフンしたように手まねきした。あたしは雪乃ちゃんの指さす先に目をこらし、あっと声をあげた。

ゆるくカーブした緑色のくきの先に、アスパラガスみたいなもの。ふっくらしたつぼみみたいに実ってる。内側にあるなにかを、だれかを守ってるみたいに、緑色のそうがかさなりあってる。インターネットの画像で何度も何度もかくにんしたのと、おんなじだった。

「シオデッ！」

あたしはピョンッととびはねた。はねると、シオデもゆらゆらっとゆれて、それがうれしくって、もう一度思いっきりとびはねた。雪乃ちゃんが手をあげて、あたしたちはパチッとハイタッチした。

あたり一面というわけにはいかなかったけど、草むらを歩きまわると、ちょこちょこシオデは生えていた。あたしたちは手分けして収穫してまわった。用意していたビニール袋いっぱいというわけにもいかなかったけど、じゅうぶんあつめられて、傷つかないようにそっとリュックにしまった。そしてまっくらになる前に山を下りた。とちゅう何度か出会うかんばんのおばあさんの顔が、なんだかやさしげに見えた。

「バス待ってるより早いから、乗って」

自転車のロックをはずし、雪乃ちゃんが後ろの荷台部分をポンとたたいた。銀色の自転車は、きょうもスポットライトみたいに夕日をあびていた。そのきらめきを目にして、あたしはきゅうに、現実に引きもどされた感じがした。

「ん？　どした？　さすがに六時にはもどらないと」

立ちつくしているあたしを、ふしぎそうに雪乃ちゃんがうながした。あたしはうつむいて、すっかりクセになったため息を、またひとつはいた。

「うん……けっきょく、あたしひとりじゃ、どうにもならなかったなあって」

シオデを見つけたのは雪乃ちゃんだ。あたしじゃない。あたしはただ、幸運をおすそわけしてもらっただけ。あたしは、やっぱり、助けられる側のお子ちゃまなのだ。

雪乃ちゃんはしばらくだまっていた。はげましの言葉でも探してくれているのかと思って、さすがにそれはなさけないと思って、あたしが顔を上げると、雪乃ちゃんは予想外の顔をしていた。ニヤニヤしていたのだ。

「透ちゃん、なっさけないなー」

「……えっ？」

おちこんでいるところに、まさかの追いうち？　さすがにムッとしたら、雪乃ちゃんが白い歯をみせた。

「なさけない、みっともない、やるせない。いいじゃん。それでいいんだよ。さあ乗って」

雪乃ちゃんはよいしょとあたしをかかえあげ、荷台に座らせた。自分のおしりもサドルにのっけた。ペダルをぐっとふみこむと、うすぐらいアスファルトの道に、まっすぐ白い光がのびた。

「しっかりつかまっててよー」

おっきな背中が言ったとたん、自転車は走りだした。どんどんスピードが上がっていく。風を切る音が、耳のすぐそばでピイピイ鳴っている。

「自分にはなんにもない。もどかしくてもがくけど、うまくいかない。でしょ？」

赤信号にひっかかりそうになると、雪乃ちゃんはべつの道へとすばやく方向転換した。まっかに渋滞している車の列の横を、すいすい走りぬけていく。

「わかるわかる、ちょーわかる」

「わかるの？　雪乃ちゃんも？」

「わかるよー、わたしだってぜーんぜん。ないないづくしだもん」

「そんなこと……ないと思うけど……」

また赤信号に出くわした。けど自転車はスピードをゆるめることなく、またべつの道へと入っていく。町じゅうの近道を知りつくしているみたいだ。ミカン色の夕日が、自転車ときょうそうするようについていきて、建物から出たり引っこんだりしている。

「それにさ、透ちゃんがここまでがんばって探しつづけたから、シオデは見つかったわけでしょ。じゅうぶんお手がらだよ。最後にちょびっと力を借りたからってなに？　人生はね、持ちつ持たれつが基本です」

雪乃ちゃんは笑って、笑いながらカーブミラーをかくにんして四つ角を左に曲がり、せまい路地を通りぬけ、つぎの角は右に曲がり、ぶつかりそうになったネコがあわててにげていくと、ごめーんとあやまり、あやまりながらもチカチカしている青信号の横断歩道を走りぬけた。しがみつく背中ごしに心臓の音が聞こえる。

「わたしねえ、ソフトボール部では下っぱのほうなの。去年は球拾いばっかり。でも楽しかったよ。近づいてる感じがして」

「近づく……？」

あたしはくりかえした。心の中で何度も。棒のような足、すり傷だらけの手、汗くさい体、ペコペコのおなか、そして背負ったリュックのおもさ。

「あのね、本当に行きたい場所への近道はないんだよ、こんなふうにはね！」

キイッと自転車のブレーキがかかる。すると、建物のかげにかくれていた夕日が正面にあらわれた。あたしの足を、手を、体じゅうを、きらきらとかがやかせる。

見なれた通りが広がっていた。少し先に、中山さんち、あたしんち、雪乃ちゃんちが順番にならんでいる。そして手前のバス停留所に、なつかしいようなふたりが立っていた。

「あれっ、自転車で帰ってきたー」

蛍と渉だった。ふたりが小走りで近づいてきて、あたしはおどろいて荷台からおりた。地面に足をつくと、思い出したようにふらふらっとした。

「ど、どうしたの、ふたりとも？」

「どうしたのじゃないでしょーが。つぎのバスで帰ってこなかったら、さすがにやまんば山までむかえにいくつもりだったんだから」

「えっ……し、知ってたの？」

「いやいや、むしろ知らないと思ってるほうがすごいんですけど。ねえ、渉？」

「うん、バレバレだったよー。寝言でシオデシオデーって言ってるし」

「おにいは気づいてないけどね」

「うん、そこはおにいだからねー」

「それで？　シオデは見つけられたの？」

あたしはちょっとためらって、雪乃ちゃんを見上げた。するとこっそりウィンクしてきて、代わりに答えてくれた。

「そりゃもちろん！　山田透が本気を出せば、そんなの朝メシ前よ、あっ、夕メシ前か」

「えーっ、すごーいっ、見せて見せて！」

「透はえらいねー、根性あるねー」

「根性っていうかさあ、ここまでくるとシュウネンだよね。ガンコすぎるっていうか、ちょっとコワいんですけど」

　ドクゼツをまきちらしながら、蛍があたしのリュックのチャックに手をかける。そのときボウサイムセンの「ふるさと」のメロディが流れはじめた。四人でいっせいにハッとなる。

「まずい！　せっかく猛スピードで帰ってきたのに！」

　雪乃ちゃんにせきたてられ、あたしたちは家へとダッシュした。雪乃ちゃんも自転車をおして走った。なんだか楽しくなってきたみたいで、蛍と渉がけらけら笑いだした。

「透、やっぱいよー、おにいね、フドウミョウオウみたいな顔になってるから」

「おかあさんは平気だよー。六時ぐらいまで、お出かけしてて、たのんでるからー」

「っていうかさあ、たのむ時点で、サプライズパーティじゃないよね」

　ふたりが元気に前を走っていく。あたしの足は思うように動かない。けど、なんとか玄関先までたどりつけた。ふりかえると、門の前で雪乃ちゃんがにっこり笑っていた。

「透ちゃん、今度試合見にきてよ。ただの練習試合だけど、わたし、はじめて出してもらえることになったんだ」

　ムンッと右うでを曲げ、雪乃ちゃんは力こぶをつくってみせた。日に焼けてまっ黒で、ベリーショートヘアで、手のひらはマメだらけで、女の子っぽいにおいなんてぜんぜんしなくて、しがみついた背中はおにいのよりもたくましかった。でも雪乃ちゃんはとってもキレイ。女王さまみたいに。

「うん！　ぜったい見にいく！」

あたしは大きく手をふって、早く早くとせかす蛍のあとから、家に入った。するとドアのすぐ前で、本当にフドウミョウオウがニオウ立ちしていた。

「おやおやぁ、だれかと思ったら透さんじゃないっすかぁ、お早いお帰りでぇ」

ミョウオウはお説教する気マンマンみたいだった。こしに手を当てて、フテキな笑みをうかべている。はなの穴を大きくふくらませ、息をすいこんだ。でもゼツミョウなタイミングで、おかしのかくし場所をさっさと探しあてられるみたいに、さっさと先回りされちゃうのがおにいのパターン。

「はいはーい、イギありー！」

イケメン俳優が出てる法律ドラマにハマってる蛍が、ビシッと手をあげた。

「いぎありー」

つられて渉も手をあげた。なぜか両手とも。

「あたしたち、もう一年生でーす。だから門限は六時だと思いまーす」

「ふるさとも、まだ鳴り終わってないよー」

「だよねー、っていうか、レディにはいろいろ事情があるんですよねー。真のイイ男は、そういうの、わかってくれると思いまーす」

「そうだそうだー」

「わかんないなら、おにいは一生モテませーん」

「そうだそうだー、ふられっぱなしだー」

言いたいだけ言うと、蛍と渉はスニーカーをぽんぽんっと玄関にぬいだ。笑いながらおにいの横をすりぬけてろうかを走っていく。

「ぱ、ぱ、ぱなし、だとっ……」

おにいは案外ダメージを受けたみたいだ。プルプルふるえてる。ショッキングなところ悪いんだけど、あたしはリュックをおろして、おにいの手を引っぱった。

「ねえ、これ、まだ料理まにあう？」

ドロのついたビニール袋を手わたすと、おにいはけげんそうに受けとった。ところが袋を開くと、びっくりとにっこりがまじったような顔に、みるみる変わっていった。

「ねえ、母の日に、まにあう？」

どんな顔をしてたんだろう。おにいがあたしの頭を、くしゃくしゃっとかきまぜた。

「兄のうで前をナメてもらっちゃこまるぜ」

おにいはニッと笑って、うでまくりをして、力こぶのポーズをとってみせた。やっぱり雪乃ちゃんのほうがたくましかった。もちろんだまってたけど。おにいは青いピンストライプのエプロンをひらひらさせて、「女王すげえマジすげえ」とコーフンしながら、足早にキッチンに入っていった。

「女王ってなんのことかしら。ああ、きっと私のことねえ」

すぐ後ろから声がした。ふりむくヒマもなく、ふわりとつつみこまれる。

「ただいま、とーるっ。あらあら、美人さんがだいなしじゃないのー」

おかあさんのいいにおい。お仕事のときの、きりっと髪の毛をたばねたときの、きりっとした香りも好きだけど、お休みのときのにおいも大好き。おかあさんはあたしをだきしめたまま、ほっぺたについていたらしいドロをぬぐってくれた。おろしたままの長い髪の毛の先が、ほっぺたをふわふわとくすぐって、気持ちよかった。

「ねえ、ひさしぶりに、いっしょにおフロ入りましょうよ」

おかあさんはそう言うと、あたしをだっこして、おフロへまっしぐら。蛍と渉もいっしょに入ると、さすがにもう湯ぶねはギュウギュウだった。

ふたりが体を洗っているあいだ、あたしとおかあさんはお湯につかった。おかあさんのおなかをそっと見ると、はだがデコボコして、白っぽい線が何本もうっすらとある。ニンシン線っていうらしい。前に教えてもらった。蛍と渉はシャンプーであわだてた髪を、一本、二本とツノにしてあそんでる。頭からジャバジャバお湯をあびているふたりを、ニンシン線を見つめるときと同じように、あたしはしばらく見つめていた。

おフロからあがると、パーティの準備はすっかりととのっていた。具だくさんの手巻きずし、からあげ、車エビのうま煮（おかあさんの好物）、ミートボール、タケノコとフキの煮物（おかあさんの好物）、フライドポテト、デザートにはブルーベリーヨーグルトケーキ（おかあさんもあたしたちも大好き、ホットケーキミックスにまぜて焼くだけなのにすんごくおいしい）、キンキンに冷えたビール（おかあさんの大好物、週末のおとも、五百ミリリットル缶）、そしてシオデが三品。

「おかあさんおかあさん、このお皿ね、あたしたちがつくったんだよー」

シオデ三品がもられているお茶わんみっつを、渉が順々に指さして言った。青いクマの絵、黄色いネコの絵、ピンクのウサギの絵がそれぞれ描いてある。それぞれ渉、蛍、あたしの、幼稚園のときロッカーやお道具箱に目印としてはってあったシールの動物たちだ。動物たちのまわりには、お花やお星さまやハートや水玉がびっしりちりばめられている。

「おかあさん、透のウサギの絵がいまいちだけど、なかなかのデキバエでしょ？」

蛍がウフン、とわざとらしくせきばらいして言った。ハッとするあたしと、わざと目を合わさない。あたしのぶんも用意してくれていたのだ。万が一シオデが見つからなかったときのために、万が一っていうか九十九・九九九……パーセントはむりそうだったのだから、そのときのために、あたしのぶんの母の日のプレゼントも。

クマにはおひたし、ネコにはマヨネーズあえ、ウサギにはてんぷら。おそろいのお茶わんに、それぞれちがったシオデの料理。

「うわー、かわいい、すっごくじょうず。ありがとう、三人とも」

おかあさんは目じりにしわをよせ、あたしたちをだきよせ、チュッチュッチュッチュッとキスをした。おでことおでこがくっつきそうなきょりで、蛍と渉がニヤニヤしていた。

「よぉし！　龍一！　きょうは飲むぞ！　ビールビール！　シャクをせいシャクを！」

おかあさんはキンキンに冷えたグラスを手にすると、おにいのほうにグイッとつきだした。へいへい、とおにいは缶ビールのプルタブを開けてそそいでいく。そしていつものように、おにいの号令のもと、「いただきまーす」と全員でがっしょうした。もちろんおかあさんはビールを一気飲み。あたしたちはコーラでかんぱいした。

シオデは、クセがなくって、とってもおいしかった。けど、なんでだろう、ほろにがいような、おとなの味がした。

あたしの記憶は、これから先があいまいである。おかあさんがシオデをつまみながら、缶ビールの二本目をあけたあたりまではおぼえてる。おなかがペコペコで、手巻きずしの三本目を半分まで食べたところで、ウトウトがペコペコを追いぬいてしまった。気づいたら、ふとんの上だった。

部屋はほんのりと明るかった。カーテンのすきまから、新しい光がさしこんでいた。川の字の二本目と三本目のところに、蛍と渉が寝ていた。あたしはふたりの寝顔を、ぼんやりした目でながめた。やっぱりあたしたちはにている。でもそれがイヤじゃなくなっていた。

ふたりの寝息を聞いてたら、またまぶたがおもくなってきた。つぎに目がさめたら、きのうのお礼を言おうと思った。いや、やっぱりそんなの必要ないかな。やっぱりだまってることにした。

半分ねむっている耳に、階段をおりていくしずかな足音が伝わってきた。きっとおにいだ。朝ごはんの準備のために起きたのだろう。けさはパンかな。ピザトーストかホットサンドがいいな。まぶたがどんどんおもくなって、もう目を開けていられない。

つぎに目がさめたら、あたしは一日ぶん、新しいあたしになっている。そしてきっと近づいている。少しずつでいいから、近づいていこう。

あたしは遠ざかる足音を聞きながら、ゴクジョウの二度寝におちていった。

# 待ちぼうけの幸せ

「コロッケひとーつ、くださるかしらん？」

キッチンハープのドアベルがちりんと鳴った。顔を上げると、涉《わたる》が陳列ケースの前に立っていた。ケースの中にはコロッケ、メンチカツ、アジフライ、はかり売りの高野豆腐の含め煮、春菊の白和《しらあ》え、カボチャサラダなどなど。僕は丁寧におじぎをして言った。

「いらっしゃいませ、お嬢さま」

すると、涉がちがうちがう、と諭《さと》すように首を振った。

「おとーさん、きょうはマダムだよ」

「あ、そうなの……えーと、じゃあマダム、コロッケはお持ち帰りですか。それとも店内でお召しあがりですか」

僕が言いなおすと、涉はみょうに鼻にかかった声を出して、マダムの演技に戻った。身体をクネクネさせて、ケースの前を行ったり来たりしている。

「そうだわねぇ、こちらでいただこうかしらん。あと、あたくし、クリームソーダもほしくってよ」

「ハイハイ、かしこまりました」

数日前に来たときは、お嬢さまだったのだ。しかし、今夜はマダムごっこらしい。娘はまだクネクネしている。ウフンウフンとのどを鳴らしている。そういうのが、涉の中のマダムのイメージらしい。僕はふきだしそうになりながら、冷蔵庫を開け、新しくコロッケを油で揚げはじめた。そのあいだにメロンソーダをグラスにそそぎ、バニラアイスとさくらんぼを氷の上に浮かべた。

こちらの世界で念願だった総菜店を始めて三年余り。常連客もつき、売上もそこそこ、なんとか軌道に乗ったので、僕は今年から店内でも食事ができるように内装をつくりかえた。とはいっても、店の隅っこに、三畳ほどのスペースをぎりぎり確保しただけなのだけど。そこに長机二台と、イス六脚を押しこむようにならべている。

夕飯時のあわただしさを乗りこえた店内に、お客さんはちらほらとしかいない。今夜はタニさんがやってきている。長机の端っこで、日替わりの八宝菜《はっぽうさい》定食に、静かに箸を運んでくれている。彼が来店したあと、すぐにべつのお客さんも定食目当てで数組やってきた。ところが先客がタニさんだと知ると、適当に持ち帰りの総菜を選んで帰ってしまった。

タニさんと出会ったのは昨年末。今にも雪が降りだしそうな、灰白色の半透明な午後だった。北風が肌を刺し、行き交う人々はみんな足早で、襟元をかきあわせていた。

僕はその前夜に、龍一朗《りゅういちろう》と会っていた。三年ぶりの息子だった。三年ぶりにいっしょにキッチンに立てた。いっしょに食事がとれた。まだ十六歳で、がんばりすぎて転んでしまった息子に、たったひと晩でも手を貸すことができた。それなのに目の前から消えてしまった。もちろんわかっていたことだった。僕が寝顔を見つめているうちに、眠りが深くなった合図のように、わかってはいたけど、氷がとけるようにすうっと、あちらの世界に戻ってしまった。

だから僕は川に行ったのだった。前に来たのは琴子《ことこ》さんの誕生日だった。向こう岸はいつもかすんでいて見えない。蛙《かえる》が鳴いていた。姿は見えないけれど、この世界ではいつも蛙が、蛙のような声が聞こえてくる。

タニさんはというと、川べりに腰を下ろしていた。僕は向こう岸ばかり視界に入れていたせいで、ぬかるみに足を取られ、マンガみたいにハデに転んでしまった。みごとに運動靴はずぶぬれ。尻もちをついた状態で、やれやれと横を向いたら、釣り糸を川面に垂らしたタニさんと目が合ったのだった。

そのへんの棒切れに糸をくくりつけたような釣り竿で、魚が釣れているとは思えなかった。雪がひらりと僕とタニさんの頰《ほお》をかすめた。タニさんは小さな火を起こしていた。じんじんと足の指先が真っ赤にしびれ、僕は火にあたらせてもらった。小腹が空《す》いたらインスタントラーメンでも食べるような、アルミの小鍋が網の上にのっていて、しゅんしゅんとお湯が沸いていていた。僕はポタポタしずくの垂れる靴下をしぼった。そのへんの棒切れに運動靴を片方ずつつっこみ、地面につきさして乾かした。葦原《あしはら》にも粉雪は無数に降りそそいでいた。僕らのような物好きは、どこまで見渡しても、ほかにはだれもいなかった。

「おじさま、ごきげんうるわしゅう～」

いつのまにか渉がタニさんのとなりのイスに座っていた。タニさんはちらと渉を見たあと、また静かに、頑丈そうな顎《あご》で咀嚼《そしゃく》をつづけた。僕は揚げたてのコロッケとクリームソーダを盆にのせて運んでいった。雨が降っていた。窓ガラスの向こうの暗がりに、外灯の白さを受けた雨が、銀の針のように浮かびあがっていた。

「マダム、きょう学校はどうでしたか？」

「そうだわねえ。ああ、音楽の授業で、たなばたさまを習いましたわぁ」

「そうかあ、もうすぐ七夕ですもんねえ」

「よかったら、歌ってさし、さし、さしあげ？　あーもういいや、おとーさん、歌ってあげるねっ」

そう言うと、渉はクリームソーダ用の柄《え》の長いスプーンをマイク代わりに、手ぶりを加えながら熱唱しはじめた。ささのはさーらさらー、のきばにゆーれーるー。

渉は頻繁にこちらの世界に渡ってくる。バランスを崩し、一時的に生じた心の隙間から入りこんできた龍一朗とはちがうのだ。きっとあの子はもう現れない。そのほうがいいのだけれど。

渉は僕が生きていたころからよく眠る子だった。熟睡するとピクリとも動かない子だった。眠りの才能が関係しているのかどうかはわからないけれど、どうやら渉は夢を通じて、こちらの世界とあちらの世界を行き来しているらしい。透《とおる》や蛍《ほたる》にはできなくて、なぜ渉にだけ可能なのかもわからない。ただわかっているのは、この子を長くはここにいさせてはいけないということ。

おーほしさーまーきーらきらー、そらからみーてーるー。お節介にも、時計の役割を買って出るように、クリームソーダの氷がとけてカランと音をたてた。

「ごちそーさまでしたー」

渉がコロッケとクリームソーダをたいらげ、合掌したのと同じタイミングで、タニさんが席から立ちあがった。いつ顔を合わせても同じカーキ色のズボンをはいている。そのポケットから、星のかけらのようなこちらのお金を三個取り出し、長机の上に置いた。

「毎度ありがとうございます」

僕が笑っても、タニさんはめったに笑わない。

「……ああ」

わざわざのどの奥ですりつぶしてから出したような声で、返事をしてくれるだけ。ドアから出ていく前に、ちらとまた渉を見てから、タニさんは帰っていった。もちろん雨にぬれるのもいとわない。前に一度、傘を貸しましょうかと尋ねたら、なんともいえない顔で無視されてしまった。

「さあ、店じまいにしようか」

渉はハーイと手をあげ、僕といっしょにカウンターの奥のキッチンに入った。閉店三十分前になったら、余った総菜を何種類かまとめてパックに詰め、お買い得品として売りに出すことにしている。僕らはおそろいのエプロンをつけ、できるだけ彩《いろど》りとバランスがよくなるよう、お弁当をつくっていった。パックは数えられる程度しかできない。けど近所のお年寄りたちがひとり、ふたりと、毎晩のように買いにきてくれる。当たり前だけど、こちらの人口構成の大半はお年寄りが占めている。そしてきょうもお弁当はほぼ売りつくせた。僕はキッチンハープのドアに鍵をかけ、灯りを落とした。

キッチンに戻ると渉がウトウトしていた。イスの背にもたれかかり、両手がだらんと伸びている。僕は娘を抱っこして寝室に連れていった。僕のベッドに下ろし、そっと頭をなでた。おとうさんまたねと言うように、渉はゆっくりまぶたを開けた。二、三度まばたきをしたあと、龍一のときと同じように、すうっと僕の手の中から消えてしまった。今夜も蛙が鳴いている。

風呂に入ってくるかと、僕はシャツのボタンに手をかけた。が、やっぱり思いなおし、ベッドに横になった。ゆっくり二、三度まばたきをしてみる。変わらず蛙が鳴きつづけていた。僕はため息もなく起きあがり、いったんキッチンに戻って、青いピンストライプのエプロン二枚をつかみ、洗濯カゴに入れにいった。

商店街の組合長の呼びかけで、七夕祭りを開催することになった。それぞれの店で七夕メニューや商品を考え、お客さんにスタンプラリー方式で店舗をめぐってもらうというものだ。ドリンクサービスや一個おまけサービスなどを提供して、全店舗制覇できたら商品券プレゼントという企画である。

キッチンハープでは、夏野菜たっぷりのそうめんを出すことに決めた。トマト、きゅうり、おくら、ミョウガ、アボカド、鶏のささ身、錦糸卵《きんしたまご》を麺の上に彩りよくのせ、ごま油をほんの少し回しかけ、すだちを搾《しぼ》った特製の甘酸っぱいめんつゆをぶっかけて食べてもらう。七夕料理といえばそうめんだ。七月七日にそうめんを食べると、大病にかからないという謂《いわ》れがある。この世界の住人が、今さら健康を気にするのもへんな話だけど、叶えたい願いがあるのはどこにいても同じ。

僕は大きな笹を手に入れた。そうめんセットを注文してくれたお客さんに、一枚ずつ短《たん》冊《ざく》を手渡した。七夕飾りといえば、この笹飾りが一般的だけど、昔は季節の野菜や果物といっしょにそうめんもお供えしていたらしい。閉店間際にやってくるお年寄りたちに教えてもらった話だ。七夕は五節句のうちのひとつで、季節の変わり目に体調を崩さないように、旬の食べものからエネルギーをもらって邪気をはらうのだという。そして祈るのだ。願いが叶いますように、と。

「ムサシ！　ウケるんですけど！」

イートインコーナーから、どっと笑いが起こった。僕はねぎまとつくね三本ずつを長机に持っていった。そのとき名前を訊かれたのだ。答えたら、女の子三人が、炭酸の泡が弾《はじ》けるように笑いはじめたのだった。

「マスター、まじで？　全然似合わないんですけど」

「ムサシって武蔵《むさし》ですよね？　剣豪ムサシミヤモトの武蔵」

「ちょっとみんなー、失礼だよー、そんな笑うことじゃないでしょー」

「そういうあんたも、顔笑ってるっつの！」

またどっと笑いが起こった。女の子たちは二十代後半ぐらいで、それぞれグラスでお酒を飲んでいた。キッチンハープでアルコールは提供していない。例の七夕祭りの一環で、商店街組合長の経営する酒屋で一定額以上を購入したら、それを加盟店舗に持ちこんでもOKという夏季限定のコラボ企画のためだった。もちろんうちでも一定額以上食べてもらう。席が空《あ》いていれば予約も必要ない。チョイ飲みしたい女子会にはぴったりらしく、女の子たちはゴメンナサイと僕に謝りながらも、ほんのり赤い顔でまだクスクス笑っていた。

そして今夜もタニさんがやってきている。もう一台の長机の隅っこで、しょうが焼き定食を食している。修験者《しゅげんじゃ》のように黙している。十五分ほどですべての器《うつわ》をカラにすると、星を三個置いて去っていった。

また雨が降っていた。ここにも梅雨がある。女の子たちは恋バナで盛りあがっていて、こんな天気だと客足は鈍るだろうと、僕はぼんやり窓の外を眺めながら琴子《ことこ》さんを思っていた。

武蔵という名前は嫌いだった。僕は四人きょうだいの末っ子で、上はすべて姉で、ようやく恵まれた長男誕生に両親祖父母の期待は大きかった。でも完全に名前負けしていた。幼いころ僕は病気がちで、家にばかりいて、どんくさくてスポーツ音痴で、人前に出るのが苦手で、姉たちとけんかしてはいっつも泣かされておしまいだった。

小学校中学校高校と、新学期に自己紹介するのが嫌で嫌でしょうがなかった。だから大学に入っても、コンパになんて参加したくなかった。同学部内ならまだしも、他学部との親睦会なんて意味がわからなかった。でもつきあいが悪いと思われるのもこわくて、バイトが入っていない限り、誘われたら基本的には断らないでいた。そんなイヤイヤ顔を出した飲み会の席で、琴子さんに出会った夜のことは、そこだけ陽だまりが揺れているみたいに記憶の中でまぶしい。

ごちそうさまでしたぁ、と三人組はごきげんに千鳥足《ちどりあし》で帰っていった。僕は代金と短冊を受け取った。ピンクの短冊には「家族が健康でいられますように」、黄色の短冊には「家族が幸せでありますように」、ブルーの短冊には「家族が長生きできますように」としたためてあった。僕はそれらを笹のできるだけ高い位置に結んだ。いっそう高く蛙が鳴きはじめた。

武蔵って名前、いいと思うよ。

僕と琴子さんが再会したのは、飲み会の翌日のことだった。偶然同じ授業をとっていて、一コマ目で、昨夜いっしょに飲んだ仲間は当たり前のようにだれも寝過ごしていて、僕らだけが講義室の前でばったりと会ったのだった。なんとなく、となり合って座った。そして、そっと差し出されたルーズリーフの切れ端に、僕は驚かされたのだ。

武蔵って名前、いいと思うよ。きのうはみんながいたから、なんとなく言えなかった、ゴメンね。

すらりとした楷書《かいしょ》で、そうつづられていた。琴子さんの長い睫毛《まつげ》は、ずっと教壇のほうに向けられていた。でも、ツンと形のいい快活そうな顎は笑っていた。僕はなにも言いかえせなかった。かえすがえす思い出しても情けない。それでも僕らは、必然的とはいえ、毎週同じ曜日同じ時間に会うようになった。もちろん、つきあうようになるのはずっと先の話だ。

武蔵って名前、いいと思うよ。

ルーズリーフの切れ端は、僕の定期入れの中で、つねに春のようにやさしかった。

ときおり渉は昼間にもやってくる。おそらく、休日の午睡をたっぷり愉《たの》しんでいるのだろう。まさか授業中の居眠りじゃないといいのだけれど。

日中に現れてくれると、夜とはまたちがった楽しみがある。キッチンハープはランチ時と夕飯時に合わせて店を開けていて、その合間は仕込み作業もかねて休憩としている。ところが渉が遊びにやってくると、僕は仕込み作業もそこそこに切りあげ、さっさとエプロンを脱いで出かけてしまう。そしてふたりで公園の砂場でお城をつくったり、なわとびをしたり、四つ葉のクローバーを探したり、お人形ごっこをしたり、かくれんぼをしたりして過ごすのだ。

梅雨の晴れ間の澄みわたった午後だった。青空の下を楽しみたくて、僕らは手をつないで街を歩いた。

途中、ピンク色の移動販売車とクレープののぼりを見つけた。僕らは顔を見合わせ、迷わずお金を払った。渉は生クリームたっぷりのバナナクレープ。僕も生クリームたっぷりの苺《いちご》クレープ。もちろんチョコレートソースもたんまりと。半分食べたら交換した。のどが渇いたねと次はコンビニに寄って、冷たい紅茶を買って、ついレジの横のチロルチョコにも手が伸びた。僕らはさらにぶらぶらと散歩をつづけた。

スーパー、ファミレス、本屋、家電量販店、衣料品店、クリーニング店、学校に銀行に裁判所に警察署、それにクレープ屋やコンビニだってここにもある。ないのは病院と葬儀屋ぐらいだ。

歩きつづけて僕らは川にたどりついた。この世界の終着点は、どこに向かおうとも川になる。そこから先にはもう行けない。あいかわらず向こう岸はかすんでいた。

「七月七日って、晴れたことないよねー」

笹舟を水面に浮かべながら、ふしぎそうに渉がつぶやいた。肉厚の熊笹《くまざさ》が土手のそこらじゅうに茂り、僕らは笹舟競争をしようとしていた。

「梅雨の盛りだからね。むずかしいよ」

渉の笹舟と頭の位置をそろえ、僕も笹舟を水面に浮かべた。

「よーい、スタート！」

かけ声と同時にふたりとも手を離した。するするとすべるように、小さな二艘《そう》は流れていった。僕らは波にもまれながら、それらを目で追った。川の深いところまで日光が降りそそいでいた。水底で太陽がゆらゆらとダンスをして、大小さまざまな石に薄青い網目模様を施《ほどこ》していた。

「じゃ、きっと今年も、織姫《おりひめ》さまと彦星《ひこぼし》さまは会えないんだね。かわいそうだね」

「うん……」

「七夕じゃない日に、会えるようにすればいいのにね」

「まあ、それができればいいんだけど」

「おかあさんはね、こないだね、お休みじゃない日におうちにいたよ。ユーキューがたまってるんだって。ユーキューは使わないと消えちゃうんだって。だからお休みじゃない日をお休みにして、あたしが学校から帰ってきたら、リビングで録画した映画を見ながらビールを飲んでたよ。チータラも食べてた。あたしももらったよ。おいしかったよ。ねえ、織姫さまたちもユーキューしちゃえばいいのにねえ。七夕じゃない日を七夕にすればいいのに」

「うん、そのとおりだね」

僕はクックと笑った。リビングのソファの上であぐらをかく琴子さんの姿が目に浮かんできた。彼女におつまみをつくってあげていた昔が思い出されてきた。おろし厚揚げ、アボカドのチーズ焼き、ピーマンの味噌炒め、アスパラベーコン、キムチ冷奴《ひややっこ》、きゅうりの梅肉和え……どれもこれもみごとな食べっぷりだったっけ。つくづくつくりがいのある胃袋の持ち主だった。今はどれもこれも、龍一朗の仕事になっているにちがいない。僕は自分の右手をなつかしく見下ろし、何度も握ったり開いたりしてみた。

笹舟はどこまでも流れていく。思いのほか頑丈で、壊れることなく、きゃしゃな身体《からだ》ながらもうまく泳ぎつづけていく。僕はそのゆくえを見守った。岩にぶつかりそうになったり、渦に巻きこまれそうになったり、二艘は離れたりくっついたりを繰りかえしながら、やがてエメラルドの粒のようになって、下流へと押し流されていった。

「ねえ、どっちが勝ったの？」

シャツのすそを引っぱられ、僕は我に返った。

「えーと、どうかな。おとうさんかな」

「ええーっ、なんでよー？　こういうときは子どもにハナを持たせるもんだよー？」

「いやいや、おとうさんの舟がリードしてたし。渉のはもともと形がいびつだったたし。そもそも経験値がちがうし」

「えええーっ、おとーさんってば大人げなーいっ」

「勝負の世界はキビシイのだよ、渉クン。でも、まあ、引き分けってことでいいよ。舟見えなくなったし」

「当たり前だよー！　なんで上から目線なのー？」

　渉はプウッとほっぺたをふくらませた。かと思うと、ケラケラと笑いだした。怒っているフリをして、もう手はつながないっと、プイッと先に立って歩きだした。でもやっぱり五十メートルも行かないうちに振りかえり、ニコニコと右手を掲げてみせた。グリコの誘いだ。僕らはジャンケンをしながら家路についた。

　ジャンケンぽん、アイコでショ、ショ、ショ、ショ。いつまでも同じパーが出るのがうれしかった。僕はパーを出しつづけた。いつまでも留めておきたかった。でもいつかは渉がチョキを出す。出さないといけない。

「ち、よ、こ、れ、い、とっ」

　渉が六歩ぶん、大またで跳んでいった。着地した先で振りかえり、チョキの手をハサミのように動かしてみせた。僕は勝ったり負けたりした。嘘みたいにアイコがつづくと、渉がおもしろそうに笑った。三十分足らずの道のりを一時間以上に延ばし、店の前まで戻ってくると、タニさんがドアの近くに立っていた。

「すみません、今晩は仕込みがちょっと」

　僕が断りかけると、タニさんはちらと渉に視線を移し、一瞬ほほえんだように見え、そしていつもの表情で「そうか」と唇を動かさずに答えると、踵《きびす》を返しかけたので、僕は思わず引き止めてしまっていた。

「あの、パパッとしたものでよければ」

「そうだよー、おじさんお腹空いてるんでしょー？　寄ってきな寄ってきなー」

涉はタニさんのぶ厚い手を取り、ぐいぐい店のほうへうながした。寄ってきな、の語感とリズムが気に入ったみたいで、寄ってきなー寄ってきなーと笑いながら繰りかえし、タニさんを店に入れてしまった。僕はすぐに手を洗って、青いピンストライプのエプロンを締めた。

「おじさんはさ、おとうさんの料理の中で、なにがいちばん好き？　あたしはね、いろいろあるけどね、最近食べたいなーって思うのはロールキャベツかなあ。でもね、最近キャベツが高いの。だからスーパー行っても、おにいは買わないの」

ロールキャベツか。キッチンの外から聞こえてくる声に耳を澄ましつつも、さすがに今からロールキャベツは無理だった。それにしても、わが息子ながら、みごとなる財布のひものしばりっぷり。

僕は冷蔵庫を開けた。卵、鶏肉、玉ねぎ、青ねぎがそろっているのを確認し、なべに湯を沸かして削り節でだしを取った。鶏肉をひと口大に切り、玉ねぎはくし切り、青ねぎは小口切りにし、かつおだし、みりん、しょうゆ、涉がいるので砂糖も少し加えた煮汁で鶏肉に火を通した。平なべで玉ねぎをくたっとなるまで煮たら、あとはひとりぶんずつ卵でとじるだけ。青ねぎと刻みのりを散らせば親子丼はできあがった。ほかほか湯気のあがるどんぶりを、僕は三人ぶん盆にのせておもてまで運んでいった。

「お菓子はね、ひとり百円までなの。おにいに百五十円まで上げてってて、こないだ透と蛍とストライキしたんだけど、びっくりするぐらいムダだったたよ。それでね、今あたしがハマってるのはね、鈴カステラ。ザラザラがいい感じなの。おじさんのブームはなあに？」

タニさんにお菓子のブームなぞあるわけがない。それにしても、わが娘ながら、なかなかシブいお菓子にハマっている。タニさんはもちろん答えられず、でも答えようとしているのか唇が半開きになっていた。ふたりは長机にならんで座っていて、渉のほうに向けられたタニさんの肩やひざには力が入っているようだった。やさしい力み方だった。

「さあ、お待たせしました。タニさん、これは僕らの夕飯のついでなんで、お代はけっこうですよ」

ついそんなことも口をついて出てしまう。僕は渉のとなりに腰かけ、三人で親子丼を食べはじめた。暮れていく淡いオレンジが窓からあふれるほどに明るく店内を染めている。タニさん、渉、僕の身体は、どれも同じように淡い陰影をまとっていた。

ヤマか、じゃあ俺はタニだ。はじめてタニさんと会ったあの日、山田《やまだ》といいますと名のったら、こちらを見もせずに言われてしまったセリフ。こちらを見もせずに、沸かしていた湯で、年季の入ったホーローのマグにインスタントコーヒーを淹《い》れはじめ、ついでのように僕のぶんも淹れてくれたたっけ。

タニさんは、本当はなんという名なのだろう。ここに来るまで、どんなふうに生きてきたのだろう。知れたからってどうなるものでもない。蛙の泣き声とともに、あすにはお互い消えてしまうかもしれない運命なのだから。じゃあなぜ、こんな世界が存在するのだろう。僕らはここで、なにを待たされているのだろうか。

「……うまかった」

タニさんが、ぼそりと言って立ちあがった。渉がきれいに最後のご飯つぶまで食べきったところだった。それを見届けてからのように箸を置き、タニさんはつぶやいたのだ。うまいもまずいも、感想を言われたこと自体がはじめてだった。僕は言葉の通じない外国人のように、十秒ぐらいリアクションが取れずにいた。そのあいだにタニさんは例のズボンのポケットに手を入れ、お代はけっこうだと言ったのに、星を三個取り出していた。

取り出したとき、指先になにかが引っかかって床に落ちた。ズボンやマグと同じように古びたものだった。けれどそれらとはちがい、ひと目で丁寧に扱われていることがわかる品だった。定期入れのような、ふたつ折りの薄い革のケース。

「あ、おじさん、なにか落としたよ」

足もとに落ちたケースを、渉はごくしぜんに拾いあげただけだ。しかし次の瞬間、ケースはもう娘の手にはなかった。バチッと、耳を裂くほどの、火花が散ったかのように、力いっぱいタニさんがひったくったからだ。その反動で渉は尻もちをついた。突き倒される形になった。わざとじゃない。わかっている。タニさんもすぐ後悔の色を目に浮かべた。でも僕は渉の父親なのだ。

「あんた、どういうつもりだ!」

理性とはべつのところから声が出ていた。後悔の上に狼狽《ろうばい》の色が塗り重ねられたのが見て取れた。だけど僕の気持ちも止められない。止められなくて、ガラにもなく肩をいからせて、タニさんをドンと押しのけるようにし、急いで渉を抱き起こした。転んだだけで、キョトンとしていただけだったのに、父親の荒々しい態度を目の当《ま》たりにしたせいか、気持ちが伝染した渉は一気にワアッと泣きだした。

僕は娘を抱っこして寝室に連れていった。ベッドに寝かせて落ちつかせた。胸のあたりをトントンしたら、満腹も手伝ってすぐにウトウトしはじめた。こまかな涙の玉をのせた睫毛をふるわせながら、渉はいつものように、僕の手の中から消えていった。

店に戻ると、タニさんの姿はすでになかった。カラのどんぶりが三杯、机に仲良くならんでいるだけだった。僕は長く、長く、ため息をついた。

その晩から、タニさんはキッチンハープに現れなくなった。渉も現れなくなった。三日待っても、一週間待っても、お嬢さまもマダムも現れなかった。

僕はロールキャベツをつくった。大きな鍋でコトコト、じっくり煮こみながら、これでいいのだと思った。渉がいなくなってもロールキャベツをこしらえ、旬の真っ赤なトマトをふんだんに使い、ちゃんとおいしく仕上げることができた。ためしに店に出してみたら、夏だというのに売れゆきがよく、定番商品にさえなった。僕は毎日毎日元気にキッチンに立った。それでいいと思った。それでいい。

いよいよあすは七夕。もちろん今年の予報も雨。それでも日に日にそうめんセットを注文してくれるお客さんは増えていき、日に日に結わえられる短冊で笹の葉はしなっていった。あの三人娘はすっかり常連さんになっていた。今夜も雨だれが幾筋も窓ガラスを伝い、彼女たちのグラスもごきげんに汗をかいている。

「ねえ、駅前にできたパン屋の店長、もういないんだってよ」

スパークリングワインのグラスをかたむけながら、オリヴィアさんは、残念そうに話しはじめる。

「えーっ、あそこ、半年も経ってなくない？」

同じく琥珀《こはく》色の泡をしゅわしゅわ弾けさせながら、キャメロンさんが、驚きの声をあげる。

「天然酵母と石窯にこだわってて、おいしかったのにねえ。でもおじいちゃんだったし、こればっかりはどうしようもないしねー」

豆あじの南蛮漬けをつまみにしながら、クリスティーナさんは、手酌でワインをつぎ足している。マスターこれ酢のバランスまじ最高、と親指を立ててほめてくれる。追加注文のカリカリポテトを長机まで運んでいき、僕は、どうもありがとうとほほえんだ。

「スイマーになるの、早い人は早いよねえ」

「私の職場にも、三ヶ月ぐらいでいなくなった人いたよ。この差ってなんだろ？　日頃のおこない？　それとも生前？」

「だったらヤバいんですけど。あたし、もう一年以上ここにいるんですけど」

「わたしも一年」

「私一年半」

「……あたし、ほんとはもうすぐ二年」

ポテトを指先でツンツンいじりながら、クリスティーナさんが、ぽつりと白状した。するとオリヴィアさんとキャメロンさんは、パッと顔を見合わせて、次の瞬間どっと笑いだした。

「はあーっ？　そんなビミョーな見栄、超どーでもいいんだけど！」

「そんなんだから、あんた、ジョーブツできないんだっつの！」

ツボにハマったらしく、肩までふるわせている。クリスティーナさん自身も、まじジョーブツしてぇーと笑いだした。

三人は職場が近いらしく、行きつけのデカ盛りランチ店で知り合ったという。もちろん全員名前はニックネームだ。かりそめの場所であるこの世界では、憧れていた名前やウケ狙いの名前を使用する人は珍しくない。このさいクレオパトラでも光源氏《ひかるげんじ》でもいいのだ。いやむしろ、オスカル・フランソワ・ド・ジャルジェぐらい名のったほうが気分もいいってもんだろう。三人は改めてワインで乾杯しはじめた。ひと時の偶然だ。互いに本名は名のりあっていないのだろう。

僕らは川の向こうに行けない。でも時が巡ってきたら、そっと姿を失う。ようやく向こう岸に渡っていけるのだ。川を泳ぐイメージからか、だれが言いだしたのか、そのときの状態はスイマーと呼ばれている。泳ぎきるあいだに、すべてを失うらしい。そしてまっさらになって泣くのだという。蛙がひときわ高く鳴く夜は、多くのスイマーが誕生したことのあらわれ、とこれもだれが言いだしたのか、まことしやかに信じられている。

「ちなみに、マスターはどれぐらいなんですか？」

「じつは僕ねぇ、四年目に突入」

「ええーっ？　マスターがいちばんヤバいんじゃん！」

「うん、そうなんだ。ヤバいよね。業《ごう》の深さがうかがえるよね」

「ゴウって！　発言が重いんですけど！」

「マスター、どんまいっす！」

「でもでも、あたしたちがスイムするまでいてください！　おいしいもの食べるだけがこの楽しみだからっ。ううんパン屋のバカヤロー！」

「そうだそうだバカヤロー！　特製十種のスパイスカレーパン食わせろー！」

「もうちょいいろよバカヤロー！　メロン果汁入りクリームメロンパン食わせろー！」

食べものの記憶はとびぬけて優秀な三人は、次々と思い出のパンの名称を列挙しはじめた。するとそれらが呼び水となり、陳列ケースに売れ残っていた総菜を次々と食べていってくれた。持参のワインボトルも、きれいに一本空《あ》けてしまった。そして閉店時間になると、マスターまたあした来まーすっと手を振って、三人仲良く帰っていった。僕は皿洗いや掃除をすませ、すっかり重くなった笹飾りをおもてに出した。夜空はくもったまま白んでいた。でも雨はいったんやんでいた。

僕は店の軒先に笹飾りを立てかけ、倒れないように茎を麻ひもで柱にくくりつけた。七夕飾りはお供えものをし、六日のうちに立てなければいけない。そしてお供えしたものは翌七日に食べる。お供えものにはご利益があるとされるので、より多くの人と分けあって残さず食べるのだ。僕は店にあるだけのそうめんを持ってきて、湿らないようにジッパー袋に入れ、さらに粉引《こひき》の大皿の上に置き、笹飾りのそばにお供えした。

お客さんに勧めておいて、そういえば自分は短冊を一枚も書いていなかった。僕は苦笑した。願ってはいけないことを願ってしまいそうで、知らず知らずのうちに避けていたのかもしれない。僕はいったん店に戻り、少し考えて一枚書きあげると、そっと笹飾りにつけ加えた。それから散歩に出かけた。最近の習慣だった。

商店街を歩いていくと、うちと同じように、華やかな笹飾りが多くの店先に出してあった。きちんと神さまへの目印になっていた。

個人商店の多くはもう閉まっていた。コンビニやスーパーのそばに来ると、店内の明るさが目にしみた。僕は入店してぐるりとフロアを回り、適当に日用品をひとつ買うと、外に出た。どこへということもなく歩きつづけた。街灯、自動車のライト、家々の灯りが飛び飛びの水たまりにとけ、さまざまな光の波紋となって足もとを照らしてくれた。ラーメンの屋台、小さな焼き鳥屋、チェーン店のうどん屋を入口からのぞいても、見当たらなかった。最後に僕はいつものように川にたどりついた。土手沿いの道に街灯は立っているものの、羽虫を招き寄せるだけで、人探しをするには明るさが不十分すぎた。

「タニさん、いますか」

湿りけに満ちた暗がりが、僕の声のぶんだけ変形し、吸収し、僕の無力さを思い知らせるように、すぐに完全な形に戻った。返ってきたのは蛙の声だけ。さすがにこんな時間にはいはいない。

夜中の散歩を始めてから、僕は一度もタニさんを見つけられていない。もちろん彼の住居は知らない。友人知人、そもそも親しいつながりがあるのか、行きそうな場所好きなものの苦手なもの何歳なのか何年ここにいるのか、なにも知らなかった。お客さんのだれに訊いても、だれも本当のタニさんの顔を知らなかった。

僕が知っているのは彼がきれいに食事をとること。僕と同じように大切な品を持っていること。渉を可愛く思ってくれていること。心を痛めていること。

僕は暗闇と同化している向こう岸を見つめた。蛙が高く鳴いている。まさかタニさんはもういなくなってしまったのだろうか。あの日の彼の表情が思い出される。いや、まだ彼はここに留まっている。

僕は夜空を見上げた。この厚い雲の向こうには、天の川が広がっているのだ。見えなくても確かに。美しく確かに。

琴子さん、僕はどうしたらいいんだろう？　上向いた頰に一滴、冷たいものが落ちてきた。

ああ、琴子さん、いっしょに歩いていると、この最初の一滴に、いつも僕より先に気がついたよね。雨が降ると髪がバクハツしてイヤになっちゃう！　そう言ってプリプリした表情を見せながらも、やっぱり形のいい顎は笑っていたっけね。

ロングヘアがとっても綺麗だったよ。いい香りに、僕はいつもうっとりしていたんだ。ぬれちゃう前に早く帰ろう！　そう言って僕の手を引っぱりながらも、一滴二滴、降りはじめのまだ明るい雨を見上げて、まるで生まれたての宝石を受けるみたいに、手のひらを天に向ける、その横顔を見つめるのが大好きだったよ。

川に背を向け、僕は家路へと急ぎはじめた。琴子さんのことを思うと心が軽くなる。まったく進展なく帰るというのに、ふしぎと足どりも軽くなる。あすにでもタニさんに会えそうな気がしてくるからすごい。そんな自分に笑ってしまった。笑って、ほんの少しだけ胸の奥がうずいた。

手のひらを天に向ける。会いたい。でも会えない。つながっているはずの天の川は、どこまでも雲に覆いかくされていた。

ねえ、琴子さん、僕は知っていたよ。照れくさくて言葉にしたことはなかったけど、バクハツしても綺麗な長い髪のままでいた理由は、僕にあったっていうことを。

雨の匂いが満ちていく。ここにもどこにも満ち満ちていく。琴子さん、どうか僕に力を貸してください。

駅前のパン屋のおじいさんとは、僕も親交があった。総菜のトンカツやハンバーグをサンドして、総菜パンにするため、コッペパンを毎日十個ほど注文していたからだ。毎朝受け取りにいくと、ふっくら発酵したパン種みたいなもち肌に、笑みを練りこんで、やあ、いらっしゃいと僕を迎えてくれた。

特製スパイスカレーパン、メロンクリーム入りメロンパン、玉ねぎたっぷりの甘辛カルビバーガー、ごろっと大粒の苺ジャムパン、かに玉あんかけサンドイッチ、えんどう豆いんげん豆小豆《あずき》の三種ミックスあんぱん。

お客さんのあったらいいなの要望に、よろこんで応えてあげていた。ここにやってくる前もそうしてあげていたのだろうと、生前の姿を想像することはむずかしくなかった。おじいさんは米寿だった。何千何万のパンを生みだしてきた手はやわらかかった。それ以上のなにかをつかむつもりはもうないという温かさだった。だからきっと早く順番が回ってきたのだ。

僕は待たされている。まだ待つ必要があるから。僕もあの人も。

ほんの少し、期待していた。でも天気予報は頭が下がるぐらい正しいのだ。

昨夜、子守唄のように僕を眠らせてくれた雨音は、朝になっても窓をやさしく打っていて、うっかり寝過ごしてしまうところだった。太陽は何層もの雲にくるまれてしまっていた。はだしの足裏に床はひんやりとし、その冷たさは昼になっても変わらなかった。あまりの肌寒さに人々は上着をはおり、ロールキャベツはいっそう売上を伸ばしていった。

僕はそうめんを急きょにゅうめんに変更した。軒下の笹飾りが風雨にあおられ、さらさらと衣擦《きぬず》れのような音をたてるたび、ハッとしてドアのほうに顔を向けた。

見えない太陽が沈むころ、気温はもっと下がった。お供えしたそうめんの束はどんどん減っていった。あったかいおつゆの香りが店にただよった。三人娘は織姫と彦星の悲運についてしみじみと語り合っては飲んでいた。雨脚は強まっていき、外が嵐めいてくる前に、三人は腰を上げた。閉店まで一時間以上あるというのに、僕はひとりポツンとカウンターの内側で腰を下ろしていた。

ちりんとドアベルが鳴った。ハッと顔を上げた。短冊に書いた僕の願いは、ぶじに聞き届けられたらしい。十本の足の指にぐっと力をこめ、立ち上がった。

「いらっしゃいませ。ぬれて冷たいでしょう。どうぞ早く入ってください」

身体を半分だけドアの内側に入れ、タニさんは伏し目がちに立っていた。矢のような雨が数センチだけ開いたドアの外から降りこんでくる。

僕はすばやくカウンターから出ていって席に案内した。熱いお茶を運んでいった。タニさんは見たことのない服を着ていた。見慣れた着古したものとくらべて、ずいぶん上等なジャケットとスラックスだった。

「そうめんセット、どうですか。ちょうど二人前残ってるんです。もうこんな時間だし、僕もいっしょにいただこうかな。あ、あったかいのでいいですか？」

タニさんは全部聞いていたのか、軽くうなずいただけで、なにかを捜すようにやや目を持ち上げた。そうっと右から左に視線を動かし、見つけたかったものが見つからなかったことに落胆したような、安堵したような表情になった。そんな表情を見つけたことを彼に悟られないうちに、僕はキッチンに入った。

長机にならび、僕たちは湯気のあがるにゅうめんをすすった。身体が硬いうちは、会話は生まれなかった。けれど互いの麺をすする音、具材をかむ音、おつゆを飲む音、洟《はな》をすする音なんかを聞くともなしに聞いているうち、お腹はふくれ、芯からあったまり、緊張がほぐれてくると目が合うようになった。

「あの、タニさんって、もしかして料理をされる方でしたか？」

麺一本残っていない器を見て、僕は前々から感じていたことを口に出してみた。「ああ」と存外すなおにタニさんは答えた。そんなことより言うべきことがあるというようだった。

タニさんはまた緊張感を透明な薄布のように身にまとうと、「先日は申し訳なかった」

と頭を下げてくれた。僕は困った。人に謝られるのは苦手だ。つい「こちらこそすみません」と返しそうになった。でもそんなことを言ったらさらにタニさんを困らせそうで、ぐっとグラスの水を飲んで引っこめた。タニさんの湯呑みもグラスもカラになっていた。

「あの、お酒どうですか？　女の子たちにおすそ分けしてもらったんですよ。フルーティな日本酒がはやってるとかで。もうお店閉めようかなって思ってたとこだったし」

僕は気楽にしてほしくて、明るい声で誘ってみた。返事を聞かないうちから、イスから腰を浮かした。ところが、とたんにタニさんのまとう緊張感が高まった。鎧《よろい》のように隙のないものに変わったことが、肌を刺すように伝わってきた。

バカみたいにお尻をイスから数センチ浮かせたままでいると、タニさんがかすかに声を立てて笑った。

「俺はいいから、あんた、飲めばいい。俺は、そうだな、なにかスッキリするものがあればもらいたい」

僕はようやく直立すると、キッチンに行って飲みものを用意した。おそらく六十代のタニさんと、三十八歳の姿のままの僕とで、輪切りのレモンを浮かべたはちみつレモンソーダをちびちび飲んだ。

アルコールを恐れていること。それがタニさんの底に棲《す》みつく孤独なのだろうかと、荒れた指先ながらも器用そうなその形を見て、僕はひそかに思った。

僕の底に棲んでいるのは、もちろん琴子さん。そして子どもたちへの未練。タニさんの定期入れのような薄い革のケース。僕たちの待機の理由。ケースの中身には、心当たりがあった。なぜって、僕も同じものを入れているのだから。

「この人が僕の奥さんです。美人でしょ。で、長男坊に、長女次女三女です」

僕は定期入れの内ポケットから写真を取り出し、タニさんに家族を一人ひとり指さしながら紹介していった。渉とよく似た女の子をふたりも目にして、さすがにタニさんはびっくりしていた。そしてびっくりした目をカウンター奥の、のれんの下がったキッチンのほうにひそかにそそぎ、改めて見つけたいものを見つけようとしていた。僕は陳列ケースから黒蜜をからめた大学いもを小皿に移してきた。どうぞと勧めてから言った。

「渉はね、向こうの世界に戻りましたよ。お気づきでしょうけど、あの子はここの住人じゃないのでね」

「戻った？　もうずっと？　……俺のせいだろうか？」

「いえいえ、そんな。あの子はいい意味で繊細じゃないというか、わが家でもっとも大らかな性質なんです。赤ん坊のころなんて、透と蛍がとなりでギャン泣きしてても、ひとりだけ夢の世界でしたからね。単に潮時だったんですよ。一年生になって、楽しいことが増えたんでしょう」

「そうか……」

「これでよかったんです。ここには来ないよう、そろそろ言い聞かせようと思ってたところだったんです」

そう言ったとたん、タニさんの剃刀《かみそり》のような目がキラッと光った。

「なぜだ？」

僕は本心を見透かされたようで、ドキッとたじろいだ。

「な、なぜって……そりゃ、駄目でしょう、いいかげん」

「だからなんでだ。だれに言われた？」

「だれ……ってわけでもないですけど……」

「俺は八年ここにいるが、あんたのような境遇のもんは知らん。たまにいるようだが、俺は知らん。なにが駄目なんだ。だれのために駄目なんだ。待ってるのと、ただ居るのとでは大きくちがってくる。人間待たなくなったらおしまいなんだ。八年もここにいる俺が言ってるんだ。あんた、娘を手離せなくなるのが怖いんか？　でもな、幸せをみずから手離すなんて、大馬鹿もんのすることだ」

タニさんは一気にまくしたてると、まだ気の抜けていないソーダの残りを一気に飲み干し、ふたたび僕のほうに目を向けた。まだ叱られるのかと反射的に身構えてしまったけれど、その目は思いのほかおだやかなものだった。

「短冊をくれ」

「……は？」

「短冊だよ。そうめんセットを食ったら、一枚、くれるんだろう？」

「ああ、はい。そうです。少々お待ちください」

僕は急いでカウンターまで行って、引き出しから短冊とペンを取り出すと、タニさんのもとへ取って返した。適当に持ってきたので、ピンク色の透かし花模様のものすごくファンシーなものを渡してしまったけど、タニさんはまったくかまわないようだった。願いごとをさらさらっと達筆で書きあげると、これまた大雨にもまったくかまわず、外の笹飾りに短冊を結びに行ってしまった。

さらさら……さらさらさら……笹の葉が風に揺すられる音がつづいている。タニさんはなかなか戻ってこない。

手持ち無沙汰になった僕は大学いもをつまみ、ちょっと甘すぎたなと反省なんかしていると、さらさらにまじって、会話が聞こえてきた。近所のお年寄りがお弁当を買いにきたのだと思った。閉店時間までまもなくだった。一個もお弁当を詰めていないことに今ごろ気づき、僕はあわててドアに近寄り、しかしどうやら見当違いらしいことが、すりガラス越しのシルエットでわかった。

どっしりとしたタニさんの背中、そのとなりに小さな水色の影、僕は迷わずドアを開けていた。

「お、これは父上、久方ぶりでござる」

水色のレインコートを着た渉が立っていた。さらさらと笹の葉の揺れる音が、はじめて僕の耳に楽しげに聞こえてきた。まるで願いが通じたかのように、タニさんは微笑をたたえていた。ファンシーな短冊は風にひるがえり、なんて書いてあるのか読めなかったけれどしっかりと結わえられ、三人娘のもほかのお客さんのも、すべての短冊の色が切り取られた虹のように輝いて僕の目に映じてきた。

「ぶしつけですまぬが、なにかごちそうしてくださらんか」

「えっ、まだごはん食べてないの？」

「久方ぶりすぎて、お忘れやもしれぬが、拙者《せっしゃ》は成長期真っ盛りなのでござる。食べてもすぐに腹が減るのでござる」

「お兄ちゃんは？」

「兄上はカレーライスをつくってくれたでござる。母上のボーナスが出たおかげで、お肉が牛さんだったでござる。しかも国産黒毛和牛。たまたまタイムセールでゲット。拙者、姉上たちと万歳三唱したでござる」

「なあ、外で立ち話してないで、中に入ったらどうだ」

タニさんに指摘されて、僕はようやくハッとして渉を店に入れた。しかしタニさんはもう入ろうとしなかった。

「久方ぶりなんだろ。親子水入らずで過ごしたほうがいい」

そう言うが早いか、帰ろうとするので、ちょっと待ってくださいと僕は引き止めた。傘立てから一本黒い傘を引き抜いた。使ってくださいと差し出すと、タニさんは傘ではなく僕を少しのあいだ見つめていた。そして、じゃあ今度返しにこようと受け取ってくれた。僕はその黒い後ろ姿を見送った。

店に入る前、僕のノミの心臓は、バクバクと大騒ぎしはじめた。えいっとドアを開けると、渉はちゃんといた。ほっとした。青いピンストライプのエプロンを締めているところだった。レインコートは壁のフックに引っかけられ、ポタポタとしずくが滴《したた》っていた。

「おとーさん、お弁当、まだつくってないの？」

「えーと……渉、サムライごっこ、もうやめるの？」

「あ、そうだった。父上、拙者、手伝うでござる」

「うん、えーと、それはかたじけないでござる。では、さっそく、パックに詰めてもらいたくそうろう」

「相分《あいわ》かった。では、終わったら、アイス多めのクリームソーダがほしいでそうろう」

「おぬし、ちゃっかりしてるでそうろう」

僕は笑って、渉の背中に回り、手間取っていたちょうちょう結びを結んであげた。そしてふたりでせっせとお弁当をつくった。

雨が弱まってきたせいか、ひとり、ふたりとお年寄りが買いにきてくれた。せっせとつくった端からお弁当は捌《は》けていった。星のお金のやりとりは、お店屋さんごっこみたいで楽しいのか、渉はサムライからレジ係にチェンジした。いらっしゃいませぇ、お箸は何膳ご入り用ですかぁ、ちょうどお預かりいたしますぅ、ありがとうございましたぁ、と一オクターブ高い声を鼻のあたりから出し、てきぱきと働いてくれた。しょっちゅうスーパーについていっているせいで、お決まりのセリフは暗記しているらしい。

「ああ、くたびれたー。こんな夜は飲まないとやってられないわー」

店を閉めたあと、渉はそう言って、ぐびぐびっとメロンソーダを飲んだ。アイスクリームはガラス皿に山盛りだった。今度はだれのまねかと思ったら、琴子さんらしかった。

「あのね、おかあさんね、湿気で髪がバクハツするから切りたいって言うの」

「うん」

「でもね、けっきょく切らないの。なんでって訊いたら、昔おとうさんに、長い髪がきれいだねって大絶賛されたからなんだって。ねえ、おぼえてる？」

僕は一瞬キョトンとなった。そのあと大笑いした。渉も一瞬キョトンとなって、つられてケラケラと笑いだした。確かにおぼえている。おぼえてるけど、直接伝えたことはないのに。それがしっかり褒めたことになっているなんて。さすが琴子さん。なにもかもお見通しだ。

山盛りのアイスを食べ終わるころ、渉は以前のようにウトウトしはじめた。僕は抱っこして寝室に連れていった。ベッドに下ろし、ゆっくり頭をなでた。そしてやはり以前と同じように、僕の手の中で、すうっと透明になって消えていった。温もりの残るシーツにそっと手のひらを当てる。

今回のように、渉がまた突然やってこなくなることもあるのだろう。でも、もしそうなっても、これからはのんびり待っていよう。待っていないふりはもうしない。つまらない意地ももう張らない。今度いつやってくるのだろうと、すなおに心待ちにしていよう。いつかは本当のお別れの日がやってくる。だから、その日までは待ちつづけていよう。大切な人が来ても来なくても、会えても会えなくても、幸せなのにちがいはないのだから。

片づけのため僕は店に戻り、外に出てみると、雨はすっかりやんでいた。よけいなものが洗い流された夜気はとても清浄だった。僕は大きく腕を広げて深呼吸した。

肌に心地いい風が、商店街の一本道を吹きぬけていった。さらさら、さらさらと、数えきれない願いが声をあげ、風に巻き上げられ、彼方へと運ばれていった。

梅雨が明けたら、渉とゆったり天の川を見上げながら、また生クリームたっぷりのクレープでも食べよう。ドーナツでもいい。シュークリームでもいい。どら焼きでもプリンでも鈴カステラでもいい。ねえ琴子さん、夜中の甘いものを、きみは許してくれる？

また涼しい風が僕の身体をなでていった。まるで返事のように、さっきとは反対方向から。バニラのような甘い香りに、僕は笑った。そうだね。許すも許さないも、きみが率先して食べちゃうんだよね。

僕はキッチンハープのドアを閉めた。灯りを落とし、夜中の散歩がおしまいになったおかげで、久しぶりにぐっすりと眠れた。

それから一週間も経たずに梅雨は明けた。星の明るい夜、似つかわしくないコウモリ傘をぶら下げて、キッチンハープのドアは開けられた。

「へい、らっしゃい！」

下町人情食堂ごっこにいそしむ渉は、ねじり鉢巻き姿で元気な声をあげた。僕はそばで笑いながら、いらっしゃいませとタニさんを迎え入れた。

# プレゼント

「まさかラブレターじゃないだろうけど」

僕はハガキから目を上げた。いつやってきたのか、先輩が向かいのイスにゆったりと腰かけていた。放課後の図書室の窓ぎわで、ふわりとふくらむ織目の粗い生成《きな》りのカーテンからは、もうすっかり夏の香りは抜けている。

「や、ラブレターですけどね」

僕はハガキを裏返して長机の上に置いた。裏面にはまぶしいほどの青。青い青い日差しのはねかえる、地中海の風景が写真に切り取られている。けさポストを開けたら、ハガキが届いているのに気がついた。灰色の朝刊のあいだからのぞいた鮮烈な紺碧《こんぺき》が、僕に学校まで持ってこさせた。先輩は少しだけ身を乗りだし、訊いてきた。

「まじか。同じクラスの子か？」

「ちがいます。他校です」

「まじで。やるなあ山田《やまだ》。で、何年生のなにちゃんだ？」

「同じ二年生で、Tちゃんです」

「Tちゃんか。いいじゃないか、椿原《つばきはら》ちゃんとおんなじで。うまくいきそうだ」

「かさぶたを引っぱがすような残酷発言は控えてもらえますか。はいはいすいませんでした。うそをついた俺が悪かったです」

「うん、わかればよろしい」

先輩はにっこり笑うと、またゆったりとイスの背にもたれた。だれにもフラれたことのないような二重まぶたがくっきりと刻まれる。

「センパイこんにちはー」

図書室の前のドアが開いて、女の子たちが入ってきた。この春、文芸部に入ってきた一年生たちだ。

「はい、こんにちはー。準備室の鍵開いてるからねー」

先輩はひらひらと手を振ってみせ、例の二重まぶたでもってほほえんでみせた。女の子たちは「はーいっ」と嬉しそうに返事をした。そしてとなりの図書準備室に鞄を置きにいった。そこが文芸部の部室なのだ。

今年の新入部員はなんと十人。全員女子。三年生が卒業して、廃部の危機に直面していた弱小部だったというのに、みごとにV字回復を成しとげてみせた。

新入生向けのオリエンテーションが体育館で行われたとき、部活動紹介で壇上に上がったのはもちろん先輩だ。そして後日、個別の部活見学会が行われた。開始時間前から図書室前の廊下に女の子たちが列をなした事件は、もはやわが部の伝説、ひいては今年度のわが校十大ニュースへと昇華している。僕はというと、せっせとおもてなしの紅茶を紙コップにそそいだ。自宅で焼いてきたクッキーをどうぞと配った。だから多少なりともV字回復に貢献できたのだ、と思いたい。

ちなみに男子部員は僕と先輩だけだ。くわしい事情は知らないけど、先輩は二年の夏休み前まではテニス部で、二学期の途中から文芸部に入ってきた。だから部活上は僕のほうがセンパイになるわけだけど、もちろんそんなことはなんの意味も持たない。

「それで、愛しのＴ嬢は元気なの？」

「あ、まだ引っぱりますか」

「ごめん、つい」

先輩は唇をなめらかに引き上げて笑うと、となりのイスに置いていた鞄から紙袋を取り出した。ピンクのハート柄だった。「おわび」と言って中からひとつ僕にくれた。きれいに焼けたカップケーキだった。

「家庭科でつくったんだって」

だれが、と訊きかけて、愚問なのでやめておいた。僕はひと口かじった。バナナが入っていた。ホットケーキミックスの甘さと、バナナのしっとりさがよく合っている。そう思ったとたん、カーテンがふわりと大きくふくらんだ。やわらかくつかまえられた蜂蜜色の光の玉が机の上にパッと広がった。その光が紺碧のハガキを照らしだした。その明度の高い光は、あとは開けられるのを待つだけになっていた僕の記憶の鍵穴にも、すっと射しこんできた。

「……先輩、小学生のとき、家庭科でホットケーキつくりませんでしたか」

「どうだったかな。ああ、ビシソワーズならつくったよ。あとサルティンボッカとか」

「……なんちゅうオシャレチョイスな学校なんすか。そこ、日本の公立学校ですよね？まあべつにいいんですけど……あのですね、ホットケーキミックスでなんかつくるもんなんですよ、だいたいは」

「そうなの。山田はじょうずに焼けたんだろうね」

「はあ、まあ」

先輩のなにげない言葉に、僕はあいまいにうなずいた。ひときわ強く風が吹きこみ、またカーテンが大きくふくらんだ。僕をすっぽり包みこむほどにふくらんだカーテンの内側は蜂蜜色に満ちていて、まぶしさにまぶたを閉じた瞬間、僕は小学生に戻っていた。


五年生の夏休み前のことだった。僕は一度包丁を捨てた。一学期最後の家庭科の調理実習のせいだった。いや、実際には、不穏な火種はずいぶん前からくすぶっていたように思う。じっとひそかに、一気に燃えあがる日を待ちかまえていたのだ。

「前からちょっと思ってたけど、山田って、あれじゃね？」

教室から聞こえてきた声に、僕の両足は廊下の暗がりでストップした。五年二組の引き戸の手前だった。僕は図書委員の仕事が長引いて、帰りが遅くなっていた。放課後のがらんとした校舎は、壁も床も天井も、影さえもうっすらオレンジ色を帯びていて、ちょっとこわいぐらいだった。僕はオレンジ色の暗がりから、そっと首を伸ばして教室内を確かめてみた。

「あれって？」

「なんつーか、ヘン。もとい、女子っぽい」

「えー？　そう？」

「あー、でもなんとなくわかるかもー」

教室の隅に男子数人が居残っていた。吉村《よしむら》と井上《いのうえ》と沢口《さわぐち》と中西《なかにし》だった。

なんで僕が女子っぽいってことになるんだ？　ムッとして、勢いのまま怒鳴りこんでやろうかと思った。でも吉村の次の言葉で、僕の両足は影の中に留まることを選んでしまった。

「山田のホットケーキって、すっげーうめえの。気味悪《わり》ぃ」

調理実習の課題は、白玉入りフルーツポンチとホットケーキだった。家庭科の班は出席番号順なので、僕と吉村は同じ班だった。授業は三、四時間目が充《あ》てられて、プラス給食を食べてから五時間目は水泳という、かなり胃にパンチのある時間割りが組まれていたのだけど、僕は同じ班の百合岡《ゆりおか》さんにいいところが見せられたおかげで、二十五メートルプールを十往復ぐらいできそうなほど元気だった。放課後になっても浮かれていた。そのせいで、危うく水泳バッグを忘れて帰るところだった。つまり、僕はタイミング悪く教室に戻ってきてしまったのだった。

「気味悪いってなんだよ？　うめーならいいじゃん」

「いやあ、まあ、そうなんだけどさあ、ホットケーキがさあ、超しっとりでふっくらなわけよ」

「だから、いいんじゃん。俺の班なんて焦《こ》げ焦《こ》げで悲惨だったぞ」

「あー、でも吉村が言いたいことわかるかもー。なんでそんなことできるんだよって、若干引くってことだろ？」

「そうそう、若干どころかドン引きっていうか」

「確かに女子もちょっと引いてたよな。自分よりぜんぜんできる男子なんてなー」

「手つきが、なんていうか、女子なんだよなあ。いやむしろオカンか？」

「オカンて！」

　四人は声をあげて笑いだした。ぴったりな陰口を見つけたみたいに。僕の拳《こぶし》はじっとり汗ばんでいた。それなのにとても冷たくなっていた。

「あいつさあ、昼休みになっても、野球もサッカーもめったに仲間に入ってこねえじゃん？どのスポーツクラブにも入ってねえみたいだし、なにやってんのかと思ってたら、まさかのお料理だよ」

「じゃあさー、野菜の切り方の授業とか、初歩すぎて、内心バカにしてただろうなー」

「なあなあ、オカンで思い出したんだけど、あいつんちって、父親と母親が逆転してるって話」

「えっ、なにそれ？」

「オヤジが働いてねんだって。主夫って話」

「ゲーッ、まじかよ？　家にずっといるってこと？」

「ひゃー、俺なら絶対ヤダ。かっこわりぃ」

「なあなあ、ふたりで台所立って、フリフリのまっしろのさあ、おそろいのエプロンなんかつけてたりして〜」

「ゲエーッ！　さすがにそれはヤバい！」

僕はそこまで聞いて、音をたてずに一、二歩暗がりを後退した。あいつらバカだろ。そんなわけないに決まってんだろ。そう口に出したいのに、両足は廊下を駆け出しはじめていた。四人の笑い声が追いかけてきた。僕は振りかえらず、全速力で昇降口まで走りつづけた。げた箱の前で、のんきにTシャツを泥だらけにしている佐藤《さとう》と会った。けど僕はかまわず、運動靴に両足をつっこむと、もう聞こえないはずの声を振り切るように、自宅までわき目もふらずに走った。

あとあと気づくのだけど、吉村も百合岡さんのことが好きだったのだ。たぶん僕よりずっとずっと。

山田くんすごいね。お店の人みたいだね。百合岡さんがそう褒めてくれるのを横で聞いていて、吉村はおもしろくなかったのだろう。それで、ついあんなふうに憂《う》さ晴らしをしてしまったのだ。今ならわかる。みんなガキだったのだ。そしてガキ代表の僕は包丁を捨てたのだ。自分以外に料理をする男子も興味を持っている男子も見当たらない。気になっていたけど気にしないようにしていた、ずっとモヤモヤしていた気持ちが、ついに燃えあがって灰になったのだった。

父さんが家にいるのも、参観日に来るのも、チラシをつぶさにチェックして買いものに行くのも、こつこつポイントカードのポイントをためるのも、母さんの下着を形を整えて干すのも、遊びにきた友だちに手づくりのシフォンケーキなんかを出すのも、学年が上がるにつれて、本当は嫌で嫌でたまらなくなっていたのだ。

僕はみんなと同じ色をした、見えない皮膚をまとうことにした。そして計画どおり、一ヶ月半の夏休みは、僕を典型的な少年へと焼きあげてくれた。

野球もサッカーもバスケットボールもめったにしなかったのは、天然記念物級に球技がヘタだったからで、でも僕は思いきって地域のサッカークラブに参加してみた。ヒマな佐藤に誘われるままプールにも通った。近隣のお祭りと花火大会は網羅したし、佐藤の思いつきによって十五キロ先の海水浴場まで自転車で行ったたし、宿題はどんどんたまっていった。父さんにつきあって家庭菜園の世話をすることもなかったし、もちろん新しい料理のひとつも習うこともなかった。そういうわけで小麦色の皮膚がぺりぺりとむけるころ、その下から現れた僕は新しい僕に変わっていた。

辰美《たつみ》が僕の前に現れたのは、それから少しあとのことだ。二学期はとっくに始まっていて、運動会を終えてまもなく、彼は教室のいちばん前に、五年二組の新しい仲間として立っていた。

「タツミだって」

近くでだれかがこそっと言うのが聞こえてきた。担任の先生の大きな字で、彼の名前は黒板にはっきりと書かれていた。それを読んだとき、僕もタツヨシだろうと思った。でもそのままタツミだった。

「渡辺《わたなべ》辰美です。よろしくお願いします」

辰美は短くあいさつした。アクセントがちがっていた。ただ、どうちがうのかはよくわからなかった。関西弁っぽいのに、東北弁や九州弁もまじっているような、独特の話し方のせいだったのだろう。これもあとあと知るのだけど、辰美の話し方が独特なのは、日本各地を転々と引っ越してきたせいだった。

辰美の黒くて大きな瞳は、臆することなく、ほかの六十個の瞳を見渡していた。僕の心の隅に、なぜか、墨を一滴落としたような染みがじわりと広がっていった。

辰美はあまりしゃべらなかった。というか、あまりクラスになじまなかった。無視しているわけじゃなかった。おはようと言えばおはようと返ってきたし、昼休みのサッカーに誘えばいいよと応じてきた。でもその程度だった。最初は転校してきたばかりで緊張しているのだろうと思っていた。けど半月経っても同じ調子なので、しだいにだれもが辰美と距離を置くようになってしまった。寡黙さと独立心は、彼のはっきりした面立《おもだ》ちも手伝って、女子にはひそかな人気を呼んでいた。もちろん女子とも親しくしないのだけど、音も匂いもなくゆっくり充満していく毒のように、男子の反感を膨張させていくにはじゅうぶんだった。

パチンと弾《はじ》けたのは、調理実習の時間。二学期に入って三回目の授業だった。

名字がワ行なので、辰美は僕と同じ班に入った。献立は白米、みそ汁、肉野菜炒め、オレンジゼリー。この日の五年二組に給食は用意されておらず、つまりなんとか自力で食べられるものをつくらなければ、腹ペコの午後が待ちかまえているのだった。

僕はまったく動じていなかった。腕に自信があったからじゃない。そういう安堵ではなかった。新しい僕になってもう三回目の調理実習で、僕はうまく失敗できる自信にみなぎっていたのだ。一回目はすごくドキドキした。卵をぐしゃりと割って、ボウルの中をこまかな殻だらけにしたのはわざとらしかった。二回目もまだまだ緊張した。でも失敗は成功した。野菜はみじん切りにできなかったし、鮭のムニエルはパサパサに仕上げられたし、コンソメスープの鍋は噴《ふ》きこぼすことができたのだから。

「あー、もー、山田、気をつけろよなー」

あわてて鍋蓋《なべぶた》を持ち上げる僕を見て、吉村がおかしそうに笑って注意してきた。

「ごめんごめん、ぼーっとしてた」

新しい僕は同じように笑いかえした。昔の僕の上に、ありきたりな失敗を上書き保存したのだ。超しっとりでふっくらなホットケーキは消去されていた。あれはたまたま得意だっただけなんだと、みんなの頭の中の情報を書き換えさせてもらったのだった。

みんなとおんなじようにいることは、ミルク色の生ぬるい湯に全身をゆだねて浮かんでいるようだった。僕はねむたいような安心感にくるまれていた。そのまどろみに冷水を浴びせかけてきたのが辰美だった。

「遊び半分で食べもんに触るんは失礼やろ」

僕と吉村の包丁は止まった。野菜炒め用のニンジンの皮むきをしているところだった。僕は慣れた手つきで、三回目の失敗に取り組んでいるところだった。ニンジンの皮は硬くてむきづらく、橙《だいだい》色のぶ厚いカタマリがまな板の上に散らばっていた。

「ああ、もったいな。ニンジンはな、ほんまは皮ごと食うたらいいんじゃけどな。ほら貸してみい」

僕らはすなおに辰美のためにスペースを空けた。久しぶりに彼の長いセリフを聞いて驚いたせいだったのだろう。辰美はまな板の前に立ち、僕から包丁を受け取ると、ニンジンの皮をむきはじめた。本当に驚いたのはそれからだった。

「……すごい」

声に出したのは百合岡さんだった。僕はただ彼の手つきに目を奪われていた。するするむかれていくニンジンの皮は薄く薄く、まるで羽衣《はごろも》のように透きとおるほどで、しかも無駄な動きの一切ない実用的な素早さだった。あっという間にニンジンは美しくいちょう切りに整えられてしまった。

「よかったら、残りの野菜も切ろうか?」

「うん、うんうん、そうしてそうして。吉村くんたちに任せてたら、食べられる部分のほうが少なくなっちゃうもん。わあー、すごいんだねえ渡辺くん! テレビで見るプロの人みたい!」

また答えたのは百合岡さんだった。彼女ははしゃいで、残りのキャベツ、ピーマン、玉ねぎ、しめじをすぐに辰美の前まで持ってきた。辰美はそれらを次々に切っていった。なめらかにリズミカルに。同じ包丁を使っているとは思えなかった。それぐらい僕らとは差があり、食材を切る係だった僕と吉村は黙って見ているしかなかった。バカみたいに立ちつくしていると、辰美がフライパンをガスレンジの上に置いた。炒める係は百合岡さんだったのだけど、最後の工程まで辰美に任せるらしかった。

「できれば鉄のフライパンがいいんやけどね。強火で一気に炒められるけん」

辰美はだれへともなく説明した。いつのまにか調理台のまわりに人だかりができていたからだった。ほかの班からだけでなく、家庭科の先生まで興味深そうに近寄ってきて、辰美の手もとに注目していた。

やがて四時間目終了のチャイムが鳴った。僕らの班は、それはおいしいおいしい昼ごはんにありつけた。べちゃっとなりがちな野菜炒めも、辰美が何度もフライパンを振って手早く全体に火を通してくれたため、しっかり炒められているのにシャキッと小気味よい歯ごたえが残っていた。

ほんとうにおいしかったのだ。僕は心の底から感動していた。そして奥歯で箸を嚙みしめていた。あの墨をたらしたような染みが心に広がっていった。今度ははっきりと、心の真ん中に。

僕はその日の夜遅く、いや日付をまたいだころ、足音を殺して階段を下り、寝静まった家の灯りを一ヶ所だけつけた。キッチンだった。たかが四ヶ月。僕は自分に、キッチンに言い聞かせるように、心の中で繰りかえしつぶやいていた。

鍋やフライパンの数も、塩や砂糖やスパイスのならぶ順番も、作業台の角に僕がつけた傷も変わっていなかった。それなのにもうそこは見慣れた知らない場所になっていた。やけに床が冷たかった。這いあがってくるような寒気に、僕は繰りかえし繰りかえし、大丈夫大丈夫と唱えつづけた。

卵、牛乳、ホットケーキミックス粉をまぜて焼くだけ。それだけのはずなのに卵はうまく割れず、牛乳はこぼし、粉はボウルの外に飛び散った。フライパンに油を引いてもったりしたタネを落とすと、なつかしい気泡がぷくぷくと表面にあらわれてきた。僕はほっとした。でもいたずらな安堵だった。もう生地をひっくり返さないといけないタイミングだというのに僕の右手は震えるのだった。意識すればするほど震えは大きくなっていった。見るからに生地はパサつきはじめ、焦げ臭さも鼻をつきだし、いいかげん思いきってフライ返しで生地をひっくり返してみるも、案の定フライパンの縁にひっついてしまい、あわてて剝《は》がそうとしたら指を火傷《やけど》してしまった。

　とんでもないことをしてしまった。愚かな僕は、今さらながら気づいたのだった。

超しっとりでふっくらのホットケーキ？　目の前に横たわっていたものは、黒くまだらに焦げた、いびつで硬い小麦粉のカタマリでしかなかった。

たかが四ヶ月。そのはずだった。でも僕は包丁を捨てたのだった。つまらない理由で、みずから料理を捨ててしまったのだ。そんな僕を料理の神さまがとっくに見捨てていたって、なんのふしぎがあっただろう？

　赤く腫れてジンジンと僕は痛んだ。キッチンだけ不自然に明るい家の中で、抜け殻になった他人のような両手を、ただ見下ろすことしかできなかった。

「タツミちゃ〜ん」

　吉村があらぬほうを向いて小さく叫んだ。昼休みの校庭でのサッカーだった。僕はひそかにビクッとなった。

　ニヤニヤ笑いを含みながらサッカーボールは吉村に蹴られていた。井上にパスされ、沢口にカットされ、そして中西に回されて校庭を走っていった。名前を呼ばれた辰美にはいっていた。

さいボールは渡らなかった。サッカークラブをサボりがちになっていた僕の実力が伸びているわけもなく、僕はただただみんなと並走しながら、辰美のようすを目の端でうかがっていた。

席替えで百合岡さんのとなりに辰美が座ったのがトドメだったのだろう。あの調理実習以来、彼女が一方的に話しかけているようなものだったけど、辰美との親しさはぐんと増していた。それが吉村の神経に障《さわ》らないはずがなかった。席替えの実施は十一月に入ったばかりの月曜日。そして翌日、僕のときと同じように、いやもっと露骨に、吉村は辰美を潰《つぶ》しにかかったようだった。

しかしそんなのは決定的に誤算だったのだ。だって僕と辰美には、雲泥の差があったのだから。

「はあ、アホらし。俺、もう抜けるけん」

僕の視界の真ん中で、辰美がそう言って背を向けた。すると次の瞬間だった。白黒の直線が目の前をまっすぐ飛んでいった。ボンッと鈍い音がひびいた。サッカーボールは辰美の太ももあたりにぶつかって、さらに校庭の隅のほうまで転がっていった。

「あーあ、タツミちゃーん、ちゃんと受けなきゃダメじゃーん」

まるで心底同情するかのような吉村の声だった。おまえ性格悪すぎ、と中西が笑いをかみ殺して小声で言うのも聞こえた。井上も沢口もニヤニヤしていた。彼ら以外の男子はさすがにうろたえていた。しかしそれもわずかなもので、だれも辰美をかばおうとはしなかった。辰美の凛とした態度は、周囲の人間を小馬鹿にしているようにも映っていた。だからわざわざ陰口を叩いて自分を貶《おとし》めたくはないけれど、少しぐらい痛い目を見ればいいのにという善人のままで育てられる黒いトゲに、みんなはそっと水をやりつづけていたのだ。なんにせよ、へたにかばって、己に火の粉がふりかかるのだけはごめんだった。

「やっぱりあれかあ、サッカーよりお料理かあ、ボールよりエプロンのほうがお似合いかなー、タツミちゃんだもんなー」

吉村の悪意は、さざなみのように打ち寄せ、みんなに伝播していった。いつもの澄ました表情がゆがむのを待ち望んでいた。だけどやっぱり、決定的に見当違いだったのだ。

「おまえら正気？　レベル低すぎてまじ引くんだけど」

ざらりと、砕けたガラスが舌の上にばらまかれた気がした。みんな言葉を失っていた。

「お料理？　料理するのがなんだって？　イタリアンでもフレンチでも、寿司職人だって、プロの世界で腕ふるってる男はごまんといるだろ。俺が目指してんのはそこなんだよ。まごとでやってんじゃねーんだよ。家庭の味は家庭の味でいいと思うけどさ、おまえらの大好きなママがつくってるようなもんはさ、俺は求めてないわけ」

だれもひと言も発せないでいた。そういえば吉村の家はシングルマザーだったっけと僕は頭の片隅で思い出していたけど、このさいそれはなんの関係もなかった。

息を整えるための時間を稼ぐように、辰美は僕ら一人ひとりを見回していった。もちろん辰美も怖かったのだ。あとあと教えてもらうことになるのだけど、辰美はひどく動揺すると、標準語になってしまうらしい。このときはあまりのことに気づかなかったけど、確かにスラスラしゃべっていたような気がする。

辰美はグラグラ煮えたぎるマグマを内に秘めた火山だった。自己防衛のために僕らを睨《にら》んでいた。反感を買うだけの結果にもなりかねなかったのに、そんなことは辰美もわかっていただろうに、自己保身とは真逆の、こんな身体なんてバラバラに爆発したってかまわないといった破滅的な覚悟のようなものがグラグラみなぎっていて、生半可なガキ全員の薄桃色の舌を引っこ抜いていた。

「目標がないやつにかぎって、他人をけなしたがるんだよな。そんなにヒマならなんかやってみたら？　だからモテねーんだよ」

語尾は震えていたような気がする。それでも最後まで毅然とした態度をつらぬき、辰美はふたたび僕らに背を向け、校舎のほうへと去っていった。

このサッカー事件から空気の流れが変わった。辰美をますます毛嫌いする者と、畏敬の念を抱く者と、大きく二分されたように思う。吉村はある意味根性があって最後までがんばっていた。しかしいやがらせは急速に衰えていき、十一月半ばにさしかかるころには何事もなかったかのように落ちついていた。ただ辰美が独《ひと》りでいるだけだった。そして四回目の調理実習がめぐってきた。

献立はミートソーススパゲッティ、野菜サラダ、かきたま汁、コーヒーゼリー。僕らの班には、さすがにビミョーな空気がただよっていた。

心臓が締めつけられるほど嫉妬するだろう。始まる直前まで僕はそう思っていた。でも僕の内側では花が開いたのだ。とても潔《いさぎよ》い色の花が。

辰美は玉ねぎを刻み、挽《ひ》き肉を炒め、水煮トマトをつぶし、きぬさやの筋《すじ》を取り、卵を割り、だしを取り、スパゲッティをゆで、ゼラチンをふやかした。僕は心の底からうれしかったのだ。あんなことで彼が損なわれないですんで、本当に、かなしくなるほど安心していた。

僕はというと、あいかわらず神さまに見放されたままだった。でも辰美と同じように包丁を握っているのは事実だった。僕は抜け殻のままの右手を見下ろした。包丁はとても重かった。

もちろんその日も、僕らの班はおいしいおいしい昼ごはんにありつけた。百合岡さんは辰美を褒めそやした。吉村に感想はなかったけど、お皿の上はきれいになくなっていた。僕はサラダ係だった。自分で切ったキャベツを静かに味わった。千切りと呼ぶには程遠い出来だったけど、僕が調理したものには違いなく、それをみんなが食べているのを見ていると、なんというか、目頭《めがしら》が熱くなってくるというか、意識して机の下で拳をつくっていないとやり過ごせなかった。

そんな僕の拳の叫びを辰美は聞きつけたのだ。僕らの視線は合わさった。はじめてはっきりと、真正面から。

目の覚めるような思いがした。僕は心から辰美に謝りたかった。親しくなりたいと思った。心から料理がしたかった。うまくなりたいと思った。どんなに時間がかかったっていい。一度失ったものは二度と完全な形ではよみがえらない。その現実はわかっていた。それでも、マイナスからでも、もう一度始めたかった。醜《みにく》く弱くあざとい自分も嘘ではなかった。だから僕はすべてを抜け殻の両手に抱えたまま、またキッチンに立って、父さんに料理を教えてもらいたかった。父さんにも謝りたかった。

　僕と辰美に会話は生まれなかった。突然なにを話していいかわからなかったし、僕の決意など知る由もない辰美にとっては、僕の態度は不審でしかなかったにちがいない。昼休みの始まるチャイムが鳴った。多くの男子は後片づけもそこそこに外に遊びにいった。女子はぶつぶつ文句を言っていたけど、やさしい家庭科の先生を囲み、甘いコーヒーを淹《い》れてもらったりしていた。きゃあきゃあ楽しげな輪の中にもちろんまじれるはずもなく、僕らはただ黙々と食器を洗ったり拭いたりしていた。

　窓から風が入ってきた。生成りのカーテンがふくらんではしぼみ、ふくらんではしぼみ、緊張のため汗ばんでいた僕の首すじに吹きつけては快く冷やしてくれた。辰美も同じだったのだろう。ふっと顔が持ち上がり、僕らの視線はまた合わさった。昼休みの喧騒と僕らの沈黙とがほどよく中和されてきていて、きっかけとタイミングをうかがうように口が半開きになっていた。けれどもやっぱり辰美は警戒していたし、僕には勇気が欠けていた。はじめて会話らしい会話を交わすには、あと数日を要するのだった。


「おっ、山田もか～」

　佐藤が片手をあげてみせていた。土曜のお昼前だった。僕は父さんと三つ子たちとスーパーに来ていて、レジで精算をすませたところだった。商品を袋に詰める台のところに、なぜか佐藤と辰美がいっしょにいた。

「うわー、三つ子っち、またでっかくなったな～」

子ども用カートに乗っていた透《とおる》、蛍《ほたる》、渉《わたる》は、佐藤を見つけると、「トー！　トー！」と手足をバタバタさせて興奮しはじめた。ほんの赤ん坊だったころから佐藤がうちに遊びにきていたので、すっかり顔と名前を覚えてしまっているのだけれど、まだ「サトー」の「トー」しか発音できないのだった。

「こんちわーっす」

佐藤が父さんにあいさつした。父さんが「こんにちは」と返したので、僕をちらりと気にしながらも、さすがに辰美も「こんにちは」と声を出した。父さんは特大のエコバッグの口を広げ、重たく平らなもの、たとえば牛乳とか缶ビール六缶パックとかを底に入れてから、順々に軽いものを上に積んでいき、芸術的とも言える手さばきでカゴの中身を詰めていった。

「な、なにやってんの、ふたりで？」

裏返りそうになった声をなんとか修正し、僕は質問した。正午まで一時間を切ったスーパーはにぎわっていて、レジ待ちの列ができていた。三つもの子ども用カートが邪魔になっていたので、僕は三つ子を一人ひとり下ろしていった。

「ふたりでっつーんじゃなくって、俺らもたまたま会っただけ。タマゴ売り場で」

佐藤はそう言うと、たいして入っていないエコバッグを揺らしてみせた。どうやら卵やらネギやら特売品のおつかいに出されたようだった。いっぽう辰美はしっかり買いものをしていた。パンパンにふくれた丈夫そうなエコバッグを両手に提げていた。

「なあ知ってた？　渡辺んちってゲージュツカなんだって。両親そろって絵とか描いてる

ご愛読ありがとうございます。

# 読者カード

●ご購入作品名

[ ]

●この本をどこでお知りになりましたか?

1. 書店（書店名 ） 2. 新聞広告

3. ネット広告 4. その他（

年齢 歳 性別 男・女

ご職業 1.学生（大・高・中・小・その他） 2.会社員 3.公務員 4.教員 5.会社経営 6.自営業 7.主婦 8.その他（

●ご意見、ご感想などありましたら、是非お聞かせください。

●ご感想を広告等、書籍のPRに使わせていただいてもよろしいですか?

（実名で可・匿名で可・不可）

●このハガキに記載していただいたあなたの個人情報（住所・氏名・電話番号・メールアドレスなど）宛に、今後ポプラ社がご案内やアンケートのお願いをお送りさせていただいてよろしいでしょうか。なお、ご記入がない場合は「いいえ」と判断させていただきます。

（はい・いいえ）

**本ハガキで取得させていただきますお客様の個人情報は、以下のガイドラインに基づいて、厳重に取り扱います。**

1. お客様より収集させていただいた個人情報は、よりよい出版物、製品、サービスをつくるために編集の参考にさせていただきます。
2. お客様より収集させていただいた個人情報は、厳重に管理いたします。
3. お客様より収集させていただいた個人情報は、お客様の承諾を得た範囲を超えて使用いたしません。
4. お客様より収集させていただいた個人情報は、お客様の許可なく当社、当社関連会社以外の第三者に開示することはありません。
5. お客様から収集させていただいた情報を統計化した情報（購読者の平均年齢など）を第三者に開示することがあります。
6. はがきは、集計後速やかに断裁し、6か月を超えて保有することはありません。

●ご協力ありがとうございました。

郵便はがき

おそれいりますが切手をおはりください。

102-8519

〈受取人〉

東京都千代田区麹町4-2-6 9F

株式会社 **ポプラ社**

一般書編集部 行

お名前 (フリガナ)

ご住所 〒

TEL

e-mail

ご記入日 年 月 日

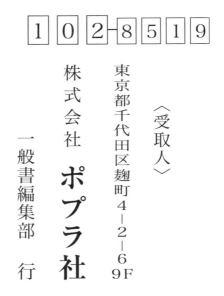

んだって」

もちろん僕は知らなかった。クラスのだれも知らなかっただろう。のちのちインターネットで調べてみたところ、確かに辰美の親は、雑誌で紹介されるぐらいのアーティストだった。各地をめぐって作品を制作したり、展覧会を開いたりするため、辰美は転校ばかりしていたわけで、やがて移住先は海外にまでおよぶのだけど、それはもう少し先の話だ。辰美はある意味で一家の大黒柱だった。いつのころからか台所を預かるようになったらしい。だから父さんばりにエコバッグがゲージュツテキにふくれていたって、なんのふしぎもなかったのだった。

「ねえ、よかったら、お昼うちに食べにこない？」

とつぜんなにを言いだすのかと思った。驚く息子をよそに、父さんは挽き肉が安かったんだよねえ、とかなんとかしゃべりつづけた。

「うちのお昼、餃子の予定なんだけど、親御さんに聞いてみて、よかったらふたりとも食べにおいでよ」

「行きます。百パー行きます」

佐藤は即答した。父さんは笑った。三つ子は「トー！」と叫んだ。

「じゃ、佐藤くんは決定と。えーと、きみは……」

「渡辺っす、こいつ転校生の渡辺って言うっす。おい渡辺、迷うことないぞ。つーか、おじさんの餃子を食べないっつー選択肢はねえぞ。きょうという日はな、山田家の餃子を食べるために存在してたんだ、太陽が西から昇ってたとしてもだな、うん、これだけは間違いねえって百パーセント」

なんだかよくわからないことを言っていたものの、とにかく佐藤の力説は辰美の殻に新たなヒビを入れたようだった。数日前に入ったヒビの上をなぞるようにして。辰美はちらと僕のほうを見た。僕も目をそらさなかった。

「じゃあ正午ごろにおいで。車に気をつけるんだよ」

父さんの言葉を合図に僕らはいったん解散した。そして佐藤が辰美を案内する形で、正午ピッタリにわが家のピンポンは鳴った。

「えっ、俺らもつくるんっすか？」

ハイと手渡されたエプロンに問いかけるように、佐藤はバカ正直に面倒くさそうな声を出した。

「もちろんっす。働かざる者食うべからずっす」

父さんは至極当然のように鉄壁の笑顔を返した。みんなでつくると楽しいよと、辰美にも自分のエプロンのうちから一枚を手渡した。ストライプ、ドット、チェック、乙女チックな花模様、メルヘンなクマさん柄、魚へんの漢字でぐどいぐらい埋めつくされている超個性派まで、わが家のエプロンの大半は母さんの酔った勢いによる深夜のネットショッピングの賜物《たまもの》だった。それでも父さんはどれも使用していた。きれいにアイロンをかけていたことを今でもおぼえている。

「じゃあみんな、あとは好きなように包んでってねー」

食卓の中央にドンッと、どでかいボウルを父さんは置いた。居合わせた全員は、しぜんと餃子の餡《あん》の山を見下ろす形となった。トップバッターで餡に接近していったのは、餃子の皮ほどの大きさもない三つ子たちの手だった。二番手が昼前まで惰眠をむさぼっていた母さん。三番手がさっさと腹いっぱいになりたい佐藤。次が僕と辰美の手だった。同時に手が伸びて、ハッとして同時に引っこめて、でもまた伸びて、今度は引っこめなくて、視線が互いの手から顔のほうまで上がってきたとき、そこには鏡に映った自分のような相手の顔があった。

ぐうーぎゅるるるー。

豪勢な音がとつぜん鳴りひびいた。僕らは顔を見合わせたままだった。素知《そし》らぬふりをしていたけど、もちろん知らない音のはずがなかった。

ぐおおぎゅおおっ。

間を置かずさらに一発ぶちかましてきた。そしてトドメの一発の「ぐぅ」が研《と》ぎ澄まされた鼓膜に届いた瞬間、僕らの表情は一気にくずれ、どちらからともなく声をあげて笑いだしていた。ふしぎなことに、この腹の虫の大合唱は僕と辰美以外には聞こえていなかったようだ。ヒイヒイ涙まで浮かべて笑っているふたりを、ほかのみんなはキョトンと見ているしかなかった。

涙をぬぐった僕らは、まだ笑いをふくんだ息を吐いて餃子を包みはじめた。三つ子の餃子は皮をくちゃっと丸めただけ。母さんのはなぜか変形著しくギザギザのボロボロ。佐藤のは遠慮なく欲望が体現された肉詰め放題状態。まともに包んでいたのは父さんだけで、僕らが加勢しなければイレギュラーなランチになるのは必至だった。

僕の餃子はふぞろいながらも一応四、五回はひだが折られていた。辰美のはより均整のとれたひだが折られていた。父さんのはひだどころか、量りで重さをはかったら、どれも一グラムの差もないんじゃないかというぐらい形がそろっていて美しい出来栄えだった。それをニコニコしゃべりながら、ひょいひょい簡単にスプーンで餡をすくって包んでいくものだから、辰美はあぜんとしながらも、魚へんの漢字だらけの目のチカチカするエプロンを締めた父さんの手もとに見惚《みと》れていた。

餃子は百個ほどできあがった。それが一時間足らずでなくなった。特大のホットプレートがフル稼働だった。必殺二個食いをくりだした佐藤と、餃子とビールは大親友よねえとうたった母さんと、食べながら寝るという技を会得している三つ子たちは、満腹になったら早々にこたつで寝息をたてはじめた。じきに師走《しわす》というのにポカポカした陽差しが窓から射しこみ、土曜の昼下がりというこの上ない安らぎに包まれた寝顔だった。

「俺、もう帰るな」

僕らはそんなのんきな五人を見下ろしながら食後のお茶を飲んでいた。キッチンから水の音が聞こえていた。

「あ、うん」

辰美がこたつから腰を上げたので、僕もつづいて立ち上がった。そばにたたんで置いてあったウィンドブレーカーのそでに辰美は腕を通し、僕もそのへんにあったジャンパーを羽織ってジッパーを上げた。

「あれ、もう帰るの？」

洗いものをしていた父さんが顔を上げ、キッチンのそばを通りぬけようとしていた僕らに声をかけた。

「おじゃましました。それと、ごちそうさまでした。うまかったです」

辰美がぺこりと頭を下げた。会釈よりも少し深く。父さんはエプロンのすそで濡れた手を拭き、にっこりとした。

「おそまつさまでした。いやあ、それにしても渡辺くんは器用なんだねえ。おじさんびっくりしちゃったよ。龍一《りゅういち》もよかったなあ。好きなことが同じ友だちができて」

僕はうんと返事をした。うん以外に返しようがなくて、さすがに気恥ずかしくて目線をななめにずらすと、キッチンの小窓から外のイチョウ並木が見えた。ホカホカの焼き芋みたいな色だった。父さんがまたにっこりした。

「また遊びにおいで。そうそう、おじさんのシフォンケーキはね、それなりに定評があるからね、今度来たらつくってあげるよ」

「けーきっ？」

すっとんきょうな声に、僕らはびっくりしてリビングのほうに振りかえった。佐藤がむっくり上半身を起こしていた。でもこちらのほうは向いておらず、というかどこも見ておらず、目をつぶったまま「けーき……けーき……」と何度かつぶやいたのち、ふたたびモゾモゾとこたつにもぐりこんで寝てしまった。

「……そういうわけだから、またおいで」

父さんが声を押し殺して、クックと笑いながら伝えた。

「はい」

辰美も静かに笑いながら返事をした。そして僕らはいっしょにうちを出た。ホカホカの焼き芋の下をならんで歩いた。なんでついてくるんだとも訊かれなかったし、ついていく理由を僕も言わなかったし、そもそも理由なんてとくになかった。

公園が見えてきて、僕らはだれもいない園内に入った。ペンキのはげかけた空色のブランコに座った。ブランコを選んだのは辰美だった。そこは意外だった。けど辰美は昼休みもほとんど校庭で遊ぶことがなかったし、親しい仲間のひとりもいなかったし、僕らはまだほんの子どもで、久しぶりのブランコに単純に魅《ひ》かれたのだと思う。

僕らは勢いをつけてぐんぐんこいだ。ふわりと浮きあがった瞬間、空に吸いこまれそうになる感覚は心臓をきゅっと不安にさせ、つい足をついて止まりたくなったけど、同時にどこまで自分が跳べるのか知りたい気持ちもぐんぐんとふくらんでいって、僕らの足は腕は心臓は動きつづけていた。

「俺な、友だちつくらんことにしたんよ」

ぽつりと辰美が告白してきた。僕らはバカみたいに汗をかき、水飲み場のコンクリを黒く濡らし、口もとを手の甲でぬぐっていた。

「どうせまたすぐ転校やからな。いっそずっと独りのほうが楽やと思ってん」

僕はうんとうなずいた。教室の自分の席にポツンと座っている、きのうまでの辰美の後ろ姿を思い出していた。はーあ、しゃべっちまった。辰美はため息まじりに言って、しかしすがすがしく背伸びをした。僕らはすぐそばの鉄棒にもたれかかった。公園には小学二、三年生ぐらいの子たちが集まって、缶けりが始まっていた。

「山田って、やっぱり料理できるんやな。そんな気してたけど」

「そんなって？」

「包丁の持ち方。むいたニンジンの皮はめっちゃ厚いんやけど、包丁に慣れてる感じがしたんよ。なんでヘタぶってんのか意味不明やったけど」

まったくその通りで僕は笑った。それなりに意味はあったのだけど、今となっては本当に無意味だった。言い訳というか、なにか言葉をつなげようと思ったのだけど、僕の口は閉じたままで、辰美も黙ってしまった。走りまわる下級生たちのかけ声が、僕らをふくむ公園じゅうを心地よく満たしていた。僕らは鉄棒の上に腕をのせ、まぶしいものを眺めるようにして留まっていた。

「料理したいんだ」

気づいたら、僕の口は動いていた。

「いろんなものをつくって、つくって、つくって、つくって、つくりまくりたい」

我ながら何回つくるって言うんだろう。僕は言っているそばからおかしくなってきて、まじめに伝えたいのに、我慢できずにふき出してしまった。

「おっまえ、なんやねん！　そんなにつくりたいんなら、勝手に好きなだけつくっとけっちゅーねん！」

辰美もツッコミながら笑っていた。友だちになれたと思った。僕らは鉄棒から離れ、公園の出口に向かった。

「今夜は豚の角煮の予定やねん、父ちゃんの好物やねん、はよ仕込まな」

「渡辺が毎日料理してんの？」

「毎日ってわけやないけど、まあだいたい。ほっといたら、うちの親、麺三昧《ざんまい》やけん」

「すげえなー、僕にはまずムリ」

「食いたいもんつくってるだけやけどな。めんどくさい日はけっきょくラーメンやし。出来合いだって買うし。すげえのは山田の父ちゃんやろ」

「あ、シフォンケーキ食べにこいよ。うまいよ」

「そら行くわ、うまいならなおさら行くわ。俺、菓子作りは苦手やねん、おじさんに師匠になってもらわんと」

辰美はけっこう本気の調子で言って、じゃあなと手を振って僕に背を向けた。風が吹くたびひらひら舞い落ちるイチョウの葉を、元気いっぱい踏みながら帰っていった。僕も同じようにして帰った。

わが家ではあいかわらず五人が昼寝満喫中だった。父さんはいなかった。食卓の上にメモが残してあって、町内会のあつまりに出てきますと書いてあった。こたつが暑いのか三つ子が汗をかいていた。僕は体温調節のために着せているベストを脱がせ、脱がせ、脱がせていると、その音で起きたのか、母さんが薄目を開けてこちらを見ていた。

「龍ちゃん、ホットケーキ食べたい」

寝転がったまま微動だにせずの開口一番がこれ。僕はあきれた。佐藤の次ぐらいに餃子を胃袋に送りこんでいたくせに、もう空腹なのか……でも僕はさっそく腕まくりした。辰美のツッコミが聞こえてくるようだった。キッチンのフックに引っかけてあった青いピンストライプのエプロンを、きゅっと固く締めた。

卵、牛乳、ホットケーキミックス粉。僕はあの夜と同じようにまぜていった。ひとりで料理をするのは、本当にあの夜以来のことだった。

フライパンを火にかけて油を引き、タネをおたまですくって落とした。生地の表面にぷくり、ぷくりと気泡ができはじめた。いい匂いもしはじめた。僕は右手を見た。震えている気がして。震えていたってかまわなかった。僕はもう二度と僕を捨てないと決めたのだから。

フライ返しを手に取り、少し生地を持ち上げてみた。きれいに焼き色がついていた。僕はふうーっと息を吐き、そして止め、一気にフライ返しを奥までさしこみ、生地を手早くひっくり返した。止めていた息をすうーっと吸ったとたん、視線を感じた。顔を上げると、向かいのキッチンカウンターのところに母さんがいた。頬杖《ほおづえ》をつき、ニヤニヤ笑いながら僕を見ていた。

「……ヒマなら皿でも用意してよね」

「はあーいっ」

母さんは元気よく返事をすると、特別な日にしか使わないウェッジウッドの平皿を食器棚の奥から引っぱり出した。焼きあがったホットケーキをそっと皿にのせると、超しっとりにもふっくらにも仕上げられなかったけど、確かな幸せの湯気が天井高くまでのぼっていった。

予想はしていたけど、佐藤と三つ子全員がぱっちり起きていた。やつらの貪欲な嗅覚が甘い匂いを察知しないわけなどなかった。

僕はホットケーキミックスの大袋に残っていた粉全部をボウルにぶちこんだ。またもや特大のホットプレートが活躍してくれた。せっせと何枚も何枚も焼いているうちに父さんが帰ってきた。なんだなんだと父さんは楽しそうにエプロンを締め、さっそく生クリームを泡立てはじめ、つぶあんの缶詰も開け、冷蔵庫にあったリンゴやキウイも薄切りにし、最後にチョコクランチアイスクリームをスプーンで丸くすくってホットケーキの上にのっけたら、ものの十分ほどで立派な三時のおやつがこたつの上に七人前ならんでいた。

「ああー太るわー、これ確実に太るやつだわあー、龍ちゃんはともかく武蔵《むさし》くんなにしてくれてんのー」

ぶつぶつ文句を言いながらもとろけるような笑顔で、母さんはナイフとフォークをたくみに動かしつづけた。僕も夢中で食べた。みんな夢中で幸せのかたまりをほおばった。辰美もいればよかったのにと思った。

「父さんに師匠になってほしいってよ」

そう伝えると、

「じゃあ、一番弟子にそろそろ夕飯の手伝いをしてもらわないと」

にっこりと返され、僕はうんとうなずいた。でもその前にひと眠りしたかった。お腹がいっぱいで、自分の部屋に行くのも億劫《おっくう》だった。昼寝ですっきりしている五人はテレビを見はじめた。僕はそのそばでこたつぶとんに肩まで入って横になり、「にー、にー、にー」

と三つ子につつかれながらもウトウトしはじめ、キッチンの水の音を聞いていたらいつのまにか夢を見ていた。

「吉村？」

声をかけると、その人はあぐらをかいたままこちらに顔を向けた。吉村にそっくりだった。そっくりなんだけど、ローマ神話に出てくる人みたいに、ヒラヒラした白い長い服を着ていた。見ようによってはエレガントな割烹着《かっぽうぎ》に見えなくもなかった。その人が「来い来い」とだるそうに手招きしてきたので、僕はふわふわした雲みたいなものを踏みながら近づいていった。

「ったく、おまえなあ、捨ててんじゃねーよ」

その人はため息まじりに、僕に白い布で包まれたものを渡してきた。

「今回は返してやる。ありがたく思えよ」

布をくるくる解いていくと、包丁が現れた。僕の捨てた包丁だった。ハッとして「か」と口に出しかけたとたん、その人はあいかわらずだるそうなようすで「行け行け」と手首をぶらぶらさせ、今度は僕を追い払いはじめた。

「俺ね、きょう完全オフなわけよ。そんな日に来ないでもらえる。空気読んでよね」

雲のベッドに寝っ転がりながら、その人は文句を言い、手近な雲に手をつっこんだかと思ったらそこから超絶おいしそうなサルティンボッカを取り出し、むしゃむしゃ食べはじめた。

「あ、あの、ありがとうございます。僕、がんばります」

その人は聞いているのかいないのか、ベッドの上でスマホをいじりはじめ、いくらでも出てくる生ハムてんこ盛りのサルティンボッカといっしょにワインもごくごく飲みはじめた。僕は空気を読んでその場を辞した。歩き慣れない雲の上を、えいやっ、えいやっと一生懸命進んでいくと、汗をかいて暑くなってきた。ちょっと休憩と立ち止まったら、「がんばれよー」と後ろからかすかに聞こえてきた。僕はハッとして振りかえった。ところが振りかえった瞬間、みごとにスポンと雲から身体が抜け落ち、まっさかさまに地上へ落下していった。危うく返してもらったばかりの包丁を落とすところだった。僕は必死に包丁の柄を握りしめて胸の前で守った。やがて見慣れた街並みが足下に見えてきて、わが家も見えてきて、リビングのこたつで寝ている自分の姿も見えてきたと思ったら、そこで目が覚めた。

キッチンから包丁の小気味よい音が聞こえていた。「トー!」という奇声もして、声のほうに目だけ向けると、三つ子たちが佐藤によじのぼり、ひっつかみ、けりまくりながら遊んでもらっていた。母さんは韓流ドラマを見ながら洗濯物をたたんでいた。僕はこっそりとこたつから起き上がった。しかしさっそく三つ子が気づいて「にー!」と叫び、新たな獲物を見つけたように近寄ってきた。

「龍一、起きたんなら手伝ってもらえるー?」

けれど捕まる前にキッチンからお声がかかった。僕は「はーい」と返事をして、いそいそと父さんのもとに急いだ。胸の前で握りしめていた両手がじんわり汗をかいていた。僕が行ってしまうと三つ子はとっととあきらめた。そしてすっかりエネルギーを吸い取られている佐藤のもとにUターンしていった。

「サルティンボッカは演出だよね」

図書室のカーテンが帆のように大きくふくらみ、僕の話をじっと聞いていた先輩が指摘してきた。

「あ、やっぱりバレました？　最後だけちょっと盛っちゃいました」

僕は笑ってイスから立ちあがり、風が冷たくなってきたので窓を閉めた。文芸部の女の子たちがさらに集まってきていた。先輩は長机の上の青いハガキを手に取って眺め、ふうん、とうなずいた。

「いいね。人に歴史ありだ。それで、辰美くんは今どうしてるの」

「イタリアにいます。お父さんたちがローマを拠点に活動してるらしくて」

「イタリアか。美食の国だね。料理修業するのにもってこいじゃないか。サルティンボッカも食べ放題だし」

「ですね」

僕はイスに座りなおし、先輩からハガキを受け取った。裏返すと、なつかしい字で「龍一朗へ」と書きだしてある。

「辰美は、小学校卒業まではなんとか同じ町に住んでたんですけど、卒業と同時にあっという間に引っ越してしまって。中学から海外の学校に通ってるんです。日本にもめったに戻ってきてなくて」

「そうか。たいへんだね。でもそのぶん実りも多いよ」

「そうだと思います。もともとタフなやつだったけど、ますますたくましくなってきて。今年の夏休みはバックパックひとつ背負ってイタリア一周したとか。パックの中身はおもにフライパンと調味料とか。現地から電話がかかってきて、おまえはマンガの主人公かってツッコミましたけど」

ははは、と先輩は目を細めて笑った。そしてなにかを聞きとめたように、その目を廊下のほうにふっと向けた。そしてイスから立ち上がりながら言った。

「でも、山田もがんばってきたんだね。だからおいしいクッキーが焼けて、こんなに新入部員も集まったんだ。おかげで先生を悲しませないですんだよ」

女子十人を入部させたのは間違いなく先輩の辣腕《らつわん》です。そう思ったけど、褒められているのに否定するのもなんなので、僕は黙ってありがたく頂戴した。図書室の前のドアが開いた。同時に先輩がすっと移動していった。せんせーこんにちはー。女子たちが口々にあいさつしはじめた。はいこんにちはー寒くなってきたわねー。ピンクゴールドの卵形のメガネの奥で、文芸部顧問の青木《あおき》先生の目尻が下がった。

「先生こんにちは。これ、ありがとうございました」

先輩はその輪の中に入っていくと、先生に文庫本を返却した。

「あら烏丸《からすま》くん、あいかわらず早いのねえ。ほらほらみんな、みんなも部長を見習って本読んでねー。それで読書ノートもできれば書いて、先生に持ってきてねー」

はーいと女子たちは返事をして、先生を囲むようにして図書準備室に入っていった。先輩もついていった。準備室でお茶を飲んだりおしゃべりをしたり、まったりと放課後を過ごすのが文芸部のおもな活動だ。たまにだれかが図書室のほうに残り、宿題をすませたり読書をしたり、ときに創作なんかもしたりするけれど、要するに部活内容はいたって自由なのである。

僕は窓の外を眺めた。野球部やらサッカー部やらが声を出し合い、練習に汗を流していた。青い空一面にサバ雲だかイワシ雲だかが広がっていた。きょうの夕飯なんにしようかな……。自動的にぼんやり考えはじめる頭の中に、ゆっくりと無数の雲が流れていく。あああもうこれ確実に帰りにスーパー寄ってサバ買ってサバ味噌つくるパターンだな……。僕は苦笑して、あきらめて手もとに視線を戻した。何度目かの「龍一朗へ」のつづきを読みはじめる。

「山田、先生がお茶飲みにおいでって」

図書準備室のドアが開き、僕は今行きますと先輩に答えた。鞄の中にそっとハガキを戻した。辰美も今ごろ夕飯のメニューに頭を悩ませているのかもしれない。家に帰ったら返事を書こう。「辰美へ」と書きはじめる自分を想像しながら、僕はお茶を呼ばれにいった。

# ウソつきたちの恋

ミスター・サンタクロース、どうかほしいものがあります。もう来年のプレゼントはねだりません。そのまた来年も来年も来年もさらに来年も、もうなんにも一生ぜったいにいりません。だから今年のプレゼントだけは、どうかどうかあたしにください。

夜の窓におでこをくっつける。ヒンヤリしてて気持ちいい。

窓の中には、最近知りあったばかりのあたしがいる。

白く窓がくもる。くもった窓の中のあたしは、ほんのり赤い。なにか言いたげに、じっとあたしのほうを見つめてる。あたしはなぐさめるように、つめたくて赤いほっぺたにコツとふれてあげる。するとまた白くくもる。またひとつため息。

七才の冬。

あたしは恋をしている。


十二月にとつにゅうする直前の日曜日、わが家には大さわぎの朝がおとずれる。毎年のことだ。毎年一階からゴソゴソ、バタバタ、ときにはガッチャーン、などというめいわくこの上ない音が二階の部屋まで伝わってきて、あたしとおふとんとのノウコウなかんけいをザンコクにもたちきってしまう。

「……はじまったね」

すっかり目がさめてしまって体をおこすと、ちょうど透《とおる》も目をこすりながら、のっそりおきあがったところだった。

「……うん。まだ六時だよ」

うすぐらい部屋の中、目ざまし時計をかくにんしあう。カーテンのむこうはうっすら明るい。かろうじてお日さまはのぼっているみたい。一階からはあいかわらずドタドタとえんりょのない足音。渉《わたる》だけ、あたしのとなりでぐうぐうねつづけてる。コンコン、と小さくドアがノックされた。

「おきてるふたりは下に集合なー」

おにいのねむそうな声が部屋の外から言ってきた。スリッパの音が階段を下りていく。あたしと透はひざ下まであるフリースの部屋着をはおって、もこもこのソックスをはいて、思いっきりカーテンをあけてやったのに渉ってばピクリともしなくって、あたしたちはあきらめて部屋を出ていった。

「あっ、ごっめーん、おこしちゃったぁ？」

階段下にある大きなクローゼットのとびらは予想どおりの全開。その前でおかあさんのテンションはすでにかなりマックス。すでにパジャマもぬいでる。赤と緑の冬っぽいもようのルームワンピに着がえ、長い髪を気合いの入った高い位置で一本にむすんでる。

二メートル近いクリスマスツリー、ツリーをいろどる星やらカラーボールやらのオーナメントがつまってる段ボール箱、松ぼっくりと赤いリボンだらけのクリスマスリース、アクリルでできたニコニコ顔のスノーマンにトナカイ、ＬＥＤのイルミネーションがジャラジャラつまってる段ボール箱、Ｍｅｒｒｙ Ｃｈｒｉｓｔｍａｓ！とながれるような金文字の天井かざり、大小さまざまなクリスマス仕様のかべにはるステッカー、これまた大小さまざまなスノードーム、造花のポインセチアとシクラメン、そして数えきれないほどのサンタ、サンタ、サンタクロースのおきものたち。

一年のふういんはやぶられた。クローゼットのおくから、今年も引っぱり出されてしまった。おかげでわが家のせまいろうかが、さらにせまくなっている。

「……とりあえず俺は朝メシの準備」

そう言うが早いか、おにいはイチぬけでキッチンへにげていった。でも理由をもたないあたしと透はニぬけもサンぬけもできない。

「そうねぇー、うん、まずはやっぱりツリーをリビングに移動させよっか！」

ハンパないにっこりスマイルのおかあさんの指示のもと、あたしたちはツリーを横だおしにして「せーの」でもち上げた。あたしと透は台座の左右をもって、おかあさんは緑色のふさふさしたえだのまんなかからへんをささえて、かべにぶつけないようにゆっくりゆっくりリビングへとはこびいれた。

「うーん、ここかなあ、いや、やっぱりあっちがいいかも」

おかあさんはうで組みして、ひとりぶつぶつ言いながら、部屋じゅうを歩きまわる。あたしと透はキッチンに行った。ベーコンがじゅうじゅうやけるいいにおい。おにいがフライパンから取りわけるベーコンエッグをお皿に受け、それぞれテーブルにはこび、すると渉もおきてきて、「あっクリスマスはじまったんだねー」とのんきに言ったあと、同じように朝食をお皿に受け、自分の席まではこんだ。

自分のぶんは自分でセットするのがわが家のテッソク。でもおかあさんはそのテッソクさえ頭からふっとんでるみたいで、ここでもない、そこでもない、とまだリビングをウロウロ。そんなおかあさんを横目に、あたしたちは玉ねぎとキャベツのコンソメスープ、ブルーベリージャム入りのヨーグルト、昨夜ののこりのかぼちゃサラダ、牛乳、食パンとつぎつぎテーブルにはこびつづけ、パンがトースターの中でこんがりやき目をつけはじめたころ、ようやくクリスマスツリーのおき場所はきまった。けっきょく毎年とおんなじ。はき出し窓のそばだった。

「ふーっ、まずはツリーの位置がきまらないとおちつかないもんね!」

おかあさんはひたいの汗をふくマネをした。おにいはあきれ顔でコーヒーをふたりぶんドリップしている。そしてキッチンカウンターに意地でもずらっと放置されていたお皿をおかあさんがはこんだところで、いつものように「いただきます」のおにいの号令がかかった。足もとで電気ストーブが赤々とてっている。あたしはイスにすわったままふりかえり、窓辺のツリーを見上げてみた。てっぺん近くの緑色の一本のえだ先に、去年しまいわすれたらしい小さなサンタクロースのかざりがぶらさがっていた。その赤さをしばらく見つめていると、さっそくおかあさんが本日のスケジュールを発表しはじめた。

「ハイ、じゃあね、まずは家の中をかざりつけまーす。高いところの作業は龍《りゅう》ちゃんおねがいね、透と蛍《ほたる》と渉はまず窓をピッカピカにふこうね、それでステッカーをはっていきまーす。おかあさんね、北欧テイストのあたらしいステッカーを仕入れちゃいましたぁ。あとね、サンタクロースのおきものはね、みんな好きなところにかざってっていいからね。で、つぎは庭だけど、雪だるまくんとトナカイちゃんは玄関ふきんにおきますよ、二階のベランダからイルミネーションたらすのはやっぱり龍ちゃんたんとうね、透たちはウッドデッキのさくにイルミまいていってね、さらにおかあさん、ランプがぴかぴか七色に変化するサンタさんのオブジェも買っちゃいました〜いえ〜い！　インターネットばんざ〜い！きょう宅配されてくるよたのしみだねえ。それでえーと、つぎはねえ……」

よくもまあ、ひとりでべらべら。かべの時計はようやく七時。クリスマスマニアのおかあさんにとって、待ちに待ったシーズンがやってきたのだ。

「おっ、おにぃ」

朝ごはんがおわったあと、あたしはガマンしきれずおにぃをよびとめていた。透と渉は洗面所で歯みがき中。おにぃは二階の部屋にもどろうとしていて、階段の下でふりかえった。あたしの顔、赤くないだろうか。

「え、えと……きょうってさ、お昼……つくる？　夕ごはんは？」

満腹のくせにもう昼の心配か、とでも言いたそうな、けげんな目つきがかえってきた。でもたしかめずにはいられないんだもん。

「……たぶんつくらない、もとい、つくれないと思う。なぜならゆるすぎる文化部十七才男子にとってはなかなかハードな一日が手ぐすね引いて待ってるから。なんで？」

「え、ううん、なんとなく」

あたしはそそくさと洗面所にごうりゅうした。ソッコーで歯みがきをすませたおかあさんは、テレビ台の上にひとそろいの木製サンタたちをならべている。あわてんぼうの〜さんたくろ〜す〜と歌声が聞こえてくる。おにいは階段を上がっていく。ミント味の歯みがきこをしぼりだしすぎてしまった。口の中がからい。去年の今ごろはまだチョコバナナ味だった。ふれたほっぺたがあつい。洗面所のかがみをまっすぐ見られない。

あたしの王子さまは、うちから徒歩五分のコンビニにいる。

午前中いっぱいかざりつけをしながら、あたしはずっとソワソワしていた。そんな気持ちとは関係なく、家じゅうはどんどんクリスマスバージョンに変わっていった。コート、マフラー、ニット帽でしっかり防寒して、ウッドデッキに電飾のたばをまきつけているとちゅう、ついにおかあさんのツルノヒトコエがあがった。

「あ〜、おなかすいた！　龍ちゃんごはんは〜？」

茶色くかれた庭の芝生の上を、おかあさんはさっきから行ったり来たりしていた。ピカピカ七色に光るサンタクロースが宅配便でとどいたからだ。ここがいいかな、あそこにしようかな、とせまい庭をおとくいのウロウロ。そしていいかげんなやみつかれたのか、ベランダにむかってさけんだのだ。

「……いやいやいや、ないにきまってんだろ。どう考えてもつくるヒマなかっただろ。きょうは出前だ出前」

めんどくさそうなおにいの声が二階からふってきた。見上げると、このさむいのに上着をぬいで、ベランダから身をのりだして作業している。ジャラジャラのミックスカラーのＬＥＤライトを波打たせるようにして、ベランダのさくに結束バンドでとめている。星形と雪形のイルミネーションは、交互にして地面にまっすぐたらしている。めんどくさそうな声を出すわりにはシコウサクゴしている。

「うーん、出前かあ。ピザ？　おそば？　正午すぎだから時間かかるわよぉ。いっそのこと近所のファミレス行っちゃう？　それともマックかケンタでおもち帰り？　いちばんてっとり早いのはコンビニだけ……」

「コンビニがいい！」

さけんだしゅんかん、八つの目玉がぐるりっ。あたしに集中コーゲキ。あああ、やっちゃった。せめておかあさんが言いおわるまで待てばよかったよおお……でももうアトノマツリ。こうなったら一生けんめい言いわけをこころみてみるのみ！

「だ、だってさあ、きょうはクリスマスの準備がさいゆうせんでしょ？　コンビニってそういうときのためのものでしょ？　なんてったって徒歩五分だし、すぐ食べられるし、けっこうおいしいし、しんせつにあったためてもくれるし、ああそれに限定ジャンボシュークリームも発売されたんじゃなかった？　あたし、あたしね、クリスマスの準備はね、きちんとやりたいの。それで、それでね、一秒でも早くきれいになったおうちが見たいの！」

八つの目玉たちはだまりこくってる。背中のほうから北風がひゅるりー。さ、さすがに演技くさかった？　ドキドキヒヤヒヤしてへんな汗がたらり。ところがつぎのしゅんかん、あたしはガバーッとだきよせられた。

「んまーっ、蛍ちゃんっ。なあんていい子なの！　さっすが私の娘！」

スッピンのほっぺたをスリスリおしつけられる。そういうわけで、あたしはおにいとふたりでコンビニに行けることになった。

「……おまえ、母さんヨイショしてどうするつもり？　もう今からお年玉アップのために動いてんのか」

「ちがうよ。なんてオヤフコウな息子なの」

「お、オヤフコウ……」

「あたしはね、ユイイツムニのおかあさまのしあわせをね、ジュンスイにねがってるだけ」

「お、オカーサマァ？……」

ミカクニンセイメイタイでも発見したようなほっぺたのヒクツキ。自分でもなにを言ってるのかよくわからない。わからなくてとうぜん。だってもうコンビニはすぐそこ。グッと、おにいがガラスのとびらを引いた。

「いらっしゃいませー」

白い、白い、おっきなバラの花が目の前でさきみだれる。

「なんだ山田《やまだ》かー。いらっしゃーい」

「センパイ、おつかれさまでーす」

レジのむこうに、しましまの制服を着た王子さま。おにいは気軽に話しかけ、カゴを手にとる。「烏丸《からすま》」というネームプレートをつけた彼が、おにいの横でかたまってるあたしを見下ろす。レジ前のおでんのにおいが、とつぜん、高級シャンパンのようなフルーティーなかおりに変わる（のんだことないけど）。

「えーと、蛍ちゃん、だよね？」

「すごいセンパイ。よくわかりましたね。学園祭で会っただけでしょ？」

「そりゃわかるさ。だって蛍ちゃんがいちばん美人さんだものね。あ、透ちゃんと渉ちゃんにはナイショだよ」

烏丸さんはつややかなくちびるの前にひとさし指を立て、トドメにちゃめっけたっぷりのウィンク。白、赤、黄、パープル、オレンジ、ショッキングピンク……！　無数のバラがつぎつぎにポンポンさきまくりだ。

「……センパイ、堂々と後輩の前で、その妹をくどかないでもらえますか」

「あらら、しかられちゃった」

烏丸さんはこまったように笑い、でもさらにもう一回、あたしにウィンクしてきた。あたしはなにも言えなかった。こんにちはぐらい言えばよかった。ちっちゃな子みたいに、マヌケにもおにいにピッタリくっついて、店内を回ることしかできなかった。おべんとう、カレーライス、ドリア、オムライス、サンドイッチ、おにいは目についたものをカゴに入れ、もちろんジャンボシュークリームもわすれず、ふたたびレジの前に立った。

王子さまとの二度目の出会いは学園祭。

去年、あたしはタイミング悪く熱を出してしまったけど、今年はおかあさんと透と渉といっしょに、十一月のはじめ、おにいの高校に出かけていった。

たこやき、うどん、フランクフルト、ハデな手づくりかんばんのモギ店がずらーっと中庭にならんでいて、あたしたちはキャラメル味のポップコーンをほおばりながら、科学部の実験とか、美術部の作品とか、教室じゅうの迷路とかをくぐっていって、ゆっくり三階のとしょしつにむかった。

「いらっしゃいませー」

この声知ってる。すぐにそう思った。

ハッと顔を上げて、あたしはびっくりした。見なれたしましまの制服じゃなくって、つやのあるグレーのスーツにネクタイ、パリッとした白シャツに黒の革ぐつ、パッチワークされたカラフルなシルクハットをかぶっていたけど、それでもたしかにあの人だったから。

文芸部の出し物はお茶会だった。不思議の国のアリスのティーパーティーをイメージしていて、部員たちはアリスやウサギやネムリネズミのコスプレをしていて、おにいのウサ耳はかなりキモかったけど、お茶のおかしはおいしそうだった。スコーン、チョコレートタルト、レモンパイ。カラフルなふうせんがいたるところにくくりつけてあった。長机にはそれぞれアリスの中に出てくる文章がカードにプリントされておいてあった。たとえば「答えのないなぞを考えるなんて、時間をすてるようなもんだわ」とかなんとか。

あたしは二度目の恋におちていた。うんめい。頭にうかぶのはその言葉だけだった。としょしつは、みごとに女の人でうまっていた。ぼうし屋のコスプレなんだけど、彼はじゅうぶんに王子さまで、おかあさんもイケメンねえとはしゃいでいたけど、おぼえてないみたいだった。おかあさんは、すでに王子さまに会ったことがあるというのに。

烏丸さんとの一度目の出会いは夜のコンビニ。

十月はじめ、あたしはおかあさんのダイエットウォーキングにつきあって、夜九時に近所を一周していた。五千歩も歩いた。それなのに「ごほうびごほうび」と、おかあさんはまよわずコンビニにすいよせられていった。

あたしは駐車場で気づいたのだ。ガラス窓からあかりがこぼれ、いろんな影がのびていた。明るい店内からまっくらな外を、ガラスごしにぼんやり見つめていた。なんとも言えない目の色だった。たぶんその目を見たしゅんかんからだと思う。

おかあさんはまっすぐスイーツコーナーにむかって、あずきまっちゃロールケーキを買った。お金をはらうとき、男の人はとてもあいそがよくて、長い前髪がふたえまぶたの上をこすって、にっこり笑ってくれていた。

「おつりもらうとき、あの店員さんの手、つめたかったわー」

帰り道、おかあさんがなにげなく言った。つめたい……。あたしはコンビニにふりかえった。でももうあの人は見えなかった。

今夜もあたしはつめたい窓におでこをくっつける。

クリスマスの準備はなんとかおわった。とはいっても、当日まで、おかあさんのこまごましたコダワリはつづくのだけど。

夜十時すぎ。透と渉はもうねている。おでこをくっつけていると、少しずつガラスがぬくもっていく。

こんばんは、あたし。満月がかがやいてるね。あの人も見てるかな。見てるといいね。

窓の中のあたし、きょうはたいへんだったけど、しあわせだったね。

ううーんと渉がねがえりをうった。さむくなってきたので、あたしもふとんに入った。

目をとじてうかんできたのは金ぴかの満月。あの人とあたしはつながってる。おやすみなさい。おしごとがんばってください。おやすみなさい……がんばってください……。

「ところで蛍、おれたちのコドモはふたりでいいかな？」

悠太《ゆうた》が一年二組の教室で、ギギギとイスを近づけてきいてきた。真冬の昼休み。いくらピチピチの一年生だって、だいたい室内にとどまってる。あたしも机にほおづえをついて、ぼんやり窓の外のけしきをながめていた。

「悪いけどあんたのコドモはうめないわ。ていうか、いつケッコンするって言った？　ねぼけてんなら五時間目までねてなさいよ」

あたしは前の席の悠太のほうをちらっとだけ見て言って、また水色の空を見上げた。白くて細い月が、窓のさんに引っかかってる。

「なに言ってんだよお、幼稚園のときちかったじゃねーかよお。ハタチになったらケッコンしてシンコンリョコウはハワイだって！」

「そう？　そんなこと言った？　だったらゴメンね。さっそくコンヤクハキするわ。ぜんぜんおぼえてないけど」

「ええー、なんでだよー、おれほど蛍をアイしてる男はいないのにー」

「だってあたし、好きな人ができたんだもん」

「だっ？　だっ！　だれだよー！　そのフトドキモンはーっ！」

「あーもう！　うっさい！　大声出すんならもうしゃべんないっ」

キッとにらむと、悠太はウッと言葉につまった。つまらなそうに口をとがらせ、青いラインのうわばきの足をぶらぶらさせはじめる。

ああ烏丸さん、今ごろなにしてるのかなあ。お昼ごはん、なに食べたのかなあ。あたしの給食はアジフライでした。ちゃんと大葉がはさんであって、おっきいのをえらんでお皿をとりました。烏丸さん、アジ好きですか。これからはブリもいいですよね。スーパーでブリのアラを見つけると、おにいは目の色を変えて買いしめて、大根といっしょに圧力なべにほうりこんでブリ大根をつくってくれます。

窓の外、ひこうき雲が、まっすぐまっすぐのびていく。おにいの高校がある方向を、遠く遠く、あたしは見つめる。

昼休みのおわるチャイムがなった。バタバタとみんなが席について、塚本《つかもと》先生がやってきて、算数のじゅぎょうがはじまった。

ノートを広げたら、ページのはしっこに、男の人の顔がかいてあった。にっこり笑顔にぐるりと大きなハートマーク。前の算数のじゅぎょうのときにかいたんだった。あらためて見てみたら、けっこうはずかしい。あたしは消しゴムを手にとり、けどけっきょく消さなかった。

ひこうき雲が糸のようにほどけて空にとけていく。ああ消えないで……と思ってたら、「じゃあ山田さんつぎの問題」と先生にあてられてしまった。うわあ……しまった。ぜんぜん話をきいてなかった。

「は、はい」

イスから立ちあがるも、もちろん問題はといてない。あわてて問題文に目をとおす。

ええと……ひとりずつじゅんばんにボートにのります。みさきちゃんの前に十三人います。みさきちゃんは前からなんばんめのボートにのれるでしょうか？　なんなのこの問題。十三とかフキツなんですけど。ていうか、みさきちゃんって！　みさきちゃんなら、あたしはぜったい、ぜえったい、いっしょにボートにのる！　そんでもって答えは十四！

「十四ばんめです」

「はい、せいかいです。よくできました」

ほっとしてイスにすわる。そしてあらためて教科書に目をおとす。みさきちゃん、のぶぶんを、指でそっとなぞってみる。

みさきさん。からすま、みさきさん。

こっそりおにいの部屋にしのびこんで、文芸部だよりっていうプリントをシッケイして、あたしは「烏丸岬」というフルネームを知った。烏丸さんは部長らしく、読書のススメというコラムをたんとうしていて、「星の王子さま」についてしょうかいしてあったのでソッコーでとしょしつでかりて読んでみたけど、なんとなくしかわからなかった。

ねえ岬さん。うわ、岬さん、だって！

ねえねえ、はじめてのデートはボートにのりましょうか。中央公園のひょうたん池にスワンボートときょうりゅうボートがありますよ。あたしのおススメは、一羽だけピンク色でリボンでおめかししてる、めったにのれないスワンです。

「では、つぎの問題をといてみましょう」

また自分の世界に入りこんでいたあいだに、先生が黒板にチョークであたらしい問題をかいていた。いけないいけない。今は算数のべんきょうに集中だ。恋は恋、べんきょうはべんきょう。おバカな子なんて烏丸さんにはにあわない。めざすはサイショクケンビ！　でも。でもでも。でもでもでも。大きな大きな恋のショウガイがあることを、あたしは知ってしまっている。

年がはなれすぎてること？　そんなのハナから気にしてない。十一才差なんてたいしたことない。じゃあ烏丸さんがイケメンすぎるってこと？　ううんだいじょうぶ、あたしだってけっこうカワイイし、オトナになったらスーパー美人になる予定だし。

そうじゃない。そういうナマヤサシイことじゃない。あたしはまた気もそぞろになってきて、ノートのはしっこに、烏丸さんのにがおえをかいてしまう。夜のガラスのむこうを見つめている、あの横顔。

あたしの好きな人には、好きな人がいる。

しかもやっかいなことに、あたしも知っている人。またさらにフクザツなことに、あたしもその女の人がきらいじゃない。ていうか、けっこう好き……。

岬さん、岬さんどうか聞いてください。

あたしはたのしいことをたくさん知ってます。来年の春にはだれにも教えてないひみつのレンゲ畑にあんないします。夏まつりの花火がよく見えるひばりヶ丘のあき地も知ってます。すんごくおいしい栗モナカのわがしやのおかみさんとは仲よしなので、かならずサービスしてもらえます。ていうか、岬さんが食べたいものがあるんなら、おにいにガンガンつくらせます。そしてあたしは手がけっこうあったかいです。冬は手ぶくろがわりになれます。いいえいいえけっして手がつなぎたいとかヤマシイ気持ちはミジンもありません。

だからどうか、岬さん、どうか青木《あおき》先生のことはあきらめてください。

五時間目しゅうりょうのチャイムがなった。けっきょくじゅぎょうに集中できなかった。

サイショクケンビへの道はケワシイ……。

「蛍、帰ろうぜー」

帰りの会がおわって、からっぽに近い青いランドセルをしょった悠太がふりかえって言った。同じ地区の子たちと集団下校するルールは五月いっぱいまで。だからもう好きかってに帰っていい。クラスがちがうと帰りの会がおわる時間もちがうので、もう透や渉とはめったに帰らない。透は亜里沙《ありさ》ちゃんと、渉も同じクラスの子といっしょか、ひとりでフラフラたんけんしながら帰宅する。つまるところ、あたしの下校のおともは、かってについてくる悠太なのである。

「なあー、なあー、好きなやつなんてウソなんだろぉー?」

まだ三時なのに空気がつめたい。通学路をぶらぶら帰りながら、しつこく悠太がきいてくる。うんどうぐつの下にあたるアスファルトが、夏よりカチカチしてかたいかんじ。

「ウソじゃないってば。とくべつに教えてあげるけど、その人、烏丸さんっていうの。高校三年生」

「こうさんっ? すんげージジイじゃん! それにカラスぅ? へんな名前!」

「カラスじゃなくて烏丸さん。ていうか人の名前をバカにするなんてサイテー。もしあんたが、たとえばそうね、福田《ふくだ》じゃなくて……フクジンヅケってみょうじだったら? フクジン、フクジン、ヅケヅケヅケってからかわれたらどう？　自分じゃどうしようもないことでバカにされるなんてたまらないでしょ。それに十八才はジジイじゃないっつの。超好青年な人なんだから。あーあ、教えるんじゃなかった。もうそっとしといて」

「ご、ごめんよ蛍、ごめんなさい蛍ちゃん、かんにんしてください蛍さま……おれがアサハカでした。おねがいだからおれをすてないでくれ……」

すれちがいざまのおばさんがギョッとした目で見てきた。ゴカイをまねくような発言はやめてほしい。

あたしたちは四つ角を右にまがった。さむくて上着のポケットにつっこんでいた手をあたしは出した。すっかりちってしまったイチョウ並木の下を、一歩一歩、もったいないようにすすんでいく。悠太がまだウダウダ言いつづけてるけど、ふりはじめの雪のささやかさほどさえも耳に入ってこない。

コンビニは目の前。

わかってる。あの人はまだいない。この時間は学校なのでいないはず。いないとわかってるのに、ガラスのむこうに目をこらしてしまう。さがしてもムダだとわかってるのに、しっかりガッカリしてしまう。さみしい。うれしい。さみしくてうれしいトゲが、コンビニの前をとおるたび、チクンと心臓をつつく。

「なあ、なあってばあ、ほたるぅ、いいかげんゆるしてくれよぉ」

せっかくウットリしてたのに、横から悠太のガナリ声。気づけばもううちの玄関先だった。あたしはハアとため息をついた。

「ハイハイ、もういいから。ね、さむいから悠太も早く帰んなさいね」

悠太のかたをトントンとたたくと、ずっとムシしていたせいか、悠太はこれでもかというう笑みを顔じゅうに広げた。

「じゃあなー、ウワキすんなよー」

とおりかかったおじさんがギョッ。悠太は両手をふりまくってきた道をもどっていく。あのコンビニの前までもどって、四つ角を左にまがるのだ。悠太はとなりの地区に住んでいる。

あたしは空を見上げた。手はポケットの外。ひこうき雲がのびていく。さっきのよりふとくてはっきりした白い線。あたしの行きたい方角へとしずかにのびていく。

あしたの午後二時半、とつめたい手をこぶしに変えて気合いを入れる。あたしには極秘プロジェクトがある。岬さんとハッピーエンドをむかえるべく、クローゼットのおくにかくしてある手帳に、シナリオがびっしりかきこんである。たとえば毎週土曜はとしょかんに行って、お話会にさんかすること。


土曜午後二時。おかあさんと渉といっしょに、あたしはとしょかんにのりこんだ。透はいない。すっかり師弟関係みたいになってる雪乃《ゆきの》ちゃんにくっついてスポ根である。このさむいのに運動公園まで自転車で出かけていって、キャッチボールとか走りこみとか、とにかく汗という汗をかきまくっているにちがいない。

きのうのうちに宿題はすませた。髪の毛はおかあさんのお高いトリートメントをこっそり使わせてもらって超サラサラ。青いレースのリボンもよれてない。白いセーターも毛玉のひとつもない。ムートンブーツも一点のドロよごれもなし。歯みがきもカンペキ。息はさわやかなミント。よし、われながらいいオンナすぎる。いざ敵陣へ。

「もうすぐお話会がはじまりまーす。さんかしたいお友だちはあつまってくださーい」

としょかんの一角をしきったキッズスペースから、女の人の声がひびいた。そこのかべはまっきいろで、いろいろ動物の絵がかいてあって、床はカラフルなジョイントマットがしきつめてある。すでに小さな子たちがあつまってすわっていた。

あたしはもう小学生だから、キッズスペースそばの、子ども用読書席に渉とすわった。「二時間後に集合ね～」と、おかあさんはさっさと二階のＤＶＤコーナーにむかった。とけいのはりが二時半ちょうどをさすと、はくしゅとともにお話会ははじまった。

「きょうのお話は『クリスマスにほしいもの』というものがたりです」

青木先生がキッズスペースのまんなかのイスにすわっている。絵本の表紙をみんなに見えるようにかかげ、左右にふってみせる。そしてページをめくり、子どもたちのはんのうをうかがいながら、やわらかい声でゆっくりゆっくりお話を広げていく。卵形のメガネのおくのやさしいまなざし。

青木先生とは、幼稚園の年中のときに知りあった。当時から先生はとしょかんのボランティアをしていて、あたしと透と渉は二週間に一度、たっぷり絵本をかりるため、おかあさんにとしょかんにつれてきてもらっていた。そして事件はおきたのだった。

ビリリッ……！

あたしは床にしゃがんで絵本をえらんでいた。ぱらぱらページをめくっていた。それでいきおいあまって紙をさいてしまったのだ。頭がまっしろになった。でもまっしろながらにもはたらくもので、そのときちょうどあたしのいた本だなのまわりだけ、人がだれもいなくて、あたしはゴクリとつばをのみこんだ。

「ねえ、おばちゃんといっしょになおそうよ」

ブルッと全身がふるえた。こおりのような指で、絵本はとじられかけていた。つめたいつめたいこおりの下にかくされようとしていた絵本をすくいあげたのは、ひかえめな冬のひざしのような声。あたしはおそるおそるふりかえった。こしをかがめ、卵形のメガネのおくから、青木先生の目が笑いかけてくれていた。

おかあさんは大あやまりだった。先生は事情をせつめいしたかっただけなのに、絵本をべんしょうしますとペコペコ頭を下げられてしまったもので、ぎゃくにというか、なんでだか先生もペコペコしまくっていた。そして「ＳＴＡＦＦ　ＯＮＬＹ」とかかれた白いとびらのむこうにあんないされたのは、あたしだけ。

「本がやぶれるってね、としょかんではニチジョウサハンジなのよ」

青木先生は「どうぞ」とあたしにイスをすすめてくれた。先生もとなりにすわった。そして本補修専用テープというものを机の引き出しからとり出すと、てきとうな長さにカットして、さあ、とあたしにも同じようにするようにうながした。としょかんには本をなおすトクシュギジュツがそんざいしていたのだ。ふたりで少しずつ少しずつ、やぶれたところをていねいにつなぎあわせていくと、やぶれたところはほとんど見えなくなってしまった。

「専用のものをつかうとね、時間がたっても、セロハンテープみたいに黄ばんでこないのよ。だからだいじょうぶなのよ。うわあーたいへんだーってあわてても、たいていのことはね、なんとかなっちゃうものなの。なんとかしようと行動すれば、ね」

絵本にはったテープのぶぶんに、先生はそっと手のひらをおいた。早くケガがなおりますように、とおかあさんがばんそうこうの上から、そっとなでてくれるみたいに。

「ごめんなさい……」

あたしは泣かなかった。目にクッと力を入れて、あふれてきそうになるなみだを、何度も何度もおしもどした。バカみたいにまばたきしないあたしに、先生は少しだけこまったように笑ってから言った。

「ねえ、お話会によくきてくれてる子だよね。また聞きにおいでね。さあ、おかあさんが心配してるだろうから、もう出ようね」

先生はあたしと手をつなぎ、入ってきたときと同じように、とびらの前までつれていってくれた。ところがなにか思いついたみたいで、机まで引きかえすと、引き出しをあけて紙やらなにやらとり出し、ものの一分ほどでもどってくると、その手には、朱色のサクラの花びらマークがスタンプされた紙があった。ネコの顔のかたちをしたメモ帳の一枚らしかった。

「はい、きょうはよくがんばりました」

メモ紙はあたしの手にわたされた。だからさらにクッと目に力を入れなければならな

かった。せめて部屋を出るまでがまんしたかった。花びらの中には「たいへんよくできま
した」の文字がしっかりとスタンプされていた。先生はあたしを見ないようにしてくれて、
すばやくとびらをあけてくれた……。
「はい、では、きょうのお話会はおしまいです」

キッズスペースのまんなかで、青木先生がぺこりと頭を下げた。パチパチとあちらこち
らからはくしゅがあがる。そして小さな子たちは待ってましたというように、先生のそば
によっていって、じゃれつきはじめた。そのあと先生は男の人によばれ、本だなの前で話
しはじめた。その男の人もボランティアの人らしく、よく先生といっしょにいるところを
見かける。年も近いみたいだ。すらりと背が高く、とうぜん岬さんにはおよばないけど、
あんがいハンサム。ふたりはほほえみあっている。フムフム。あたしはひそかにほくそ笑
む。つぎのお話会にとりあげる絵本をえらびおわったようで、男の人と先生は頭をさげあっ
てわかれた。そして先生は歩きだす。よし、プロジェクト始動!

「じゃ、こっから別行動ね! またあとで、ここに集合だからね!」

とつぜん席をはなれようとするあたしに、「おっけ〜」とたいしておどろきもせず、妖
怪ずかんを読みつづける渉はさすが渉。おかあさんとのやくそくの時間まで一時間以上も
ある。

「せんせー、こんにちはー」

こっそりあとをつけていったあたしは、先生の背中に声をかけた。としょかんのすみに
ある休けいスペースで、先生は自販機の前でふりかえった。ゆげの上がる紙コップをもっ

ている。コーヒーのいいかおり。

「あら、蛍ちゃん。こんにちは。きょうもお話会にきてくれてたわね」

先生はにっこりして、ベージュのソファにこしかけ、あたしもとなりにすわった。

「先生、きょうのお話もとてもよかったです。友だちっていいなあって思えました」

「うん、そうよね。サンタさんへのねがいごとを、友だちのためにつかえるって、すばらしいことよね」

「はい、それはそうと、さっきの男の人とはしたしいんですか？」

「さっきの？　ああ、トヨシマ先生のこと？　彼は小学校の先生なのよ。蛍ちゃんの学校の先生じゃないけどね。まあ、したしいと言えばしたしいけど……」

「つまり好きってことですか？　ていうか、ずばりカレシですかっ？」

「ええっ、ちがうわよそんな」

「でもでも、おにあいだと思います！　先生、カレシとかいないんですかっ？」

「ざんねんながらいないのよねー。もう三十なのにねえ。親もそろそろうるさいし……蛍ちゃん、これってヤバいかしら？」

「ヤバいです、ヤバヤバです、婚活とかどうですか、今っていろんなとこでイベントやってるじゃないですか、先生ならヒクテアマタですよまちがいなく」

「ヒクテアマタって。蛍ちゃんってば、どこでおぼえてきたの」

先生はくすくす笑ってコーヒーをすすった。でもそれだけだ。あんまり本気で聞いてくれていない。まだケッコンする気はないのか……うん、それはそれでいいじょうほうかも。

「じゃ、好みのタイプってどんなのですか？　スポーツマンとか料理じょうずとか、と、年下とか、ど、どうなんですか？」

「年下かあ。あんまり考えたことないなあ」

あたしは心の中で大きくガッツポーズ。よしよし、シナリオどおり！

「ですよねですよね、あたしも先生は年上のほうが合ってると思います。たよりがいのあるオトナーってかんじの人がいいと思います。さっきのトヨシマ先生とかいいかんじ。先生どうしでさらにあいしょうピッタリ！」

「きょうの蛍ちゃん、どうしちゃったの？」

先生はやっぱりくすくす笑うだけだった。ううーん手ごわい。ところがそこに助っ人とうじょう。ナイスタイミングでトヨシマ氏が「ごいっしょしてもいいですか」とあらわれ、同じように自販機でコーヒーを買うものだから、あたしはソッコーでソファのとなりをゆずった。

「もう行かなきゃ！　先生さよなら！」

そう言って休けいスペースからとび出した。その後、どんなかんじになったかは知らない。でもその夜の窓の中のあたしからは、たのもしいおへんじ。

「ふたりのキョリはさらにちぢまったはずよ」

あたしたちはニンマリくちびるを引きあげる。でもその口もとは、ゆっくりおちこんでいく。窓が白くくもる。

岬さんが青木先生を好きなことはすぐわかった。

学園祭のとしょしつには先生もいて、岬さんは先生と話をしていた。コーヒーをいれてあげていた。カラフルなパッチワークのシルクハットを指さされ、じょうずにつくったわねえとほめてもらうと笑った。それだけでわかった。あたしと同じだったから。あたしが岬さんにほめられたらきっとこんな顔になる。その笑顔を見ていて、そう思った。好きな人のことはイヤでもわかってしまう。

白くくもった窓を、あたしたちは同時にサッと手でぬぐった。にっこり笑いあった窓ごしに、かざりつけられまくった庭が見下ろせた。芝生のまんなかに、ピカピカ七色に光るサンタクロース。あたしはじっと彼を見つめ、そして目をとじた。そっと手を合わせる。

ミスター・サンタクロース。どうかあたしのねがいをかなえてください。

さいきんハロウィーン人気が高いせいか、ハロウィーンばっかり注目されて、昔とくらべてクリスマスはたいしてもりあがらない。これはおかあさんのシュチョウ。それでもスーパーもデパートもケーキ屋さんも、インフルエンザのよぼうせっしゅでムリヤリつれていかれた病院だって、いちおうクリスマスムードにつつまれてる。

「ダセイよねえ……」

おかあさんはひややかにつぶやいた。そして真のクリスマスマニアの手にはクリスマスケーキのチラシの数々。スーパー、デパート、ケーキ屋さん。コンビニのはあたしがもらってきてチラシの山にまぜておいた。キラキラしてておいしそうなケーキばかり。天国みたいな紙のはしっこからはしっこまで、おかあさんは一時間もかけてケントウしている。

「こ、今年は、こ、コンビニとか、どう?」

一時間もソファのとなりでつきあって、あたしはタイミングを読みに読み、ていあんしてみた。そしたらケーキを映しつづけていたひとみがクルッとこっちにむいた。「待ってました!」というように。

「コンビニね〜。一度もたのんだことないし、今年はそうしよっか〜」

あまりにあっけなくてポカンとしてるあたしのほっぺを、おかあさんがニヤニヤしながらツンツンしてきた。ああ……と気がついた。つつかれてないほっぺたまで赤くなっていくのがわかった。さすがはオカーサマ……。

そういうわけで五分後、あたしたちは岬さんの前に立っていた。おかあさんはクリスマスケーキのよやくひょうに名前やれんらく先を記入した。そのあいだ、あたしは岬さんとお話ができた。学校のこととか。おかあさんが「あっ、まちがえちゃった〜」とわざとかきまちがえ、あたらしい用紙をもらってかきなおすあいだ、さらにお話ができた。好きなおかしのこととか。オカーサマ、やりすぎです。でもナイスやりすぎ。

「ありがとうございました。またね、蛍ちゃん」

岬さんはおかあさんにぺこりと頭を下げ、あたしにバイバイと手をふってくれた。今年の山田家のクリスマスケーキは、フンパツしてスペシャルいちごデラックス。

それからというもの、おかあさんはちょくちょくあたしにおつかいをたのんでくれた。マスクとか、かんでんちとか、プリン大福ドーナツとか。そのたびあたしはコンビニへ出かけていった。きちんと髪をとかしてリップクリームをぬって。北風がここちよかった。

行きと帰りはちがう道をとおった。遠回りもした。パン屋さん、本屋さん、お花屋さん、いろんな店先や、かざりつけられた家々の庭先から、大小のサンタクロースを見つけだしては、心の中でおねがいした。

そしたらついにチャンスとうらい！　クリスマスまで十日をきった雨の午後のことだった。水たまりを思いっきりふんだトラックヤローのせいで、あたしは全身水びたしになって、こういう日にかぎって悠太はいのこりでいないし、いかりのあまりボーゼンとしてたら、後ろから青いハンカチの手がのびてきた。

「蛍ちゃんケガはない？」

その手が、ポタポタしずくのたれる前がみをふいてくれた。黒いカサをかたに引っかけ、こしを落とし、同じ目線の高さで、あたしの頭、顔、首とふいていってくれた。でも小さなハンカチもすぐにびしょぬれになった。うーんと岬さんはまゆ毛をよせた。

「ねえ、俺のうちすぐそこだから、ちょっとおいで」

あたしがくしゅんとクシャミをしたのと同時に、岬さんはそう言って、あたしの手をとってわき道に入っていった。え、え、と思っているうちに、二階だてのアパートの前にとうちゃくした。うすぐらいコンクリートの通路に、あたしたちの黒い足あとが点々と、かさなってぬれていた。どの部屋にもひょうさつは出ていなかった。岬さんはつないでいた手をはなし、あたしの手は今さらながらコーチョクした。そして一階のいちばんおくのドアのカギがあき、パッと玄関のあかりがつくと、目の前に小さなキッチンがあった。

「着がえ、すぐ用意するね。あ、洗面所は左。ドライヤーつかって。タオルもね」

岬さんは早口で言うと、さっとスニーカーをぬいで部屋に上がった。部屋はひとつだけらしかった。クローゼットをあけた音のあと、ゴソゴソなにかさがす音も聞こえてきた。

くつ下がつめたかった。早くぬぎたかった。でもあたしはくつさえもぬげずにいた。

え。なにこれ。ゆめ?

シューズボックスの上に、ちっちゃなネコのおきものがあった。サンタクロースの赤いぼうしをかぶっていた。ほかにはなにもない。アディダスのスニーカーと黒いサンダル。プラスチックのカサ立ての中で、黒いカサの先から雨がしみでている。

「蛍ちゃん、カゼひいちゃうってば!」

二回目のクシャミが出たと同時に、岬さんがおくの部屋からもどってきて、あたしは洗面所におしこまれてしまった。

「そんなのしかなかったけど、とりあえず服がかわくまで着てなね」

ドアの外から声がして、あたしは何枚か着がえをわたされていることに気がついた。ズボンはひざから下がびしょびしょだったけど、コートを着ていたおかげでセーターはぶじだった。でもあたしはグレーのトレーナーと、黒のハーフパンツをえらび、着がえた。知らない家のにおいがした。

「あ、ココアいれたよー」

ドライヤーで髪をかわかしたあと、ドアをあけると、おくの部屋からよばれた。行ってみると、岬さんは制服のままでフリースの上着をはおっていた。ぬれたコートやズボンをひょいととりあげ、「浴室乾燥にかけとこうね」と言って、おふろ場に行ってしまった。

そのおふろ場から、「あ、山田に、あ、お兄ちゃんね、連絡しといたから。帰りもちゃんとおくってくから、むかえにくるなんてヤボなことはすんなよって。メールしといた」と笑いながら言う声が聞こえてきた。あたしはなにも言いかえすことができなかった。あいかわらずつっ立ったまま、だぶだぶのトレーナーと同じにおいのする部屋を見回していた。まんなかに木目の小さなテーブル、そこにゆげの立つココアのマグ、窓のそばにベッド、床の上に小さなテレビ、かべぎわには天井までとどきそうな本だな。

「いちおう、文芸部部長ですんで」

たくさんの本に目をうばわれていると、背後から笑いをふくんだ声がした。ふりかえると、「もらいものだけど」と、ピンクのハートがびっしりの紙ぶくろをふってみせていた。見知らぬ女子が家庭科でつくったというクッキー。あたしはネズミみたいにちびちびと、岬さんとテーブルをかこみながら、口をとがらせてかじった。

「……こういうの、ことわらないんですか?」

「うん。だって、せっかくくれるんだし」

「……ゴカイされちゃうんじゃないですか?」

「まあ、なきにしもあらず、だけど。でも女の子ってかしこいから。だいたい平気だよ」

「そうですか……」

「それに、いちいち対応するの、めんどうなんだよね。はいどうもーって受けながされてるほうがラク」

パキッとハート形のクッキーはわられた。ふっと窓のほうに顔をむけ、だまって口を動かす岬さんは、あの日のガラスごしの横顔みたいで、なんだか不安になってあたしもだまってしまって、すると岬さんの視線はやさしいかたちでもどってきた。

「ごめん、そういうの俺の悪いクセ。なおしなさいって、注意されてるんだけど」

笑ってあやまってくれた。けど、こわかったわけじゃない。あたしはきれいな王子さまがほしいわけじゃない。でも。でもあたし、岬さんのこと、ほんとになにも知らない。おにいのセンパイで文芸部部長でコンビニでバイトしててあまいものが好きでたぶんひとりでくらしていること。それぐらい。悪いクセを注意するなんてとうていできない。しかってあげた人を、あたしはきっと知っている。

あたしは自分の手を見た。あったかいだけで、なんにもできない手。さっき岬さん、あ、あったかいなあって、せめて少しはほっとしてくれただろうか。

「テレビでも見よっか」

岬さんがテレビのリモコンのスイッチをおした。あたしは高い高い本だなを見上げた。フォトフレームがひとつかざってあった。でも中身は写真じゃなかった。ネコの顔のかたちをしたメモ紙だった。朱色のサクラの花びらマークに、「たいへんよくできました」の文字がしっかりとスタンプされている。

「岬さん！」

あたしは思いっきりさけんでいた。

「うわあびっくりしたあ。な、なに？　ていうか岬さんって」

「あ、ご、ごめんなさい。すてきな名前だから、かってによんでて……」

「うん、べつにいいんだけど。でも久々に下の名前でよばれたから少しおどろいた。で、きゅうにどしたの？　あ、トイレ？」

あたしはぶんぶん首を横にふった。岬さんのにおいのするトレーナー。何回もおりかえしたそでの先を、くっとつかむ。ミスター・サンタクロース。どうか。

「岬さん、クリスマスのよていはありますか？」

「いや、とくにないなあ。ていうかクリスマスとか、そういうの、昔からあんまり縁がないんだよね。今年もバイトかな。今のうちに、かせげるだけ学費かせいどかないと」

「学費？　大学のですか？」

「そ。やりたいこともなかったし、まあ就職かなーと思ってたんだけど。二年まではね。でも先生のススメというか協力もあって、あ、文芸部の先生なんだけど、勉強がんばってみたら学内順位けっこう上がってってって。で、このたびぶじに推薦で大学もきまったんだ。でも私立だから学費がバカ高くて。できるだけ父親にはたよりたくないから、奨学金もらおうと思ってるんだけど、でもいいかげん意地はるのもやめなさいって、先生が……」

「そういう話じゃなくって」

つい強めの声が出てしまった。え、という顔で岬さんがこちらを見る。

「あ、ごめんね。なんかへんな話までしちゃったね。蛍ちゃんって、話しやすいから」

うれしい。あたしはかみしめるようにして、少しだまった。でも心の底からうれしくはない。サクラの花びらの朱色を一度見上げて、すーっと息をすいこむ。

「うちのクリスマス会にきませんか」

「クリスマス会？　蛍ちゃんち、そんなにせいだいにやってるの？」

「おかあさんがマニアなんです。毎年友だち何人かよんで、ケーキ食べたり、ビンゴゲームしたり、そのぐらいなんですけど」

「そうなんだ。クリスマス会かあ……」

ふっと、岬さんの視線がまた窓の外にむけられた。雨がよわまってる。ごーっとなっていたおふろ場の乾燥機の音がピタッとやんだ。

「そうだね。せっかくの美人さんのおさそいだし、行かせてもらおうかな」

「ほ、ほんとですかっ？」

「うん。そういうの十年ぶりぐらいだし、蛍ちゃんちのならたのしそう。つまり山田の気合いの入った料理も出てくるわけでしょ？」

「もちろんです！　岬さんの好物、ぜんぶつくらせます！」

「ぜんぶって」

岬さんはおかしそうに笑った。あたしは自分が笑わせたのだと思うと、もっと笑ってほしくなった。アパートですごしたのは一時間半ぐらい。けど十二月の日暮れは早くて、あたしはかわいた服に着がえて、岬さんも「おくっていくね」とフリースからダウンジャケットに着がえてくれて、小雨の中、うすぐらい道をカサをならべて歩いた。

街灯がチカチカッとまたたいてともった。車道には列ができていた。まぶしい車のあかりがほそい雨をてらしだしていた。あたしたちはトラックがとおるたび、大げさにとびのいてみせ、ケラケラ笑いあった。

何度か横断歩道の前で信号待ちをした。赤信号ばかり気になった。うちまでのこり一本となった横断歩道の前まできたとき、ちょうど信号が切りかわって、バカみたいだけど、あたしは少しだけ泣きそうになった。それからあたしの目は、ガードレールのむこうで、同じように信号待ちをしている車にうつった。

「青木先生」

どっちが言ったのかよくわからない。岬さんが先に気づいたのかもしれないし、あたしの声だったのかもしれない。どっちにしても、すぐ横の白い車の中に、青木先生とトヨシマ氏がのっているのに変わりはなかった。ふたりはこっちには気づかず、たのしそうに笑いあっていた。岬さんはだまっていた。車の窓にあたしの顔がうっすらとうつりこんでいた。そのあたしはいじわるそうにほほえみ、くちびるを動かしつづけていた。

「青木先生、デートみたいですね。あの男の人、トヨシマ先生っていって、最近できたカレシみたいですよ」

なに言ってるの。やめなよ。そんなのウソじゃないの。

「先生、年上がタイプだって言ってたし、国語の先生どうしだし、としょかんでもたのしそうなんですよー。おにあいですよねー」

岬さんがなにか返事をしたようだった。けど、よく聞きとれなかった。雨がつよまりはじめ、カサにうちつける音がはげしくなった。心臓の音みたいに。信号が青に変わった。白い車はかるがるとあたしたちをおいていき、ひきょう者のあたしは、水たまりを気にしているふりをして、足もとばかり見て歩いた。

「うわー、すっごい」

ピカピカ光るわが家にとうちゃくしたとき、岬さんはすなおに感心したような声をあげた。おそるおそる、あたしは少し目線を上げた。

「うん、山田んちーってかんじだね。いいな。あったかいかんじ」

ふうん、と息をつくように岬さんは目をほそめた。しばらくイルミネーションをながめたあと、「何時にくればいいのかな」と、あたしににっこりしてみせた。あたしはとまどった。どうしてそんなふうに笑えるの？　のどがつまって声が出せなかった。

「クリスマス会のことだよ。何時からなの？」

「……あ、えと、二十五日の正午からです」

「うん、バイトは夕方からだし行けるな。ね、ほんとにおじゃましちゃっていいの？」

「は、はい。ぜひきてくださいっ」

「ありがとう。たのしみにしてるね。じゃ、おかあさんにもよろしくお伝えして」

岬さんは手をふってもどっていった。あたしはその背中を見おくった。でもすぐに目をそらした。庭のサンタクロースがピカピカ七色に光っていた。雨のふりしきる中、あたしは家に入らず、しばらくながめていた。

窓の中のあたしとは、その夜から会っていない。おかあさんがおつかいをたのんでくれても、コンビニにも行かなくなった。岬さんに会いたい。でも会えない。それでもあたしは、青木先生には会いにいくのだ。

クリスマスイブの午後、今年最後のお話会があった。絵本の内容はおぼえていない。というか聞いていない。青木先生とトヨシマ氏ばかり目でおって、その目はなんていうか灰色で、ふたりがどういうかんけいでいてほしいのか、もう頭の中がぐちゃぐちゃで、よくわからなくなっていた。

「蛍ちゃん、ちょっといい？」

するとと読書席のほうに青木先生が近づいてきた。声をかけられてドキッとした。いつのまにかお話会はおわっていた。

「これ、山田くんにわたしてもらえるかしら」

「おにいに？」

「そう。文芸部の子みんなにクリスマスプレゼント。終業式のあとあげるつもりだったんだけど、山田くん、としょしつによらなかったものだから。わたしそびれちゃって」

先生は紙ぶくろの中から、つつみをふたつとり出した。金色のリボンで口がむすばれていて、サンタやツリーや雪だるまのアイシングクッキーが何枚か入っていた。赤、緑、白、食べるのがもったいないぐらいカラフルでかわいいクッキーだ。

「あんしんして。お店で買ったものだから、味はほしょうします」

先生はくすくす笑って、こっちが山田くんの、とひとつをあたしにわたしてきた。

「もうひとつは？」

「これはね、三年生の子の。烏丸くんっていうんだけど、彼にもわたしそびれちゃって。日持ちするクッキーだから、もう年明けにあげようかと思ってるところ」

「あ、あの、岬さんなら、あす、うちにきますよ」

「まあ、ほんと？　じゃあ、こっちもおねがいできるかしら」

先生はほっとしたように、もうひとつの少し大きめのつつみも、手わたしてきた。

「烏丸くん、がんばって志望校に合格したからね。ちょっとだけサービスです」

先生の言うとおり、岬さんのほうのつつみには、クッキーのほかにチョコレートやマカロンも入っていた。見知らぬ女子からのクッキーを、ぼんやり食べていた横顔をあたしは思い出していた。じっとだまっていた雨の横断歩道のことも。

「……せんせー、こないだ、トヨシマ先生の車にのってましたよね」

「え？」

「やっぱり、つきあってるんですよね？」

「もー、だからちがうってば。あの日はたまたまよ。私、自転車通勤でね、あの日は雨だったからバスで帰ろうとしてたんだけど、トヨシマ先生がぐうぜんとおりかかって、ごしんせつに家までおくってくださったのよ」

「でも、やっぱり……」

「あのね、トヨシマ先生には奥さまがいらっしゃるのよ。今年は赤ちゃんも生まれたんだから、もうへんなこと言わないの」

「えっ」

「青木凪子《なぎこ》、三十才、今年のクリスマスも女子会でーす」

先生はダブルピースしてみせて、じゃあよろしくね、と言って行ってしまった。あたしは読書席にすわったままでいた。近くに大きな窓ガラスがあって、五階からは冬のけしきがどこまでも見わたせて、わかっていたけど、窓ガラスの中にはあたしがいた。

「それ、なかったことにしちゃえば」

大きなつつみのほうを指さして、あたしがそそのかしてくる。

「それとも、自分からのプレゼントにするとか」

だめだよ。両方だめ。岬さん、先生からだって知ったら、きっとすごくよろこぶ。

「よろこばしてどうすんの。蛍にはなんにもならないじゃん。青木先生と岬さんがうまくいってほしいわけ？」

あたしはあたしから目をそらした。手もとの大きなほうのつつみを見つめて、無意識に力をこめていたみたいで、サンタさんの顔がパキッとわれてしまっていて、あっとあわてかけたとき、「蛍、もう帰るよ」とおかあさんの声が後ろから聞こえてきた。

「ん？　どうしたのそれ」

「あ、青木先生からもらったの、おにいと……あたしにって」

「そうなの。よかったね。ちゃんとお礼言った？」

うん、とあたしは下をむいてうなずき、なにも本をかりていないトートバッグにつつみをふたつとも入れた。そしてミスター・サンタクロースとの契約の朝がやってきた。


クリスマスの朝はとくべつのはじまり。

目がさめたら、今年もまくらもとにプレゼントがおいてあった。透にはソフトボール用のグローブ、渉にはふっかふかのまくら、あたしにはキラキラの色ガラスがちりばめられた手かがみ。プレゼントの箱に岬さんが入ってるなんてまさか考えてなかったけど、手かがみって。ふとんの上でよろこんでる透と渉の横で、あたしは今いちばん見たくない顔を朝っぱらから見るはめになった。はれぼったい目。大あくび。窓の外はまっ青に晴れていて、一階からはいいにおいがしてくる。

「メリークリスマース！」

リビングに下りていったら、まっ赤なミニスカサンタすがたのおかあさんが待ちかまえていた。アラフォーだってなんのその。けどナマアシはいろんな意味でキビシイので、ぶあつい黒タイツに赤いルームブーツでかくされてる。クリスマスソングがＣＤプレイヤーからエンドレスにながれてる。

さいしょにやってきたのは悠太。「おっじゃまっしまぁーすっ！」とクリスマス会スタート二時間前から玄関にバカでかい声がひびいた。つぎは中山《なかやま》のおばあちゃん。なにかお手伝いしましょうかと、かっぽうぎの持参。さらに雪乃ちゃん、亜里沙ちゃん、渉の友だちの女の子ふたり、サトーとつづいて、みんなでウノとかやってたら、おにいのケータイがなった。イヤなよかんがした。

「もしもし、センパイ？」

あたしはハッと、こたつからキッチンのほうへ顔をむけた。

「はい……はい……あーそうなんですね。仕方ないですよ、気にしないでください。伝えておきますんで。はい、失礼しまーす」

キッチンからひょこっと、おにいの顔があらわれる。なぜかあたしは笑いかえしていた。

ううん、イヤなよかんじゃなかったんだ。できればそうあってほしいと、心のすみでねがっていたこと。目をそらしていただけで、あのプレゼントをたのまれたときからずっと。

「蛍、センパイきょうこられないって。昼シフトのバイトの人がインフルにかかって、かわりに出なきゃいけなくなったからって」

「そうなんだ。わかったー」

あたしはうなずき、またウノの輪にもどった。ウソみたいにつごうのいいカードばっかり回ってきて、イチぬけであがれてしまって、あたしは笑った。ほら、やっぱりあたし笑えてる。ほっとしてる。青木先生のプレゼントは二階のクローゼットのおく。

クリスマスランチは正午を待たずにはじまった。

カラーマカロニたっぷりのえびグラタン、きのこのポタージュスープ、クリスマスリースに見立てて丸くもりつけたサラダ、ひと口サイズのミニサンドイッチ、さらにひと口サイズのてまり寿司、メインはハーブのかおりただようやきたてのローストチキン。そして最後にクリスマスケーキが切りわけられた。岬さんのいない、スペシャルいちごデラックス。おいしかった。むなしいぐらいに。

夕方になって、天気が少しあやしくなってきた。雨がふり出す前に、亜里沙ちゃんと渉の友だちふたりは、おにいお手製のジンジャークッキーをおみやげに帰っていった。あたしはクローゼットの中身を思い出さずにはいられなかった。ううん、一日じゅう頭からはなれることなんてなかった。悠太はこたつでバクスイしていた。サトーは渉にあそばれていた。雪乃ちゃんはお礼にとお皿あらいを引きうけ、弟子の透もとなりで手伝っていた。

おかあさんと中山さんはコーヒータイムで、朝からはたらきづめだったおにいもこたつでウトウトしはじめて、あたしは足音をしのばせて階段を上がっていた。部屋のクローゼットのとびらをあけていた。小雨がぱらついていた。

このままなかったことにすれば、青木先生の気持ちは岬さんに伝わらない。トヨシマ先生との仲をかんちがいしつづけてくれれば、いずれあきらめてくれるかもしれない。クッキーなんてたいしたことない。わたさなかったって、大きな罪にはならない。きょう岬さんがクリスマス会にきたらわたそうと思っていた。でもこなかった。青木先生だってわたそうと思えば自分でわたせたはず。でもあたしにまかせた。そのていどの運命なんだ。

あたしはクローゼットのくらがりからトートバッグを引きよせた。バッグの口をあけ、中身を見下ろした。にっこり顔のサンタの顔がまっぷたつにわれている。あたしがだまっていれば、なにかが確実におわる。なにかが確実にこわれる。でも、それって、なんなんだろう？　だれのものなんだろう？

「蛍、コンビニに行くよ」

部屋のドアがとつぜんあき、あたしの心臓はとまりそうになった。

「もー、さっきから何回もよんでるのに。聞こえなかった？」

「な、なんで？　なにしにコンビニ行くの」

「岬くんにね、みんなでさしいれに行くのよ。もちろん行くでしょ？」

おかあさんは意味ありげに笑った。そしてあたしの手をとって、さっさと階段を下りようとする。あたしはされるがままに足を動かす。左かたにトートバッグをかけたまま。

岬さんはなにをおそれてるんだろうか。

あんなにカッコよくて、やさしくて、かしこくて、お仕事もじょうずで、笑顔がとってもすてきな人なのに。青木先生のなにをおそれて、ただ笑っているだけなんだろう。

岬さんの視線の先はなにをもとめてるんだろう。部屋がひとつだけのアパート、学校、バイト先。うちのクリスマスのかざりつけを見て、いいねと、しばらくまぶしそうにながめていた。ピカピカ光るイルミネーションが、チカチカと岬さんの横顔をいそがしく明るくしていた。部屋がひとつだけのアパート。フォトフレームの中の「たいへんよくできました」のサクラマーク。あんな紙、あたしはとっくにどこかへやってしまった。

岬さんはサンタクロースなんて信じていない。でもほんの、ほんの少しぐらい、きっと信じたいはず。岬さんはきっと、そういうところを見つめているから。


「メリークリスマース!」

コンビニのとびらをあけ、岬さんがいらっしゃいませを言う前に、おかあさんはいちおうちょっぴり声のトーンをおさえてあいさつした。午後四時半の店内はいがいとお客さんが少なくて、あたしたちがぞろぞろ入っていってもきゅうくつにはならなかった。

「どうしたんです、みなさんおそろいで?」

「そりゃもちろん、がんばり屋さんの岬くんをねぎらいにきたのよぉ、そしてついでにアルコールの調達でっす」

おかあさんは、中山さんという晩しゃくの相手を見つけたのだ。さっそくお酒のコーナーにむかう前に、はい、とあたしにきんちゃくぶくろをわたしてきた。意味ありげな笑みといっしょに。あたしはだれよりも後ろに立っていた。でもみんながあっちこっちに動きだしてしまって、サトーは半額になってるクリスマスケーキを買おうかまよい、おにいと雪乃ちゃんと透と渉はカゴをさげて夕飯の買いものに回り、おかあさんと中山さんはワインとチーズをじっくりえらび、むき出しになったあたしは岬さんの視線につかまってしまった。悠太はあたしのとなりにくっついて、岬さんをにらんでる。

「蛍ちゃん、きょうはほんとにごめんね」

「……いいえ、あの、これ、おべんとうです。岬さんのぶんです。食べてください」

「えっ、わざわざ俺のぶん、とっておいてくれたの？　うわー、かんげき。ありがとう。もうすぐ休けいだから、そのときいただくね」

もう一度ありがとうと言って、岬さんはレジカウンターの下におべんとうを下ろした。あたしは言葉がつづかなかった。レジ前からにげることもできなかった。左かたが重い。あたしは岬さんが好き。知りあって、たった数ヶ月だけど、だれよりも好き。どうしよう。足がふるえてる。どうしよう、あたし、岬さんが大好き。

「おっさんだろ？　うちのヨメをユーワクしてんのは！」

きゅうにとなりからとんがった声が聞こえてきた。

「ちょっと顔がいいからって、チョーシこいてんじゃねーぞ！　おれはぜってー負けねーかんな！　かくごしとけっぱぁーかっ！」

悠太はおなかの底から「ばぁーかっ」をはきだしたようで、これでもかと岬さんをにらみまくる。あたしはあわてた。

「ちょっ……悠太、やめてよ」

「蛍、いいかげん目をさませ。おまえはこいつにだまされてんだ。もてあそばれてんだ」

「だからやめてって。お店で大きな声出さないでよ」

「なんだよぉ、またこいつの心配かよぉ、おれは蛍が心配で夜もねむれないのに」

よく言うよ、さっきまでこたつでバクスイしてたくせに……。あたしはあきれるやらムカつくやら、ほっぺたをふくらませている悠太を見ながらため息をついた。そしたらくすくす笑い声が聞こえてきた。

「ごめん、笑っちゃいけないよね。でも、ほほえましいなーと思って。悠太くんっていうの？　カッコイイね、堂々とセンセンフコクなんて」

「おっ……おぅ」

岬さんににっこりとほめられて、ライバル相手のくせに、悠太はぽっと赤くなってモジモジと下をむいた。そのきれいな笑顔が、今度はあたしのほうにむけられる。

「青木先生、今夜、トヨシマ先生とクリスマスディナーなんですって」

笑顔がふっとかたまる。あたし、なにを言いだしてるの？　でも数秒後には、また岬さんの顔にスマイルははりついて、あたしの心はザワッとなって、口は動きつづけた。

「ホテルの最上階のレストランで、夜景をながめながら、フルコース食べるんですって。お酒とかものんで。たのしみだなーって話してくれました」

「そうなんだ。たのしいだろうね」

「はい。たのしいと思います」

いっしゅん、間があいた。そのあいだに、レジにおにいと雪乃ちゃんと透と渉がやってきた。あいかわらず岬さんは笑ってる。山田、愛妻弁当ありがとう。どういたしまして、でも妻になったおぼえはありません。おや、つれない、透ちゃん渉ちゃんひさしぶりだね。こんにちはーセンパイ。こんにちはーカラスマさん。おにいのしはらいがおわるころ、おかあさんと中山さんもやってきた。サトーもきたけど手ぶらだった。さすがにワンホールのケーキは食べれそうにないとあきらめたみたい。岬さんは商品をレジぶくろにつめながら笑ってる。わあ、のむ気満々ですね、おふたりとも。そうよぉ、オトナのクリスマスはこれからよぉ。母さん、中山さんにむりさせんなよー。あら龍くん、平気よ、おばさんはね、琴子さんよりつよいぐらいなんだから。え、まじっすか……。ははは、たくましいなあ。岬さんはずっと笑ってる。なんでもなかったみたいに。

「じゃ、岬くん、バイトがんばってねー。またくるねー」

おかあさんが手をふったのを合図に、みんなぞろぞろ店を出ていく。まだ雨はふりつづいていて、ぽんぽんカサがひらいていく。

「ん？　蛍ちゃん、どした？」

あたしは岩みたいにレジ前から動かなかった。悠太もとなりにくっついたままだ。

「青木先生、ケッコンするかもしれませんね。おとしごろだし」

イライラしていた。すごくイライラする。

「今夜プロポーズされたりして。ちょっと早いかな。でも期間なんてかんけいないし」

岬さんの表情をたしかめる。ほほえんでいた。あたしはカッとなった。

「岬さんってバカなの？」

悠太がギョッとしたのがわかった。

「ウソだよ。ぜーんぶウソ！　デートもディナーもぜんぶウソ。青木先生はトヨシマ先生とつきあってなんかない。きょうは女子会。トヨシマ先生には奥さんも赤ちゃんもいて、こないだ車にのってたのは、たまたまおくってもらっただけ」

岬さんの表情がゆれた。少しだけだけど、ほっとしたのが伝わってきた。あたしは泣きたくなった。でも、かなしいからじゃない。

「岬さん、なんでいっつも笑ってんの？　青木先生のこと好きなのに、カレシの話とか、イヤじゃなかった？　平気じゃないよね？　なのに平気なフリするなんて、それがカッコいいとでも思ってんの？　バッカみたい」

「お、おい、蛍……」

「うっさい！　今ジャマしたら絶交だから！」

ウッと悠太はすぐに引っこんだ。コンビニ内はあたしの大さわぎにざわつきはじめてる。

岬さんはもう笑っていない。しんけんな顔つきであたしを見ている。

「あたしがウソつきつづけてたら、先生のことあきらめてたの？　小学一年の言葉をうのみにして、先生にたしかめもしないで？　高校卒業して、遠くはなれて、それでおしまい？

岬さんはなにがそんなにこわいの。青木先生みたいな人を好きになってしまって、それがこわいの？」

岬さんの表情がさらにゆらぐ。あたしは泣きそうなのに、心があったかくなっていく。

「……先生が」

キィと外からとびらがあいた。つめたい風が入ってきた。おかあさんのけはいがして、おかあさんのにおいがして、あたしの目頭は一気にあつくなった。でもクッと目の玉に力を入れて、そしたらレジカウンターにおいてあるサンタクロースの人形に気がついた。

「先生がしあわせなら、もうそれだけでいいと思ったんだ」

岬さんはそう言うと、また小さく笑った。あたしはサンタクロースをつよく見つめた。

ミスター・サンタクロース。今からでも、おねがいの変更はできますか。

もしあなたが本当にいるのなら、来年も来年もさらに来年も、これからずっと一生なんにもプレゼントはいりませんから、どうか、今年のおねがいだけはかなえてください。

「あたし……あたし、岬さんが好きです」

「え」

「でも、きらいです。それだけでいいなんてウソだもん。たぶん岬さんは、ほんとはだれよりも欲ばりのはずでしょ。だからいつもニコニコしてる。みんなにいい顔してる。ほしがりでこわがりのよわむし。伝えなきゃ伝わらないんだよ？　当たり前だけど。とくに青木先生みたいなタイプは。見守る恋とか、何時代の人なわけ？　あたしは岬さんの過去とか知らないし、ガキがえらそうになに言ってんだって思ってるかもしんないけど、今の岬さんはそんなガキ以下だよ。ダサすぎ。カッコわるすぎ。おこりたいときはおこって、かなしいときはかなしまなきゃ。その頭、ハリボテなの？」

つ、ついに出た、蛍のドクゼツ……と悠太がこそっと言うのが耳にとどいた。あたしはトートバッグの中身をレジカウンターの上においた。

「青木先生からのクリスマスプレゼントです」

「……えっ」

「お礼が言いたければ、どうぞ駅前のやき肉店へ行ってください。青木先生、今夜はそこで女子会のはずですから。じゃ、あたし、帰ります。さよなら」

あたしはくるっと回れ右した。後ろに立っていたおかあさんと目が合った。おかあさんの顔を見ちゃったら泣きだしてしまうと思ってたのに、じっさいにはそんなことはなく、そんなあたしを見て、おかあさんはうん、とにっこりうなずいて、そっとだきよせてくれた。

「まあまあ、コンビニのみなさまがた、たいへんおさわがせいたしまして申しわけありません、でもまあ聖なる夜ということですし、大目に見てやってくださいませ、ではあらためまして、私から愛をこめて、ハッピークリスマース！」

おかあさんはとびっきりの笑顔をふりまき、ウィンクに投げキッスまで追加して、お客さんたちは笑うやらあきれるやら、ちょうどコンビニまでひとりもどってきたおにいは「すいませんすいません」とだれにあやまっているのやら、あたしたちをグイグイ引っぱって店から出し、雨のあがった帰り道を先頭をきって歩きはじめた。

あたりはずいぶんくらくなっていた。おかあさんと右手をつなぎ、どさくさにまぎれて悠太が左手をつないで、車道にはあの日と同じようにまぶしい列ができていた。

トラックがすぐそばで水たまりをふんだ。あたしはハッとして横にとびのいた。手をつないでいたので、おかあさんと悠太もつられてとびのいた。おにいだけにげおくれてちょっと水をかぶった。「あらたいへん〜水もしたたるいいオトコ〜」とおかあさんがちゃかして言うと、みんなちょっと笑って、あたしはとびのいた自分の足を見下ろして、だれにも気づかれないぐらいにだけ、泣いた。

そうして七才のクリスマスはおわった。その後三日間、あたしの好物ばっかりテーブルにならんだのは、たぶんぐうぜんじゃない。

せけんはあっというまにお正月モードに入っていった。わが家のクリスマスかざりもいつもどおりクローゼットの中にふういんされ、おにいはおせち料理の準備をはじめ、あたしと透と渉は一年生になってふえた友だちぶんの年賀状さくせいにおわれ、おかあさんは年末休みに入り、みんなで大そうじをして、町内もちつき大会にさんかしてたんまりおもちをゲットして、はれぎの準備もし、年こしそばをテレビを見ながら食べ、あれから岬さんに一度も会わないままあっけなく年は明けた。

「ほーたーるーちゃーん」

ピカピカの一月一日の午前九時。あたしは七五三のときと同じピンクの着物をおかあさんに着せてもらったところだった。元旦から近所めいわくな声が外からよんでいた。でもその声にあたしはドキッとした。

「あらぁ、トノガタがふたりもお出むかえなんて。さすが私の娘ねぇ」

仕上げにお花の髪かざりをあたしの頭につけ、いっておいでと言うように、おかあさんがやさしく背中をおしてくれた。うん、とあたしは玄関までいそいだ。

「あっ、蛍出てきたー、あけおめー！」

悠太がぶんぶん両手をふってくる。岬さんに負けるもんかというふうに。ふたりの上に、せいけつな青空がどこまでも広がっている。

「蛍ちゃん、あけましておめでとう。今年もよろしくおねがいします」

岬さんがお正月のあいさつをしてくれた。にっこり笑って。その笑顔はあいかわらずきれいで、見なれたものだったけど、どこかがなにか変わっていた。そのちがうなにかが、あたしの心をポカポカとあったためていった。

「あけましておめでとうございます。岬さん、こちらこそ、よろしくおねがいします」

ぺこりと頭を下げると、花かざりがシャラランとなった。あたしたちはまっさらな道にならび、初もうで先の神社へとむかった。

「かわいいね、蛍ちゃん。着物よくにあってるよ」

「ありがとうございます」

「蛍はなに着てても超かわいいんだよ、今さら気づいたんかおっせーんだよおっさん！」

「……あんたねえ、新年からカリカリするのやめなさいよ」

「だって、だって、せっかくのデートがっ」

「デートじゃないでしょ。ねぼけてんの？　後ろからおにいたちもついてきてるのに。ていうか、どさくさにまぎれて、手、つながないでくれる？」

「いーじゃねーかよぉ、こないだオッケーしてくれたじゃねーかよぉ」

「してないわよ。はなしなさいよ。あたしはね、今、ひとりで歩きたい気分なの。ほんとにあたしのことを思ってくれるんなら、はなせるはずで」

しょ、と言いおわる前に、悠太はパッと手をはなした。あたしはきょとんとして、岬さんは「すごい」と笑った。

あたしたちは神さまにおまいりをして、おみくじを引いて、福引きも引いておかしセットがあたって、参道に出ている露店をまわってたこやきとかレインボーわたあめとかを食べた。帰り道はさざんかのきれいなとおりをえらんで帰った。クリスマス会にこられなかったかわりに、岬さんはうちによっておもちやおせちをよばれることになった。こいつが食うならおれも食うっと、悠太は全力ではりあい、けっきょくついてくることになった。

「罪なオンナねえ、さっすが私の娘だわぁ。ところで龍ちゃん、帰ったらさっそくお酒おねがいね、ぬるかんで～」

「へいへい、しょーちしやした」

ひゃっほーとおかあさんはよろこび、おにいは「センパイ、今年の黒豆煮は最高けっさくなんで」とドヤ顔でつけたした。

「それはたのしみだな」

岬さんはにっこり笑った。その笑顔は本当にたのしそうで、あたしは安心して、岬さんから目をそらした。

郵便屋さんのバイクが、そばをとおりぬけていった。朝からいろんなところで、いそがしそうにバイクは走りまわっている。そのうちの一台が、青木先生からのすてきな年賀状をとどけてくれることを、あたしはまだ知らない。

さざんかの赤い花びらが、まっさらな道をいろどるようにたくさんちっていた。

春が生まれる

私は恵まれている。

まずはおかあさんになれた。しかも子どもは一男三女。今どき四人の子持ちなんてスーパーマザーだ。さらにそのうち三人は三つ子女子っていうマンガみたいな家族構成。もちろん長男はオンナ四人にふりまわされる、愛すべき苦労性のオトコっていう立ち位置。ありがたいことに、みんなたいした病気もせずに育ってくれて、元気いっぱいのいい子たちだ。

次は、まあ仕事。正社員で、昨年は課長にもなれた。責任はぐんと増えたけど、やりがいを感じてる。職場の人間関係も悪くない。お給料に余裕はないけど、住宅ローンもまだ返済中だけど、なんとか毎月少しずつ貯金もできている。ま、実際やりくりしてくれてるのは龍《りゅう》ちゃんなんだけど。

ご近所さんたちとの仲も良好だ。困ったときは助けてもらえるし、私もできるかぎり力になりたいと思っている。とくに三つ子が幼稚園児だったとき、おとなりの中山《なかやま》さんには本当に助けられた。まさに遠くの親戚より近くの他人の典型だった。町内会のゴミ当番とか側溝のそうじとかバザー品の準備とか、めんどくさいこともあるけど、子ども向けのイベントはけっこう充実しているし、まあまあうまく地域にとけこめているほうだと思う。

あと、私は子どもたち同様に、超のつく健康体である。毎年の健康診断は今のところオールA。二十代のころの体重との差がプラス一キロ以内というのがひそかな自慢。花粉やハウスダストといったアレルギーもないし、めったにカゼもひかない。

食事も基本的になんでも食べられる。うちには優秀なシェフが常駐してくれているので、毎日おいしいものが食べられる。なんとすばらしき幸福。ホント、疲れて仕事から帰ってきて、夕飯のしたくをしないですむなんてサイコー。てゆーか料理なんてできやしません。龍ちゃん、親の期待以上にりっぱに育ってくれて、ありがとうございます。母は感動の涙が止まりませぬぞ。

というわけで、私は平凡ながらも、幸せな毎日を送っている。恵まれている。恵まれている。めぐまれている……。

けさ、早くに目が覚めた。まだ部屋が暗かった。歳のせいか、最近よく目覚まし時計が鳴る前に目が覚める。いや、そこまでの歳じゃないだろう。だれかに呼ばれたような気がして、いつも眠りから連れだされるのだ。そんなわけはないのに。

私は羽毛ぶとんからそっと左手を出し、シーツにふれてみた。ひやり。真冬のすべてを吸いこんだような哀しい手ざわり。思わずあたたかいふとんの中に手をひっこめたくなった。けど、私はそのまま自分の熱をシーツに移していった。半分だけ使われているダブルベッドは、少しかたむいてきているような気がしてならない。私の熱がもう半分をあたためていく。

もう四年だ。私は四十二歳になった。夏に誕生日を迎え、七ヶ月が経った。七ヶ月と三日と、たぶん五時間ぐらい。鳥が鳴いている。新聞配達のバイクの音が聞こえてきた。きょうが終われば四十二歳七ヶ月四日の中年女。

眠れるようで眠れず、ふとんの中でまどろんでいたら、階段を下りてくる音を鼓膜が捉えた。キッチンのほうで水の音。龍ちゃんだ。まな板の上ではたらく包丁の音、フライパンの焼ける音、鍋のふたを開ける音、食器を用意する音、龍ちゃんのスリッパの足音……毎朝の大好きな音たち。そしてもっと大好きなのは漂ってくる匂い。あと二、三十分もしたら、いつものように号令がかかるだろう。パジャマ姿の私と娘たちは、いただきまーすと復唱して、ありがたく朝食にあやかるのだ。おいしいごはん。にぎやかな食卓。やっぱり私は恵まれている。お茶碗に添える左手。プラチナの結婚指輪。私は恵まれている。ただあなたが永遠にいないだけで。


「おみっ！」

乾杯した直後、私はジョッキのビールをふき出してしまった。気管にも入ったみたいでゲホゲホと激しくせきこむ。

「ちょっとぉ、だいじょうぶー？　そんなに驚かなくてもいいじゃないの」

焼き鳥屋の半個室で、向かいの席のお義姉《ねえ》さんはいたって冷静だ。ゲホゲホ涙目になっている私におしぼりを差しだしつつも、鶏肉にツバがかからないよう、盛り合わせセットの大皿をテーブルの奥によけている。焼き網の下で備長炭《びんちょうたん》が赤く燃えていた。遠くの親戚より近くの他人、の遠くの親戚に呼びだしメールをもらったのがきのうの昼。久しぶりにごはんしな〜い、となんでもない軽い感じで。

「じゃ、お肉焼くねー」

美しく整えられた爪をもつ右手で、お義姉さんはもも、レバー、つくねを網にのせていく。彼女のジョッキは半分まで減っている。私はまだお通しにさえ箸をつけていない。

「……いや、いやいやいや、驚きますよそりゃ。なんですかお見合いって」

乾杯直後に脈絡なく発せられたワードを私が口に出すと、「失礼しま〜す」とテーブルと通路を仕切っているカーテンの向こうから店員の声がかかった。大学生のバイトっぽい女の子で、サラダボウルと鯛《たい》のあら汁のお椀をテーブルに置き、「ごゆっくりどうぞ〜」と営業スマイルとともに去っていった。私はサラダを取り皿にトングで取り分けつつ、お義姉さんの答えを待った。彼女は美しい右手で串をひっくりかえしている。

「あのね、うちの人の大学の後輩なんだけど、いい方なのよ。四年前に奥さんをご病気で亡くされてね、お子さんはいらっしゃらないの。素性はしっかりしてるから安心して。しかも三十九歳よ。いいでしょう」

「いいでしょ……って、私、再婚する気なんてないんですけど」

「する気がなくても、デートぐらいいいじゃない。そうよデートよ。お見合いって考えるから身構えちゃうのよ。小娘じゃあるまいし、気楽に行ってきなさいな。どうせもうずっとだれともデートしてないんでしょ」

また串をひっくりかえしたお義姉さんの右手が、私の両手をちらと見たのがわかった。たいして家事はしてないけど、食後の皿洗いは私が担当で、水仕事のあときちんとクリームを塗ったりなどのお手入れを怠《おこた》っているせいで、肌はずいぶん荒れている。毎年冬になるとガサガサだ。爪も清潔に短く切りそろえられているだけで色気のカケラもない。

「それで日時だけどね、今度の日曜の午前十一時ね。えーと、しあさってだわね。駅の中に本屋さんあるでしょ。そこで待ちあわせ」

「ちょっ……なに勝手に進めてるんですか。しかもしあさってって。断ってくださいよ」

「いやあーよ。イヤならすっぽかせば？　あ、電話番号は個人情報なのでヒミツでーす」

ここまでしておいて連絡先は教えられないってふざけてる。断るにしても一度は会ってこいということか……私は露骨にため息をついてみせ、とりあえずビールを飲みなおした。

お義姉さんのことは好きだ。私と武蔵《むさし》くんの結婚にいち早く賛成してくれたのは彼女だったし、武蔵くんの会社が倒産して、龍一朗《りゅういちろう》が生まれて、そのまま主夫になることにも、ほかの親戚一同は難色をしめしたのに、美喜子《みきこ》さんだけは「適材適所でいいんじゃな～い」と非常に軽いノリだったもののすぐ納得してくれた。基本的にはサバサバしたいい人なのだ。自分がいいと思うことは、迷わず良いこととして推し進めてしまうけど。それにしても、まさかお見合い話を、ほかのだれでもない武蔵くんの姉が持ってくるとは。

「琴《こと》ちゃん焼けたよー、食べよ食べよー」

美喜子さんは焼き鳥をお皿に取って渡してくれた。彼女は武蔵くんのすぐ上のお姉さんだ。一番目と二番目のお姉さんは北海道とイギリスに住んでいる。ご両親は静岡だ。つまり美喜子さんが遠い親戚のうちではもっとも近いことになる。

「べつに河田《かわた》さんにしなさいって言ってるわけじゃないしね、あ、河田さんっていうんだけど、武蔵が亡くなって四年だし、琴ちゃんまだ若いんだし、龍一くんはもう半分大人みたいなものだけど、ていうかカンペキに学業と家事を両立できてるよね、うちにもそんな息子がほしいわあ、うちの末っ子なんて牛みたいに食べるだけ食べて寝るだけよ、えーとそれで私が言いたいのはね、三つ子ちゃんたちのことよ。父親が必要だと思うのよね。だってまだ七歳でしょ。武蔵がおもに育児してたとはいえ、父親と過ごした記憶なんてほとんど残ってないだろうし」

　私はなにか言いかえそうとした。でもその口はなぜか半開きのままで、仕方がないのでビールをそそぎこんだ。焼き鳥もほおばった。アラフィフにしては肌のなめらかな美喜子さんのデコルテあたりをぼんやり見つめながら、なに着ていこう、と頭が動きだしていることに気づき、あわててビールを一気飲みした。

「おっ、さすが琴ちゃん、いい飲みっぷり～」

　美喜子さんは笑って自分もグッとジョッキを飲みほし、呼び出しボタンを押し、「レモンハイふたつと海鮮セットを追加で～」とさっきの女子大生風の店員に注文した。美喜子さんのブルーのニットは肌の上をすべりおちるほどにやわらかそう。きっと今シーズンに新調したカシミヤだろう。私、最近、いつ新しい服を買ったっけ……。

「じゃ、楽しんでおいでね～。そう難しく考えないで、めいっぱいオシャレしてね～。ちなみに河田さんはかわゆい系男子よ～うふふ～」

　午後九時過ぎ、美喜子さんは運転代行を呼び、車窓からプリンセスのように手を振って帰っていった。私は店の前で、車二台が道路の角を曲がるまで一応笑顔で見送り、それから夜道をゆっくり歩きはじめた。

かわゆい系ってなんだ。四十手前の男相手に笑わせてくれる。風が正面から吹いてきて私はコートのボタンをぜんぶ留めた。三月が目の前とはいえ、まだ夜風はきびしい。しかしきびしさのうちに甘いような空気のゆらぎが含まれていることに、だれもが気づいているだろう。私もそんな空気を鼻から吸いこんでみた。すぐそばの民家のブロック塀から紅梅が身を乗りだしていた。

すでに春は訪れている。よろこばしいことに。でも私は少し春が怖い。いつまでも冬が終わらなければいいのにと思っている小さな自分がいる。冬を捨て去り、季節は一回転する。同じように無色の世界に閉じこめられていた人々が、ひとり、またひとりと色づきはじめたぬくもりを浴びようと無邪気に私を置き去りにしていく。私は留まっていたい。それでも私も生きているから、否応《いやおう》なしにやがて一回転しなければならない。おいでおいでと花たちが誘惑する。美しさを競うように無数のつぼみたちはほころび、のびやかに芽吹き、肺いっぱいに呼吸する。

むくんだ二本の脚をなんとか二十分ほど動かし、パンプスのつま先がようやく自宅にたどりついた。クリスマスかざりは片づけたけれど、スノーマンだけはまだ玄関先に残してある。ただいま、かわいい子。そして玄関のドアを開けたら、とびきりのスイートハニーも私の帰りを待ってくれていた。

「あ、おかえりー。美喜おばさん、なんの用だったの？」

ダサいにもほどがある。色あせたグレーのスウェット上下で、龍一がリビングのこたつに入っていた。シャンプーしたてのような少し濡れた髪で、座椅子に全体重をあずけるようなかっこうで、振り向きざまに訊いてきた。

「う〜ん……まあ、近況報告的な？」

「ふーん？　ところで茶漬けでも食う？」

「わあ、食う食う。アイラブ龍ちゃんっ」

　私は連続でぶちゅぶちゅ投げキッスを飛ばし、見事に連続でサササッとよけられ、龍ちゃんはキッチンへ、私は洗面所へと分かれた。洗面所の鏡に映る顔は見事にてかって化粧が崩れている。そして私も人のことは言えない。何年着てるんだという襟《えり》もとのよれたピンクの水玉のフリースを、仕事用のブラウスを脱ぎ捨てて頭からかぶる。龍ちゃんが冷凍ご飯をレンジでチンしてお湯もわかしてくれている。私はお茶漬けができあがるまで、三つ子のようすを見にいくことにした。

　そっと二階の部屋のドアを開けると、廊下から黄色い灯りがさしこみ、三人ともよく眠っていた。透《とおる》は屈強な右足でふとんを蹴りあげ、身体《からだ》が半分はみだしていたので、肩までかけなおしてやった。蛍《ほたる》はゆるふわの髪であしたは登校したい気分なのか、二本の三つ編みに結って寝ていた。渉《わたる》はだれよりも気持ちよさそうに寝息をたてていた。寝ながら笑っている。どんな夢を見てるんだろう。頭をなでかけたとき、おとーさん、これおいしいねと小声で言ったので、ドキッとして手が止まった。

　ふしぎなことに、渉はいまだに父親のことをよく口にする。透や蛍はどんどん記憶がうすれていって、というかもともとほとんど記憶に残っていないせいで、写真の中の武蔵くんにおはようとかオヤスミとか言うだけなのに、渉は「おとーさんのコロッケって甘くて何個でも食べれちゃう」などと、ついきのう会ってきたように話してくるのでびっくりさせられてしまう。私はしばらく待ってみた。なにかヒントのようなものがもらえる予感がして。でもそんなことはなかった。渉はもう寝言は言わず、スヤスヤと眠りつづけるだけだった。

一階に戻ると、こたつの上にお茶漬けがすでに用意してあった。ふわりとお出汁《だし》のいい香り。釜揚げしらす、はちみつ漬けの南高梅《なんこううめ》、小口切りの青ねぎたっぷり、そして最後に自分で好きなだけきざみ海苔《のり》をふりかけ、私はいただきまーすと合掌した。

「じゃ、俺、もう寝るから」

半分あくびをしながら龍一は言い、こたつから立ちあがった。

「遅くまでありがとね、龍ちゃんオヤスミ」

息子は振りかえらずに「おー」と答え、階段を上がっていく。冷えた手にお茶碗があったかい。私はありがたく完食した。それからさっと風呂に入り、寝る前に食器を洗った。四人の夕食ぶんのお皿や箸やコップがしっかり洗いおけに残されているのが笑えた。私はスポンジを洗剤で泡立て、次々洗っていった。疲れているけど、一日が終わろうとしていく、このほっとした時間が好きだ。私は最後のお皿一枚を水切りかごにおさめ、タオルで手をふいた。ふいて、なんとなく、両手をじっと見た。薬箱の引き出しを開けた。アロエクリームのプラスティックのふたを開け、とろりとすくいとり、両手をもみあわせるようにしてぬってからベッドに入った。

目が覚めた。四十二歳七ヶ月十日と五時間ぐらい。

ふとんからそっと左手を出す。まだ早朝の空気は冷たい。私はほっとして、うす暗い中、左手を見つめる。爪が澄ましている。昨夜、お風呂あがりに、しばらくクローゼットにしまいこんでいたメイクボックスを取りだし、マニキュアをぬってみた。去年、三つ子の入学式の日におしゃれしていった以来の行為。パールがかったピンクベージュの爪。宙でゆらゆらしてみる。クローゼットの手前のハンガーには、ライトグリーンのVネックニットとネイビーのフレアパンツが掛けてある。手持ちの服の中でいちばんマシそうな服。

ゆらゆらが静止する。行くつもりもないくせに。美喜子さんへの義理？　大人としてのマナー？　そういや私、相手の写真も見せてもらってない。枕もとのスマホを手にとる。子どもたち四人の笑顔が待ち受け画面。ちょうど五時半だった。勝手に頭が逆算しはじめた。十一時に間に合うためには十時半には家を出て、渋滞やコインパーキングの空《あ》き具合を考慮するなら十時に出たほうがベター、そのためには十時前には着がえて化粧をしていたほうがいいし、洗濯物は九時半には干していたほうがいいし、つまり八時半には洗濯機を回しはじめて、回してるあいだに掃除機をかけて、八時には龍ちゃんに朝ごはんをつくってもらって、その後の皿洗いも終わらせるためには七時半にはベッドを出て三つ子を起こしにいったほうがいい……。

ぎゅっと拳を握って爪を肉に食いこませる。なにやってんだろう。なにがしたいんだろう。ふとんを頭までかぶって目をとじた。寝てしまえ。もう昼まで寝てしまえ。

「おかーさん」

すると小さな声が私を呼んだ。空耳かと思った。でもダブルベッドのもう半分がギシとしずんだ。ハッとふとんから顔を出すと、パジャマ姿の渉がすぐそばに座っていた。

「どっ、どうした？　どっか痛い？」

びっくりして身体を起こすと、渉はううんと首を横に振った。眠たそうな目で、もぞもぞふとんにもぐりこんでくる。私の腕の中にピッタリとおさまってしまう。

「……おかーさんもさみしいかもしれないから、たまにはいっしょに寝てあげなさいって」

だれが、と訊きかけて、やめた。猫っ毛が鼻先をくすぐる。

「……おとうさん、なにつくってくれたの？」

「魚介のトマトソース煮こみ。あさりが安く手に入ったんだって」

「そうなの。おいしかった？」

「うん。とっても。琴子《ことこ》さんはお皿に残ったソースを、フランスパンでぬぐいとって、ピカピカにきれいに食べてくれて気持ちよかったなあって、笑ってたよ」

「笑ってたの……」

「うん……」

渉はさっそくうつらうつらしはじめている。私の胸にうずもれるように顔を押しつけているので、息苦しかろうと、そっと頭を支えて、すぐ横にあおむけで寝させた。もう寝息をたてはじめている。私は娘のくちびるに小指の先を当てた。ぬぐいとるようにして離した。息を止め、指を裏返して見る。赤くない。

はあぁー。止めていた息が全身からもれ出る。当たり前じゃないか。ほんと、私、なにやってんだろう。渉はいつものように夢を見ただけなのに。ただ苦笑するところなのに、私の心から笑いはこぼれてこない。

なぜか三つ子のうち、渉だけ、父親への思い入れが強い。美喜子さんが言うように、いっしょに過ごした記憶なんてわずかしか残っていないはずなのに、いまだにおとうさんおとうさんと口にする。よく夢に出てくるらしく、きのうはなにをした、なにを食べた、と楽しそうに教えてくれる。

渉の頭をやさしくなでる。華やかな左手の薬指。私もふとんに入りなおし、目をとじた。二時間ほどぐっすり眠れた。そして七時半にはベッドを出た。大人としてのマナーのためじゃない。カーテンを開けたら目が痛いほどの快晴。私はさっそく三つ子を起こした。龍ちゃんもちょうど起きてきて、朝ごはんをつくるのと同時進行で、お弁当も用意してもらった。私は洗濯機を回し、掃除機をかけ、皿洗いもし、ベランダに洗濯物を干し、それから動きやすいデニムのレギパンに着がえて簡単に化粧をすませた。スニーカーのつま先を玄関のたたきに打ちつけ、リュックサックを背負いながら叫ぶ。

「みんな準備できたー？　忘れものないー？　あ、ぼうし、ちゃんと持ってくのよー」

玄関のドアを開け、私はだれよりも先に外に出た。ドタドタと廊下を走ってきて、透、蛍、渉も次々と飛び出していく。最後に龍ちゃんがお花見や運動会のときに持っていくおっきなバッグを肩にかけて歩いてきた。もちろん中身は三段重のお弁当だ。

「……動物園に行くつもりなら、せめて前日の夜には申告してもらえますかね」

「ごっめーん、なんか朝起きたら超天気いいし、けっこうあったかいし、これは家族サービスせねばって思いついちゃったんだよねー」

はいはいさようですか、と龍ちゃんはため息まじりながらも、ウキウキしてる感じで口角が上がっていた。透たちはすでに駐車スペースで待っていた。私は運転席に乗りこみシートベルトを締め、世界じゅうの動物たちに会うため、アクセルを踏んだ。


一時間弱ほどでたどりついた日曜の動物園は、陽気に誘われた私たちのような家族連れで、十時半にはすでにかなりにぎわっていた。

「おかあさん、さる！　さるにエサあげたい！」

とくにさる山の前はにぎわっていて、ひと袋百円のエサを目ざとく見つけた透が、早く早くと右手をピンとこちらに伸ばしてきた。

「はいはい、じゃ、三人でひとつだからね」

私は財布から百円玉を出した。透は硬貨を木箱の投入口に落とし、台にのせてあったカット野菜や果物の入った紙コップをつかんだ。

さるたちはさる山のあちこちに散らばっていて、毛づくろいしあったり、山に固定されている綱や鎖で遊んだり、ケンカしあったり、コンクリの地面に下りて柵の外から投げ入れられるエサを待ち受けたりしていた。赤ちゃんざるはおっきな目をしっかり開け、ママざるの胸にしっかりつかまっていた。かわいい。ついほほえんでしまう。うちの子ざるたちは、キャアキャアさわぎながら、いっちょ前にさるたちをじらしつつ、いろんな方向に野菜を投げまくっている。たくさんの人たちがぐるりと柵の前に立っている。大半は小さな子どもを連れた若い夫婦だけど、カップルやおばさんグループや老夫婦らしき人たちも集まっている。

蛍がひとり戻ってきた。私と手をつないできて、どこかを見つめている。その視線の先をたどると、父親に肩車された同い年ぐらいの女の子がいた。

「ほ、蛍もやりたい？　お兄ちゃんに肩車してもらおっか？」

なぜかあせって訊いていた。すると「はぁ？」と心底迷惑そうな顔が返ってきた。

「いやよ。あたしきょうワンピよ。タイツはいてるけど、はいてるとかっていう問題じゃないし。肩車なんてお子ちゃまのたわむれじゃない」

なんともクールでドライなわが娘よ……でも私はほっとした。羨《うらや》ましくて見ていたわけじゃなかったのか。

「……母さん、俺もムリだよ。首折れる。二十五キロはまじムリ」

となりで龍一が恐れるようにつぶやいた。すると疾風の蹴り。人前でレディの体重バラしてんじゃないわよデリカシーなさすぎっと兄の尻に強烈な一発。ワンピースは気にしないでいいのか……龍一がぐぬう、とうなって尻をおさえた。

私たちはお昼まで園内を歩きまわった。ライオンはだらしなく寝そべっていて、ペンギンはプールの中をスイスイ泳いでいて、ゾウは観覧者のほうに長い鼻を伸ばしてきて、フラミンゴは一本足で器用に立っていて、レッサーパンダは丸太組みの遊具にぶらさがったりのぼったりして遊んでいた。園内には梅や水仙《すいせん》やパンジーも咲いていて、いろんなところで写真を撮った。そしてお昼は芝生広場にレジャーシートを敷いて食べた。

「こういう日のために、やっぱりおかずは作り置きしてて正解だな」

龍ちゃんは満足そうに言って、三段ぶんのお弁当をシートの上に堂々と広げた。おにぎり、玉子焼き、鶏の照り焼き、それ以外のハンバーグ、鱈《たら》の西京みそ漬け、ひじき煮、れんこんのきんぴら、そして魚介のトマトソース煮こみは保存容器で冷凍していたものだ。朝の三十分でつくりあげたとは思えない豪華さ。できる息子の手をこれ以上わずらわせてはなるまい。私は近くの自販機まで走り、人数分のペットボトルのお茶を買ってきた。一人ひとりに手渡していくと、「あぁ、途中スーパーに寄っとけば、一本あたり六十円も節約できたのに……」と龍一朗さまが哀愁たっぷりにおっしゃったので、私は黙って紙皿と割りばしも渡し、月曜からまたしっかり勤労させていただきますと心のうちで宣誓した。

「連続トマトソース煮かあ。べつにいいけどー」

玉子焼きをほおばりながら、渉が独り言のように言った。私はドキッとした。

「連続？　給食で出たのか？」

「ううん、べつにいいのー」

龍ちゃんはへんな顔をして首をひねった。けど渉のふしぎ発言は今に始まったことではないので、だれもそれ以上つっこまなかった。

芝生広場もたくさんの家族連れでにぎわっていた。まだ裸の桜が植わっているので、お花見の時季になったらもっと多くの人であふれるのだろう。いろいろな色と柄のレジャーシートの上にはいろいろな父親たちが楽しそうに、幸せそうに、少しお疲れ気味に、ときに不機嫌そうに座っている。子どもたちのおしゃべりはひな鳥のように止まらない。季節は進んでいく。けっして春は止まらない。桜が満開になるころ、私は四十二歳八ヶ月と、何日何時間になっているんだろう……。

「あれ、渉どこ行った？」

トイレから戻ってきた龍ちゃんが訊いてきた。レジャーシートの上には私しかいない。三つ子たちは近くで遊んでいたはずだ。その通り、透と蛍は持ってきたバドミントンできゃあきゃあ遊んでいる。

「透、渉はどうしたの？」

私は思わず立ちあがって早口で尋ねた。

「えー？　そのへんにいない？　しゃがんで四つ葉のクローバー探してたけど」

私はあたりをサッと見回した。椿の植えこみの周辺に、丈の低い草むらが広がっている。タンポポや小さな青い花が咲いている。でも渉は見当たらない。私はぞっとした。

「さ、捜してくる。龍一、ふたりをおねがい。携帯持ってるわよね？」

龍一はうなずき、「俺も捜してみるから」と言って透と蛍と手をつないだ。私はスニーカーに足をつっこみ、渉の名前を呼びながら園内をくまなく捜しはじめた。

「わたるー！　いたら返事してー！」

私はさる山まで戻ってみた。いない。ライオン舎やペンギンプールやゾウ舎の寝室側にも回ってのぞいてみた。いない。まだ見学していない動物園の東側にも足を向けた。途中、総合案内所があったので立ち寄り、迷子センターの女性に渉の年齢や背格好を伝えてみたものの、それらしき子は保護されていなかった。一応きょうの服装などを伝え、園内放送も流してもらえるように頼み、私は胸をドクドクさせながら再び園内を捜しまわった。

どうしよう。万が一のことがあったらどうしよう。バカみたいに感傷にひたって、子どもから目を離すなんて。どうしよう。無意識に奥歯を噛《か》みしめていた。武蔵くん。武蔵くん。どうか力を貸して。

「……あっ」

いた。シマウマ舎の前に立っていた。真横には見知らぬ中年男。渉と手をつなぎ、シマウマを眺めながら、楽しそうにしゃべっている。私は猛ダッシュした。

「離せっこのへんしつしゃーーっ！」

力のかぎり男を突き飛ばし、渉を自分の後ろにかくして守った。とつぜんのアタックにもちろん受け身の体勢はとれず、男はぶざまに地面に転がった。

「わたるっ、大丈夫？　へんなことされなかった？　ごめんねおかあさんぼうっとしてて。でも勝手にどっか行っちゃだめでしょ、いっつも言ってるじゃない」

まくしたてる私に、渉はびっくりしてしばらくまばたきしなかった。でもパチンと一回したあと、「ごめんなさい」と謝り、「でも大丈夫だよ。おじさん、いい人だもん」と、あろうことか変態男をかばったではないか。なに言ってるの、と怒りのあまり反論しかけたら、先を越されてしまった。

「お嬢さんの言うとおり、俺はいい人ですよ。人間にも動物にも親切な飼育員のおにいさんですから、おかあさん」

おにいさんはないだろう、となぜか冷静に心の中でつっこんでいた。そのおかげか、落ちついて男のようすを観察できるようになった。上下くすんだカーキ色の制服、キャップも同じ色、泥のついた紺色のゴム長靴……私はサーッと一気に血の気《け》が引いた。

「……ってぇ。おかあさん、レスラーっすか」

飼育員のおにいさまは肩を押さえながらこちらに近寄ってきた。

「渉ちゃんがひとりでフラフラしてたんで、迷子センターに連れていくところだったんですよ。ひとりでふらつくのはよくないけど、渉ちゃん度胸あるっていうかなんていうか、全然不安がってなかったし、じっくり動物を見学する余裕さえあって」

「そ、そうですか、あ、ありがとうございます、保護してくださって……」

相手の顔がまっすぐ見られない。恥ずかしさと早とちりっぷりと単細胞、もうなんかいろいろでバクハツしそう。

「申しわけありませんっ！　なんてお詫びしたらいいかっ、本当に申しわけありませんでしたっ！」

私は深く深く頭を下げた。下げつづけた。そしたらぴょこんと渉がのぞきこんできて、おにいさまも頭を同じ位置まで下げてきて、小声で話しかけてきた。

「……おかあさん、頭上げてください、僕らめっちゃ目立ってるんで」

その通りだった。目を横に向けると、たくさんの人たちが遠巻きに注目している。私はあわてて顔を上げ、リュックから財布を取り出した。

「あの、私、山田《やまだ》と申します。お身体、大丈夫でしょうか。念のため病院に行かれたほうがよろしいのでは……もちろん治療費は請求してください。こちらに連絡していただければ、すぐにお支払いいたします」

私は財布から名刺を抜き取り、取り引き先に渡すときよりなにより丁寧に、両手を添えて差しだした。こういうときのために、常に名刺は何枚か財布にストックしている。

「山田琴子……さん？」

飼育員さんが名刺を読みながらけげんそうな声を出したので、なにを言われるのかと、ヒヤヒヤしながら「はい」と返事をした。

「もしかして金子《かねこ》さんとご親戚かなにか……ですか」

質問しておいて、しまった、と飼育員さんは訊いたことを即座に後悔したような、苦い表情に変わった。

「金子って……金子美喜子は夫の姉ですが……お知りあいですか？」

「知りあい……です。大学の後輩で、その、きょう、あなたと……」

「私と……」

そこで会話は切断された。バクハツの予感。彼の左胸のネームプレートをこれでもかと凝視した。河田。ああ……まさかこんなことって……あっていいわけ？　もう一度確認してみてもやっぱり河田。ハイ、大バクハツ。

「あっ、母さん、よかった、渉見つかったんだ」

前方から龍ちゃんと透と蛍が歩いてくるのが見えた。おーい、と渉がのんきに手を振ってみせる。私はちらと河田さんのほうを見やった。あいかわらず苦い表情のように思えたけど、どこか笑っているようにも思われた。私は首もとから徐々に顔がゆでられていくのがわかった。ぐっと渉の手をつかんだ。

「あ、あの、それじゃ、なにかあれば遠慮なく連絡してください。ありがとうございました、すみません、失礼しますっ」

　くるりと彼に背を向けて、私は走るようにぐんぐん歩きだした。おかーさんまってよーと透たちの声が追いかけてくる。きっと私はもう目尻のあたりまで真っ赤だ。いや真っ青かもしれない。おかあさんいたいよ、と渉が訴えるのが聞こえ、ハッとして手を離してやった。パールがかったピンクベージュの爪。その華やかさが目に飛びこんできたとたん、脱力したように動けなくなった。爪の手入れをし、洋服の組み合わせまで悩み、一応準備していたというのに、あっちはハナからお見合いする気なんてなかったのだ。本屋で何時間も待たせてしまうかも、なんて要《い》らぬ心配だったのだ。彼はいつもどおり九時の開園に合わせ、きっと八時ごろには出勤し、動物たちの世話を始めたにちがいない。

「……ソフトクリーム、食べにいくわよ」

　追いついた龍一たち全員に、意見表明するような声で私は言った。

「は？　てゆーか大丈夫なの？」

「大丈夫よ。決まってるじゃない。大丈夫じゃないように見える？」

「や、見えないけど、いや、渉のことだよ」

「渉も私も大丈夫よ。シマウマ見てただけ。さ、食後のデザートタイムよ。そんでキリン見にいくわよキリン。赤ちゃんキリンが広場デビューしたんだって。あとカワウソもミーアキャットもカバもトラも見てやるし、ふれあい広場でウサギもヤギも触りまくってやる！　さあレッツゴー！」

　私は先陣をきって歩きだした。異様なテンションの母親には従うのみ、と学習している子どもたちはすなおについてくる。帰るもんか。もう帰ろうかという気弱な私が頭の中に登場してきたけど、帰ってなんかやるもんか。園内で鉢合わせしたってかまわない。気まずいのがなんだっていうのだ。大人入場料五百円のモトは取ってやる。私はピンクベージュの美しい爪の先でつまむように、財布から千五百円を取り出した。

「すいません、ミックスソフト五つください！」


　一時間前まで元気だった人が、六時間後にはこの世からいなくなる現実を、想像できるだろうか。

　琴子さん、すぐ帰ってくるからね、おなべ見ててね。

　困ったように笑って、武蔵くんは自転車に乗って出かけていった。赤みそとゆずを買うために。スーパーまでは歩いても十分足らずの距離だった。しかしいつまで経っても帰ってこなかった。そしたら夜更けにけたたましく携帯電話が鳴った。病院からだった。急いでください。命令に近い女性の声だった。

　私は寝ていた子どもたちを起こし、全員を車に乗せて病院まで急いだ。武蔵くんは個室のベッドに横になっていて、一見どこもケガしていなくて、ただ寝ているだけのように見えた。けれど最期《さいご》まで目を覚まさなかった。夜が明けるころ武蔵くんは逝ってしまった。三つ子たちはがんばっていたけど、いいかげん眠すぎて付き添い用のベッドで眠ってしまっていた。龍一だけが私とともに武蔵くんを看取《みと》った。

それからは、あれよあれよという間に物事は進められていった。病院に紹介されるまま葬儀屋がやってきて、武蔵くんはようやく自宅に帰ってこられて、ダブルベッドのもう半分に寝かされ、いったん業者は帰り、私もとなりで眠った。数時間後に目が覚めて、武蔵くん、と肩を揺さぶって思わず手を引っこめた。感触が、なんというか、すでに異常だった。

午後早くにまた葬儀屋のスタッフが数人やってきた。武蔵くんの身体を清めてくれ、着替えさせてくれ、思い出のお品などなにかお棺にお納めしたいものがあれば、とトーンの抑えられた声で言われたので、私は武蔵くんが学生のころから大事にしていた革の定期入れを、その組まされた両指の上に置いた。三つ子たちはお父さんを描いた絵、龍ちゃんはきれいに洗濯された青いピンストライプのエプロンを納めた。

その後セレモニーホールで通夜、告別式が行われた。小さな子を連れたママたちがたくさん、たくさん参列してくれたことが印象的だった。武蔵くんは三つ子のうちふたりを双子用ベビーカーに乗せ、残りひとりをおんぶひもでおんぶして、児童館や子育て支援センターによく出かけていた。お世話になったのでとりあえずその二ヶ所に訃報を連絡したら、ママたちの育児ネットワークはすばらしいもので、ママ友、パパ友、保健師さん、職員の方など、私が外で働いているあいだ、私が知らない時間の中で、たしかに結ばれていた絆の糸が見えない手によってたぐりよせられ、次から次へと人々は集まってきた。私は誇らしかった。すべての人にお辞儀をしつづけた。でもそんな誇らしさなんて、味わいたくなどなかった。

火葬まですみ、私は武蔵くんをすっぽり胸の前に抱えて帰宅した。数日子どもたちをあずかるわよ、と斎場で美喜子さんが申し出てくれた。とつぜんのことで疲れたでしょう、休めるときにしっかり休んでおきなさい、後回しにできることはほうっておいて、とにかく眠って、眠れなくてもベッドに横になって、できるだけ回復しなさいよ、子どもたちのためにも。そう諭されて、私はひとり、キッチンに立っていた。

作業台の上にエコバッグがあった。私は静かに骨壺をそばに置き、バッグの中身を見た。赤みそとゆず。車とまともに接触して自転車の前かごはひん曲がったというのに、買ったものだけ無傷なんてふしぎだった。私はガスレンジの前に移動した。圧力なべのふたを開けた。箸でつついたらほろりと崩れそうな透きとおった大根が、すっかり冷めた湯の中に浸《つ》かっていた。煮た昆布と大根の匂いに私は吐いた。ほとんど食べていなかったので胃液ぐらいしか出てこなかったけど、ステンレスの流しに嘔吐しつづけた。

あの日、あの夜、私がわがままを言ったから。仕事で嫌なことがつづいていて、イライラしていて、毎日残業していて、九時を過ぎて帰ったら武蔵くんがのんきにテレビを見ながら笑っていて、おかえりーとソファから立ちあがったのだ。

「ふろふき大根、食べたいんだけど」

ただいまの代わりに、私は能面のような声で言った。

「えー……そんな時間のかかるもの……ね、あしたつくっておくよ。今夜は琴子さんの好きなリンゴたっぷりのポークソテーだよ、今すぐ焼くから」

「ふろふき大根」

「だから……もう遅いし、みそだって」

「みそは絶対赤みそ。ゆずも絶対。甘いゆずみそで食べたいの。絶対今夜食べるから」

武蔵くんはため息をのみこむように「わかった」と小さいながらはっきりと言い、キッチンに入った。大根を切り、圧力なべにさっと洗った昆布を敷き、その上に大根をならべ、たっぷりの水を加えて火にかけた。

「琴子さん、すぐ帰ってくるからね、おなべ見ててね」

武蔵くんは笑った。ダウンジャケットをはおって自転車のカギを握った。この時点ですでに私は後悔していた。でも引くに引けなくなっていた。私は着がえ、圧のかかったなべを見張り、武蔵くんがセットしていったキッチンタイマーが鳴ったので火を消し、それでも帰ってこないので風呂に入り、上がって髪をドライヤーで乾かしてもまだ玄関は無言で、携帯に電話をかけてみようかと思ったとき、病院から着信があったのだった。

私は眠った。浅く短い眠りを繰りかえしていただけのものの、身体は正直なもので睡眠を欲していた。翌朝目覚めると、龍ちゃんだけ戻ってきていた。梅と玉子のおかゆをつくってくれた。大根はすでに処分されていた。圧力なべもきれいに洗ってあって、私はほっとした。安堵した自分を軽蔑した。罪人となった私は、このときからふろふき大根が食べられなくなった。食べられなくてもさして支障はない。ただ大好きだったのに、冬になったら必ず食べたくなったのに、あの昆布と大根の匂い、甘い赤みそ、ゆずのさわやかな香り、とろりとした湯気、それらを想像しただけで吐くようになった。

あらそう、残念だわねぇ、でもいい方だったでしょう、そういい方なのよ、私にはもったいないって、琴ちゃんと合うと思ったんだけどなあ、まあ年齢がねえ、上だからねえ、子どもがむずかしいかもねえ、でも琴ちゃんならもうひとりぐらい産めそうなもんだけどねえうふふ、じゃあまた機会があったらね、たまには飲みに誘いなさいよぉ。

美喜子さんは電話口でほぼ一方的にしゃべりつづけ、言いたいことを言いおわったら通話は終了された。

午前九時。家にはだれもいない。私はピンクのフリース上下のままで、座椅子にもたれてこたつに入って、朝のニュース番組をもう一時間ほど眺めている。

ふとんでも干すか。私は自分と子どもたちの部屋を回り、ベランダいっぱいを使って寝具を日光に当てた。琴子さん、ふとん干しのベストタイムは午前十時から午後三時までだよ、と武蔵くんの忠告が聞こえてくる。私はふとんを干したベランダの柵に腕をのせ、陽射しをすいこんでぬくもっていくふとんにほおずりし、部屋に戻って着がえた。化粧をして歯みがきをした。爪はスッピンだ。車のドアを開け、エンジンをかけた。

平日の動物園はうそみたいに人が少なかった。ベビーカーを押しているママ友グループ、春休みに入ったらしい学生カップル、老人会のイベントでウォーキングついでに園内を回っているようなご老人たち、それぐらいだ。ひとりで来園しているのはクジャクのケージの前で静かに絵筆を動かしている美大生風の女の子と私ぐらい。動物たちはあの日と同じように過ごしている。見物客が少ないぶんリラックスしているように見える。いや、逆に退屈なのかもしれない。

「リストラですか」

ぼんやりシマウマを見ていて、全然気づかなかった。近くに河田さんが立っていた。

「いえ、自主退職です。この春に起業するんで。上司のセクハラがひどかったんで、最後にぶんなぐってやりました」

「それはあっぱれ。しかし物好きな上司もいるもんですね。職場にもっと若い子いないんですか」

「かくそうとしてもかくしきれない、匂いたつような女盛りの色気が、男どもを狂わすんでしょうねえ……」

私たちは目も合わさず、ただ目の前の一頭のシマウマを見つづけた。フェンスにお名前ボードがくくりつけてあった。ハナ。女の子なのか……と思ったら女の子という歳ではなかった。誕生日から計算したら三十歳だった。

「シマウマってけっこう長生きなんですか……」

「野生下では二十年から二十五年です。飼育下では長寿の個体はけっこういます」

「そうなんですか。ハナちゃん、キュートなおばあちゃんだね」

「で、山田さん、なんの仕事始めるんですか」

「完全予約制のエステサロンを……って冗談ですよ。きょうは有休消化です」

「わかってますよ。ノリの良さをためしただけです」

私たちはまた黙ってハナちゃんを見つづけた。シマウマはもう一頭いて、広場の後ろのほうで草を食べていた。お名前ボードによるとハナのダンナさんのようだった。ハナより少し縞模様が濃くてはっきりしている。

「金子さんのほうに、当たり障《さわ》りのないお返事をしていただいたようで、ありがとうございます」

河田さんがお礼を言いだしたので、私は顔を横に向けて彼の目を見た。おもしろそうに笑っていた。

「いいえ、義姉《あね》がいつものように勝手に盛りあがって、勝手に飽きただけですんで、こちらこそ、ご迷惑をおかけしました。ところで肩のほうは大丈夫ですか？」

「ええ、毎日動物を相手にしてるんで、あのぐらい日常茶飯事です。ご心配なく」

「そうですか。安心しました」

「じゃ、仕事に戻りますんで」

「ええ、どうぞ、おきばりやすぅ～」

向こうに行きかけた河田さんが振りかえった。私は真顔だ。彼も真顔で見つめかえしてきた。でも耐えきれないようにブッとふきだし、それじゃごゆっくりと会釈して、今度こそ本当に背中を向けて行ってしまった。私はしばらく彼の後ろ姿を眺めてから、勧められたとおりシマウマ舎を離れ、園内をゆっくり回りはじめた。

今晩は残業できませんオーラを出し、私は五時半に「お疲れさまでした～」と笑顔で退社した。向かった先はケーキ屋。頼んでおいたバースデーケーキを受け取るためだ。

帰宅したらいい匂いが玄関まで伝わってきていた。リビングのドアを開けたら、青いピンストライプのエプロンを締めた武蔵くんが料理をしていた。また背が伸びただろうか。肩幅も広くなっただろうか。私がドアのそばにつっ立っていると、おかえり、もう焼きあがるよ、とフライ返しを持ったまま話しかけてきた。

「うん。ただいま、龍ちゃん」

三つ子たちがおかえりーと駆け寄ってくる。私の帰宅を喜んでいるというより、右手に提《さ》げたホールケーキの白い箱に歓喜しているのだ。けーきっけーきっと小さくジャンプ。ハンバーグの上に半熟目玉焼きがとろりとのっけられ、ご飯、かぼちゃのポタージュ、サラダと龍ちゃんが次々カウンターにお皿をならべていき、私たちは次々テーブルまで運んでいった。はんばーぐっはんばーぐっと三つ子たちはイスに座って例の号令を待っている。視線はケーキの白い箱をちらちら。でも三つ子たちの誕生日祝いではない。

「はい、じゃー、いただきます」

エプロンをはずした龍ちゃんが着席していつものように号令をかけ、私たちは「いただきまーす」といつもより大きめな声で復唱して箸を握った。

きょうは武蔵くんの誕生日。私たちは夕飯を食べおえると、さっそくケーキを箱から取り出した。チョコレートクリームたっぷり。ケーキの上にはイチゴ、ブルーベリー、キウイ、リンゴ、パイナップルなどのフルーツたっぷり。ケーキにロウソクは立てない。四十二本なんて多すぎるからではなく、それはさすがに悲しすぎるから。ハッピーバースデーの歌もなく、私はケーキを六人ぶんにカットした。六等ぶんはやりやすい。五等ぶんはやりにくい。子どもたちに好きなのを選ばせたあと、私はひと切れを小皿に移し、リビングの写真の前に持っていった。

お誕生日おめでとう。心の中でお祝いの言葉を告げる。ありがとう。武蔵くんが笑顔で返事をしてくれる。夫の亡くなった日より、生まれてきた日を大事にしたい。その考えは四年前から変わっていない。

スポンジのひとかけらも残さずケーキをたいらげ、三つ子はお風呂に入りにいった。龍ちゃんは二階で宿題だ。そのあいだに私は皿洗い。来月になったらもうお湯を使わなくても洗えるようになるだろう。私はリビングのケーキに視線を飛ばした。武蔵くん、そのお店のケーキ好きだったよね、おいしく食べてね。

後片づけをすませたあと、私はこたつに入って持ち帰った仕事の資料に目を通した。三つ子のあとに龍ちゃんがお風呂に入り、最後に私が入り、髪を乾かしたあとふたたび資料とにらめっこしていたら、二階から渉が下りてきた。

「どしたの？　眠れない？」

訊いたあと、渉にかぎってそれはない、とすぐに思いなおした。その証拠に眠たそうに半分しか目が開いていない。渉はまっすぐ武蔵くんの写真のところまで歩いてきて、その前に置いてあるケーキのお皿に躊躇《ちゅうちょ》なく手を伸ばした。

「ちょっ……渉、今から食べる気？」

「ううん、おとうさんに今から持ってくの、眠たいからもう行くおやすみ」

半分寝ているような口ぶりと足どりで、渉は小皿を両手に持って階段を上がっていった。

持っていく？　今から？　私はあっけに取られてなにも言いかえせず、立ちあがったものの動けず、そのまま行かせてしまった。

毎年誕生日の翌朝になると、武蔵くんのケーキはなくなっていた。子どもたちのだれかが夜こっそり食べたんだろうと、どうせだれかが食べるんだからいいんだけど、と気にしないでいたのだけど、まさか渉だったなんて。

おとうさんに今から持ってくの。渉の言葉が頭の中で繰りかえされる。今から持ってくの。おとうさんに。

まさか……と引き寄せられるように一歩足が前に出た。瞬間、サイレンが鳴りひびいた。ビクッと身体が硬直する。救急車のけたたましいサイレンが近くまでせまり、少しずつ遠ざかり、ようやく金縛りがとけた。私は深く息をつき、こたつに入りなおした。

まさか。そんなわけあるはずがない。

私は資料に目を落とした。でも集中できないことはもうわかっていた。私はこたつのスイッチを消し、キッチンで水を一杯飲んでから、寝室でふとんにくるまった。


「また上司ぶんなぐったんですか」

ハナをフェンス越しにぼんやり眺めていると、すっかり知り合いになってしまった声が横から話しかけてきた。

「いえ、きょうも有休の消化です。年度末になると有休たまってる人は取ってくださいって上が言ってくるんです。ふだんは申請するとちょっとシブい顔してくるくせに。部下の有休取得率を上げたいんですよね、もっと上の人たちがうるさいんで」

私は会釈をしてふつうに答えた。ハナが河田さんのほうに寄っていく。

「そうですか、なんていうか……めんどうですね」

河田さんもふつうに答えた。平日の動物園はきょうも人が少ない。寒さに弱い動物がけっこういて、広場に出ていても小屋の奥で丸まっていたり、そもそも広場にさえ出ていない場合もあったりして、動物園なのに動物さえも少ない。ただとてもお天気がいい。風はまだ肌寒いけど、私は青い空を見上げた。雲の向こうまでつきぬけるように。

「人は……死んだらどこに行くんでしょうか」

河田さんも空を見上げたのがわかった。慣れた首の傾け方だった。美喜子さんが彼をお見合い相手に選んだのは、なんていうか、そういう理由なんだろうと、改めて思った。

「よくわからないですけど、うちの妻は楽しいところにいると思いますよ、絶対に」

最後の言葉が強めだったので、私は河田さんのほうに顔を向けた。河田さんはまだ空を見上げていた。

「ご病気……だったんですよね」

「ええ、乳がんでした。二年がんばりましたけど、残念ながら」

二年か。私は六時間だ。心の準備ができるぶん、事故より病気のほうがマシだろうかと思った。けど闘病のつらさ、死のおそろしさ、そういうものも日々もらい受けなければならないなら、どっちがマシということもないか。どちらにしても身体の半分を持っていかれたほうの喪失感はとんでもない。半身しかないので、しっかり踏ん張っていないと、ちょっと風にあおられただけでバランスを崩し、つんのめりそうになる。河田さんがこちらを見てきた。わたしもまだ彼を見ていた。

「山田さんのほうが大変ですよね。ひとりでお子さんを四人も育てなきゃいけないんだから。フルタイムで働きながら家事もこなすなんて、俺にはむりだな」

「いやあ、なんとかなりますよ、おほほ……」

私は視線をななめ上にそらした。するとごまかすなとでもいうようにハナがほえた。まさかの「ワンッ」と。

「……えーと、聞きまちがいですよね？」

私は目の前にいるのが犬ではないことを、今さらながら飼育員に確認した。

「……じつはハナはシマウマ型のUMAなんですよ。なのでワンと。どうかご内密に」

飼育員はものすごく真顔だ。絶対ウソなのに。でも私もウソをついてしまっているので、河田さんになんと言いかえしたものか迷ってしまった。その惑《まど》いのあいだに、さらにハナが鳴いた。もちろんワン。河田さんはいいかげん笑って、「きょうはサービス精神旺盛なんだな」と話しかけた。ハナは潤《うる》んだ黒い瞳で、恋人を見るように彼を見上げた。

「シマウマっていうぐらいだから、ヒヒーンとか想像してたでしょ？　でもワンワンなんですよ、鳴き声。めったに聞けませんけど」

「知りませんでした……けっこうな衝撃ですね……」

「シマウマの声を聞けた人には幸福が訪れるんですよ。宝くじで三億円当たったたって電話をもらったこともありますし、競馬で大もうけしたって人もいて……ウマだけに……」

「いや、もうだまされませんよ」

「でも妻は信じてました。彼女のゲン担《かつ》ぎだったんです。初デートのとき、ふたりでハナのワンを聞いて、大笑いして、一気に僕との仲が深まったって、結婚後に言ってたんで」

「そうなんですか……」

私たちはそろって青い空を見上げた。白い雲の向こうの楽しいところを見つけるように。もうハナは鳴かなかった。

きょうもシマウマ舎の前で私たちは別れた。私は前と同じように園内をぶらつき、小腹が空《す》いたのでフードコーナーでホットドッグを買った。日の当たるベンチに腰かけてほおばり、静かにもぐもぐ食べすすめていくうち、じわじわ笑いがこみあげてきて、ひとりでバカみたいにむせてごくごくお茶を飲んだ。


「おかーさーん！　ヤッホー！」

白馬にまたがった透が手を振ってくる。雪乃《ゆきの》ちゃんをまねてベリーショートに髪を切ったから遠目には男の子みたいだ。さらに師匠といっしょに鍛錬という名の運動に徹しているため、すっかり身体の線がたくましくなって、まさに白馬の王子さま。

「ちゃんと両手でポールをつかんでなさいよー」

私はデジカメで動画を撮りながら手を振りかえした。白馬は軽快な音楽とともに回りつづけ、画面から透が消えていき、次は蛍が映りこんできた。

「ほたるー、お姫さまみたいよー」

声をかけると、蛍もそんな気分にひたっているらしく、お上品な微笑を送りかえしてきた。「メリーゴーランドなんてガキの乗りものよ」と数分前まで毒を吐いていたくせに、ちゃっかり金銀ピカピカのシンデレラみたいな馬車を選んで乗っている。

そして最後は渉だ。一瞬わが目を疑った。カメラの画面越しではなく、直《じか》にたしかめてみても、やっぱりシマウマにまたがっている。この遊園地のメリーゴーランドは白馬や馬車だけでなく、ブルーの馬、ピンクの馬、ユニコーン、ペガサス、可愛いポニーちゃんまでそろっている。なのに、選び放題なのに、なぜシマウマを選ぶんだ娘よ……。

「おかあさーん、ワンワン撮れてるー?」

今度は耳を疑った。画面の中で、渉は当たり前のように笑っている。

「あいつなに言ってんだ? ワンは犬だろーが。わたるー、ボケたつもりかー?」

龍ちゃんが手をメガホンにして渉に答えた。さすがに高二はメリーゴーランドには乗らない。じゃなくて、ワンワン?

きょうは山田家のお墓参りに行ってきた。春分の日は彼岸参り。高速で車を二時間飛ばす、毎年恒例の行事だ。そして帰りは遊園地に寄る。これも恒例になっていた。

「つぎ観覧車ねっ」

私がドキドキしているあいだに、軽快な音楽は鳴りやんで、回転木馬たちも動きを止めていた。娘たちが小走りで戻ってきて、遊園地のシンボルのような巨大アトラクションを目指しはじめる。寒《かん》の戻りでコートやセーターを着こみながらも、祝日の園内は多くの家族連れでにぎわっている。あそこはどうだろうかと、べつの場所のようすを思いうかべながら、私の鼓動はまだ少し速く、なにげないふうに渉に尋ねてみた。

「ねえ、なんでシマウマがワンって鳴くって知ってるの？」

「おねーさんに教えてもらったの」

「おねえさん？　おにいさんとか、おじさんとかじゃなくて？」

渉はけげんそうな顔になって「うん」とうなずくと、前を歩く透と蛍のもとに合流してしまった。おねえさん、おねえさん……幾度か口の中でつぶやいて、私はようやく合点《がてん》がいった。ああ、そうじゃないか。飼育員は河田さんだけじゃない。迷子になったとき、女性の飼育員さんとも話をして、そのとき教えてもらったにちがいない。私は小さく笑った。渉がまたへんなことを言いだしたのかと思った。毎週河田さんに会っているせいで、頭から決めつけてしまっていた。まっさきに彼を思い出し、頭から離せなかった。

観覧車のワゴンの定員は四人だった。それで三つ子と、私と龍ちゃんとに分かれた。ぜったい三人いっしょに乗ってインスタ映えする写真を撮るというので、気をつけるのよと言って、仕方なく三つ子だけにした。インスタなんてやってないくせに。あばれるんじゃねーぞーとピンクのワゴンに向かって注意して、龍ちゃんは私のあとから乗ってきた。そして向かいの席に腰かけた。

「いやん、ダーリン。となりに座ってよぉ」

「あー、夕飯なんにすっかなー」

お決まりのシカトのあと、ごうんと重い音をたて、観覧車は動きだした。少しずつ地上から遠ざかっていく。さっきのメリーゴーランドが見えてきて、ジェットコースターもゴーカートも空中ブランコも見えてきて、無数の人々が小人のようになっていき、やがて遊園地の敷地を越え、町並みや山並みは春霞でやわらかくけぶり、青空に近づいていく。

「こないだ美喜おばさんに会ったよ、ぐうぜん駅の本屋で」

窓ガラスの先のけしきを眺めたまま、ずっと黙っていた龍ちゃんが横顔で言ってきた。

「俺はいいと思うけど」

あ、川も見える。独《ひと》り言《ごと》のようにつぶやいたあと、ちらと視線を寄越してきた。

「私、再婚なんてしないよ」

考えるより先に答えていた。すると龍一の切り返しも早かった。

「なんで？　母さんまだ若いし、人生百年時代だってのに、ずっとひとりでいる気？」

「それは……だって」

「いや、正直、どっちでもいいんだけどね。結婚なんて究極に個人の自由だし。でもなんかわだかまりみたいなものがあるんなら、もうそろそろいいんじゃないかっていうか、籍は入れなくてもパートナーみたいな人がいてもいいんじゃないかっていうか、なんつーの、俺はいいと思うよっていう意思表示。山田家長男として一応」

ワゴンはてっぺんまで来ていた。龍ちゃんが笑顔で手を振った。後ろを振りかえると、ひとつ前のワゴンの三つ子たちがこちらに手を振っていて、渡したデジカメをあちこちに向けて撮影しているのが見えた。

青い空の中に私はいた。だれよりも高みに上っていた。でも白い雲はふわふわとさらに高い場所に浮かんでいる。太陽がまぶしい。

きっと河田さんが思い出されるだろう。なんとなくそう予想していた。でもハズレだった。再婚の話になって心に現れたのはただの空白。だれもいない。そんな心はあまりにさびしいと気を遣《つか》ってくれたのか、あぶりだしのように、じわりと空白に線が浮かびあがってきて、線は武蔵くんのかたちをとった。

琴子さーん。子どもたちのように笑って手を振ってくれる。

武蔵くーん。私も笑いかえす。そこにはどうやって行けばいいのー？

ワゴンがてっぺんから下りはじめた。空から遠ざけられていく。どうやって行けばいいの？　もう一度尋ねた。でも答えはなかった。

食い入るように見ていた窓の外から視線を戻すと、龍一と目が合った。ドキッとするほど似てきている。キッチンに立っている姿など、ときどき錯覚を起こすぐらい。私はなんとなく耐えられなくなって、先に目をそらし、身体ごと後ろに向けた。三つ子たちはこっちのことなどもう気にしておらず、きゃあきゃあ楽しそうに笑いあっていた。よし夕飯決めた、と背後から独り言のように聞こえた。

私たちは観覧車から降りたあと、ありきたりなおみやげを買って、高速に乗って自宅に帰った。そして夕飯はふろふき大根だった。

「えー、なにこの大根のカタマリー？」

透がふしぎそうに皿を見下ろしながら、自分のぶんを食卓に運んでいた。蛍も渉もパジャマ姿で自分のぶんの夕飯をテーブルに運んでいた。三つ子といっしょにお風呂に入った私は、長い髪を乾かすのに時間がかかり、ようやくダイニングにやってきたころには、私の席にもすでにふわりと湯気が上がっていた。

「おかあさん、きょうはお疲れだろうからサービスね」

蛍が早くというように、私のイスの座面をトントンたたきながら言った。ひな鳥たちは腹ペコなのだ。そこへドンと龍ちゃんが揚げたての唐揚げの大皿をテーブル中央に置いた。食欲をそそるニンニクの香り。ひな鳥たちはざわめく。

「さっ、アツアツのうちに食うぞー、ハイいただきまーす」

いつものように号令がかかり、復唱したあと、子ども用のカラフルな箸が次々大皿へと伸びていく。でも私の箸は動かない。すると向かいの席の大人用の黒い箸が大根をほろりと崩した。上に塗られたゆずみそが赤くとろりと垂れる。操られるように目線が持ち上がり、私は武蔵くんと目が合った。

「おでんの大根とはちょっとちがうねー、これはじめて食べるけどおいしい」

透が感想を言いながらほおばっている。蛍も渉も。はじめてではないはずだ。おぼえていないだけで。もう四年、わが家で出されたことはないから。武蔵くんも食べている。冷めないうちに琴子さんも早く、というようにまた視線を合わせてくる。おそるおそる、私は箸の先で少しだけ、大根をつまんで口に入れてみた。昆布の香り、ゆずみその甘さ、こわいほどやわらかい大根……私は立ちあがった。口もとを押さえて。トイレに駆けこみ便座を上げた。限界だった。本当は。イスに座って独特の匂いを嗅いだ段階ですでに。

「母さん……もういいだろ。もういいじゃんか」

なにがいいの。なにがいいっていうの？　あの日、私があんな愚かなことさえしなければば、今そばについていてくれるのは、絶対に、絶対に武蔵くんのはずなのに。

「母さん、いいかげ」

「子どもは黙ってなさい！　なにもわからないくせに！」

「わかるよ。腐った大根捨てたの俺だから。今までつくらなかったのも俺だから」

龍一ははっきり言った。そう。彼は子どもじゃない。だれよりもわかっている。中学生だった息子を急激に大人にさせてしまったのは私だ。体力的にも精神的にも、龍一に支えてもらわなければ、とてもきょうまでやってこられなかった。私はトイレの前にしゃがみこんだまま息子を見上げた。もう十七歳だ。いつのまにか私の背を追い越して、体格も男らしくなった。でもまだ十七歳だ。きっとこれまであきらめさせてきた数々のことを思うと、ごめんなさい、とくちびるがすべるように動いていた。

私はトイレから出た。リビングの扉にはりつくように、三つ子の顔がならんでいるのが見えた。おんなじような表情で、こちらのようすをうかがっている。

「ごめんね、おかあさん、きょうはやっぱり疲れちゃったから、もう休むね」

私はできるだけほほえんでみせ、龍ちゃんの横をすり抜けるようにして寝室に入った。ほら夕飯のつづき食うぞーとドアの外から声がして、子どもたちが食卓に戻っていくようすが伝わってきた。私はベッドの端に腰かけた。なさけない。ひざの上の拳がポタリと濡れた。なんてなさけない。拳のままでグッと目をぬぐった。

気づいたらベッドに横になっていた。へんな姿勢で丸まっていたせいで腰が痛い。暗がりの中、視線を感じた。起きあがり目を凝《こ》らせば、渉だった。

「……どしたの？　どっか痛い？」

渉は首を横に振り、私を指さしてきた。私は苦笑した。そう、イタいのは私のほうだ。

「おかーさん、いっしょに会いにいこう」

「……おとうさんに？」

うんと渉はうなずいた。私はまた小さく笑った。今何時なんだろう。まだ夜中みたいだけど、また寝ぼけてるんだろうか。私は渉の頭をなでようとして、ハッとした。指さしていると思っていた手が、本当は握手をうながすように差しだされていた。

「どうやったら……武蔵くんに会えるの」

「やったことないから、できるかわかんないけど、たぶんひとりなら連れていけるよ」

当たり前のように答えが返ってきた。あまりにまじめに言うので返事に窮した。会えたらいいのにね。おかあさんも渉みたいにおとうさんの夢を見たいな。なぐさめてくれてありがとう。どれもちがう気がして、黙ったままでいると、じれったそうに渉が私の手をつかんで、ベッドの真ん中に連れていき、ならんで横になってふとんをかぶった。

「手、離さないでね」

「ちょ、ちょっと」

「早く行ったほうが長く会っていられるから。朝になったら目が覚めちゃうでしょ」

そう言うと、渉はさっさと目を閉じた。もう話しかけてもムダそうだ。私は小さく吐息した。渉の身体はあったかい。甘いような子どもの匂いも心地よく、先ほどまで眠っていたのも手伝い、私は思いのほか早く夢の世界に落ちていった。

そこは商店街のようだった。夕闇の中、多くの人が買いものをしていた。見たことがあるようなないような、ふしぎな感覚を抱かせる町。ぐいっと左手が引っぱられ、その手は渉の右手とつながっていた。

「すぐ近くだよ。この時間だと、いそがしいだろうけど」

渉は慣れた足どりで私を案内していった。渉ちゃんこんばんは。渉ちゃんよく来たね。商店街の人たちが娘に話しかけてくる。渉はここの常連さんみたいだ。この夢どんな設定なんだろう？　私の知り合いはだれも出てこないなんて。そして私はパジャマから着がえていた。河田さんとの幻のお見合い用に選んだ、手持ちでいちばんマシな服を着ていた。渉も学校に行くときのようなブラウスとスカートだ。

「おかあさん、到着したよー」

ふわふわした足どりでついていくと、一軒の店の前で渉が立ちどまった。小さなお店だった。でも扉は大きい。白い壁に明るい茶色の木枠の扉がはまり、枠一面にガラスがはまっている。扉の上には青いキャンバス地の日よけが取りつけてあり、手書きだろうか、キッチンハープと白い文字で書いてある。キッチンハープ。三つ子が幼稚園に上がったら開く予定だった、武蔵くんの総菜屋さんの店名だ。ハープ。恥ずかしいからやめてよと私は言った。私たちは笑いあった。まさか。

店に入ると、なつかしい匂いが一気に鼻腔《びこう》に広がった。ドアベルがちりんと鳴ったけど、そんなかわいい音などかき消されるぐらい店内はにぎわっていた。パン屋のように壁に沿って商品棚が何段かつくりつけてあり、豊富な総菜がパックに盛られて陳列されている。お客さんたちは好きなものを手に取り、レジにならんでいる。店の半分以上がテイクアウト部分で、奥のほうに申しわけ程度の飲食スペースが設けられている。数席とはいえ満席だった。そしてひとりいそがしく働くのは、もちろん武蔵くんだった。

「おとうさん来たよー、手伝うねー」

渉はあっけなく私の手を離すと、カウンターの向こう側にするりと入ってしまった。

「おっ、いいところに。今晩はやけに大入りで、猫の手も借りたいところだったんだ」

「渉は猫より一万倍ぐらい役立つよー」

「そうだそうだ、渉さまさまだ、じゃレジたのむ」

「おっけー、それときょうはおかあさんもいっしょだよ。猫の手増えてよかったねー」

「えっ」

武蔵くんは明らかにうろたえて、すばやく店の入口のほうに顔を向けた。私はあいかわらず扉の前につっ立っていたので、ばっちり目が合った。その瞬間、武蔵くんは持っていた唐揚げのパックを床に落とし、私はハッとして棚から同じものを取り、迷わずカウンターの向こう側に入りこんだ。

「申しわけございません、新しいものと交換いたしますので」

私は先頭のお客さんに謝って、武蔵くんにきれいな唐揚げを渡した。まだ武蔵くんはそうとう狼狽《ろうばい》していたけど、そこはプロ、パッと切り替えて、唐揚げ、だし巻き玉子、きんぴらごぼう、かぼちゃの煮つけ、と商品名を声に出し、それを聞いて渉がレジを打って氷砂糖のようなふしぎなお金を受けとり、最後に武蔵くんが袋に詰めた総菜を「ありがとうございます」とお客さんに手渡した。

「それ、私がやる。袋に詰めてお渡しすればいいんでしょ？　武蔵くんは武蔵くんにしかできないことして。あちらのお客さまたち、お待たせしてるんじゃない？」

飲食スペースのお客たちはかなりの常連なのか、文句のひとつもこぼさず、あとでまとめて精算するのか、棚の総菜を取ってはなにか飲みながらつまんでいる。店の外に立てかけてあったミニ黒板には「日替わり定食あります」と書いてあった。

「うん、じゃ、琴子さん。お願いします」

武蔵くんはカウンターの定位置を私に譲り、奥のキッチンに入っていった。さっそくごま油のいい香りが漂ってくる。熱したフライパンがじゅわっと音をたてる。私と渉はあうんの呼吸でお持ち帰りのお客さんをさばいていった。半透明の氷砂糖のようなふしぎなお金。ふっと半透明に見えてしまうふしぎな人たち。できあがった日替わり定食を武蔵くんはお盆にセットし、両手にのせて運んでいく。すいませんお待たせしちゃって、とおしゃべりな若い女性三人組、おじいさん、おばあさん、それに気難しそうなおじさんの席へと順番に回っていく。ガラス扉の向こうで、太陽がロウソクの炎のように最後にゆらりと燃え、町はすっかり夜に包まれた。それを合図にしたように、お客さんの波は引いていった。私と渉は目を合わせ、ほっと息をついて笑った。渉はぴょんとレジ前の踏み台から下り、飲食スペースのほうに走っていった。そしてあろうことか、気難しそうなおじさんに気安く話しかけたではないか。

「大丈夫だよ、タニさんとは仲良しなんだ」

ハラハラしながら見守っていると、カウンターに戻ってきた武蔵くんが説明した。

「な、仲良しって……」

本当にこの夢はなんなんだろう？　私のじゃなくて渉の夢？　ひとりなら連れていけると言っていたけど、本当に渉の夢についてきてしまったのだろうか。というか、そもそもこれは夢？　こんなリアルで、武蔵くんがすぐそこにいて、触れればぬくもりが……。

「琴子さん、夕飯まだなの？」

「え」

「お腹の虫、すごいけど」

武蔵くんの指摘どおり、私のお腹はぐーっと威勢よく鳴っていた。武蔵くんは笑った。

「待ってて。定食のおかず、残ってるから」

武蔵くんはゆるんだエプロンのひもを結びなおすと、すぐキッチンに入った。業務用の大きな冷蔵庫を開け、特製だれに漬けた肉をフライパンで焼いていく。お皿に千切りキャベツをこんもりとのせ、トマトとブロッコリーを添え、できあがったしょうが焼きもきれいに盛った。私は調理場とホールを仕切る藍染めののれんをめくり、まばたきも忘れ、夫の動く手を足を、振り向く笑顔を見つめていた。向こうのイスに座って待ってなよと照れくさそうに言われた。けど私は動かなかった。もちろん動けないことは武蔵くんも承知だった。お盆にしょうが焼きのお皿をのせ、白米のお茶碗と野菜スープのお椀、それに箸をのせると、やや強引にハイと渡してきた。

「もう一品あったため直して持っていくから。食べてて」

どうしようかと思ったけど、腹の虫は我慢の限界らしい。ちょうどおじいさんとおばあさんが食べ終わって帰るところで、私はありがとうございましたと言い、カウンターを出て飲食スペースに向かった。渉が慣れた手つきでお皿をさげはじめていた。私は空いたイスに座り、三人娘とタニさんという人の視線をいっせいに浴びた。

「……マスターの奥さん、ですか？」

うずうずしたようすで、三人娘のうちのひとりが話しかけてきた。

「あ、はい。えーと……主人がいつもお世話になっております」

どう答えるべきか迷ったけど、当たり障りのない定型文を選んでおいた。するとパパパーンッとクラッカーが弾《はじ》けたように、三人娘のテンションが急上昇した。

「いっやーん、まじで奥さん美人じゃーんっ！」

「ちょっと聞いた？　シュジンだって、マスターがご主人！」

「あのあの、マスターのどこに惹かれたんですか？　ていうかプロポーズの言葉は？」

「はいはいストーップ！　琴子さんを困らせないでね、食いしん坊トリオ」

圧倒されていると、渉といっしょに武蔵くんがやってきた。えーっいろいろお話聞きたぁーいっと娘たちは駄々をこね、ねえねえ奥さぁんとがんばったけれど、武蔵くんが私の姿をかくすように割って入り、もう一品のおかずをお盆の上に足した。私はえっと息をのんだ。反射的に吐き気がこみ上げてきた。でもさすがに他人の前で醜態はさらせない。というより、四年ぶりの武蔵くんの手料理だ。私は心の中で深呼吸し、いただきますと手を合わせた。めしあがれ、と四年ぶりに返ってくる声。周囲の好奇の目が、料理に箸を伸ばすのを見守っている。

「……おいしい」

私は口もとをほころばせて言った。わあっと三人娘が歓声をあげた。ですよねマスターのしょうが焼きサイコーですよねっていうか一杯どうですかカンパイしましょーよハイどうぞグラスあっ私たちがつぐよりご主人のほうがいいですよねぇほらマスターついでさしあげてっと大はしゃぎで、私は武蔵くんからビールをなみなみとグラスについでもらった。感覚を麻痺させてしまおう。たった一杯では無理だとわかりきっていたけど、私は一気に飲みほした。おーっと拍手が起こり、さらに一杯勧めてくる娘たちを武蔵くんが笑って制止し、私はしょうが焼きを食べつづけ、キャベツもトマトもブロッコリーも、ご飯もスープも、一粒も一滴も残さず胃袋におさめた。でもふろふき大根は手つかずだった。箸を置くこともできず、私は固まっていた。異様な雰囲気に気づき、さすがの三人娘もおとなしくなった。ウソみたいにほかのお客さんも来ない。夜風が商店街の一本道を吹きぬけていく。沈黙をやぶったのはタニさんだった。

「わた坊、食後の散歩につきあってくれんか」

イスから立ちあがり、机に代金を置いて扉に向かう。いいよーんと渉は答え、ちらと私を見てから、タニさんのあとについていった。それに倣《なら》うように三人娘も立ちあがり、マスターごちそうさまでしたー奥さんとごゆっくりー奥さんお話できてよかったですーとあいさつし、バタバタと店を出ていった。ドアベルの音がやけに大きく鳴りひびいた。そして武蔵くんがとなりの席に腰を下ろした。

「ふしぎだね。けさ起きたら、定食にこれをつけようって、頭に浮かんできたんだよね」

こういうことか、渉のやつめ、と武蔵くんは小さく笑い、私をやさしく見つめた。

「琴子さん、大丈夫だよ。食べてごらん。おいしいよ。僕がつくったんだから、おいしいに決まってるでしょ?」

私も夫を見つめかえした。武蔵くんだ。武蔵くんだ。夢でもいい。この四年、後悔でいっぱいで、夢さえも見られなかったのだから。

私は大根に箸を入れた。ほろりと崩れた。ゆずみそといっしょに口に含む。

「ね、おいしいでしょ」

私はうなずいた。黙ったまま何度も何度もうなずいて、武蔵くんの胸にしがみついた。あったかい。心臓の音がする。ちゃんと鳴っているように、私には聞こえる。しゃくりあげる私の背中に武蔵くんが両手を回して、ゆっくり上下にさすってくれる。あったかい。会いたかった。会いたくて会いたくて会いたくて、ふっと名前を叫びたくなる闇を幾夜も幾夜もやり過ごしてきた。

「もうお店閉めちゃおう。琴子さん、食べたいもの、なんでもリクエストしてね」

武蔵くんは私の頭をポンポンとなでると、ミニ黒板を回収しに外に出ていった。商品棚にお総菜はほとんど残っていない。私は残りの大根を食べた。お出汁まで飲みほした。

「ごめん琴子さん、もうひとりだけ、お客さんいいかな」

すると戻ってきた武蔵くんが小声で話しかけてきた。きれいにカラになった私のお盆を持ち上げ、キッチンに入っていった。代わりに私のそばに座ったのは、小柄なきれいな女性だった。三十代前半ぐらいだろうか。肩まで伸ばしたまっすぐな黒髪が印象的だった。

「マスターの……いえ、渉ちゃんのおかあさんなんですか？」

「あ、はい」

わあ、と彼女がうれしそうに笑った。商店街の人々、三人娘、タニさんにつづき、なんとも渉は交友関係が広い。

「じゃ、おかあさんも、渉ちゃんみたいなふしぎな力があるんですね？」

「いえ、なんていうか……きょうは特別に渉に連れてきてもらった……ような感じで」

「えっ、じゃあ私、おじゃまじゃないですか」

女性はあわてて席を立とうとし、私もあわてて席に引きとめた。彼女の首もとで華奢《きゃしゃ》なネックレスが大きくゆれた。そのめずらしいデザインに私はハッとなった。

「シマウマが……なんて鳴くかご存じですか？」

彼女は私の視線が首もとに集まっているのに気づき、「ああ」と軽くネックレスに触れて笑って答えた。

「あっけなく正解出しちゃっていいですか？　ワンワン、ですよね」

私はうなずいた。彼女は繊細な縞模様の小さなシマウマを、愛しそうに指先でなでている。渉にシマウマの鳴き方を教えたのは、この人ではないのだろうか。

「でもめったに鳴かないんです。だからシマウマの鳴き声を聞けた人には、幸福が訪れるんですよ」

「お待たせしましたハナさん。ごゆっくりどうぞ」

そこへ武蔵くんが日替わり定食を運んできた。

「いえいえ超特急で食べますんで、すみませんこんな夜に」

ハナさんはさっそくふろふき大根に箸を入れ、はふはふしながら食べはじめた。武蔵くんはにっこりして、キッチンに戻っていった。あまりの偶然に、私は驚くよりも半《なか》ばあきれていた。ハナさんは本当に急いで食べていた。私はピッチャーのお水をグラスにそそいであげた。ありがとうございますと彼女は会釈し、その首もとでまたキラリとシマウマがゆれた。

「河田さん……ですよね？」

確信に近い声で尋ねると、河田さんの奥さんの箸が止まった。驚きに満ちた目の色は、やがて少しかげり、彼女は箸をお盆に置き、まっすぐ私に身体を向けてきた。

「もしかして夫の……今の奥さま……なんですか？」

「えっ、いえいえちがいますよ」

私はあわてて否定した。渉が動物園で迷子になり、河田さんが保護してくれ、たまたま知りあったことを早口で説明した。

「あ、そうなんですね。すいません、へんなこと言っちゃって」

ハナさんは笑った。でもかげりは目の奥に留まっていて、ハナはこの世界での名前で、シマウマのハナからもらったと教えてくれた。ハナも河田さんも元気だと伝えると、ハナさんは安心したように笑った。武蔵くんが洗い物をする音がかすかに聞こえてくる。私は河田さんの奥さんをすぐそばで見つめ、離れた夫の存在もすぐそばに感じながら尋ねた。

「再婚したら……いやですか？　あ、まだ河田さんは独身ですけど」

ハナさんは少しのあいだ黙っていた。その横顔は考えているというより、改めて気持ちをたしかめているという感じだった。

「いえ、いい人を見つけて再婚してほしいです」

ハナさんははっきりした声で言った。

「子どもも、ひとりかふたりもうけて、幸せな家庭を築いてほしいです。あ、さすがに四人は無理でしょうけどね」

最後にほほえむと、彼女はまた定食をぱくぱく食べはじめた。目の奥のかげりはまだ留まったままだ。けど、それは仕方のないことだと思った。そして十五分ほどで食べ終わるとハナさんは席を立った。私と武蔵くんはならんで扉の前で見送った。すると店を出てすぐ、ハナさんは遠慮気味に振りかえった。

「……あの、琴子さん、おねがいがあるんですけど」

無意識なのか、ネックレスのシマウマに指先で触れている。

「あの、もうすぐ夫の誕生日なんです。よろしければケーキを贈っていただけませんか。ふたりでよく行っていたケーキ屋さんがあるんですけど、彼、とくにチーズケーキが好きなんですけど、すごく可愛らしいお店だし、ひとりでケーキを買いにいくような人でもないし、好きなくせに久しく口にしてないと思うんです。ぶしつけなお願いだとは百も承知です。代金もお支払いできません。でも、どうか引き受けてくださいませんか」

ハナさんは深く深く頭を下げた。シマウマの声を聞いた人には幸福が訪れる。それはたとえこんな形でも。私は明るい声で答えた。

「任せてください。チーズケーキのひとつやふたつ、お安いご用です」

ハナさんもパッと明るい表情になって頭が上がった。それじゃあ、と河田さんの誕生日とお店の場所を手帳に書きこみ、そのページをちぎって渡してきた。ハナさんは振りかえり振りかえり私たちに手を振り、私たちも彼女が見えなくなるまで見送りつづけた。そしてふたりで店じまいをしていると、渉がタニさんに連れられて帰ってきた。私たちはタニさんにお礼を言い、店の灯りを落とし、親子三人で調理場のテーブルを囲んだ。

「ほんとにこんなのでよかったの？」

武蔵くんは物足りなさそうに言いつつ、テーブルの真ん中に置かれた両手なべから、丁寧に夜食をお椀によそってくれた。

「うん、こういうのがよかったの」

私はにこにこしながらお椀を受け取った。インスタントラーメンの袋をふたつ開け、冷蔵庫の余り野菜を炒め、売れ残りのチンジャオロースを加え、最後にふわふわ玉子をトッピング。料理している武蔵くんの後ろ姿を眺め、できあがったしょうゆラーメンを取り分けてもらい、親子三人でふうふうしながら麺をすすった。

武蔵くんのメガネが湯気でまっ白にくもる。それを見ながら私はひそかに笑う。やがてレンズのくもりが取れて目が合う直前に視線をそらす。そしてまたレンズはくもる。私はまた見つめる。そしてまたそらす。ちらと、次に顔を上げたら、すでに武蔵くんがこっちを見ていた。私たちはプッとふきだして笑いあった。つられて渉も笑いだした。世界でいちばんおいしいインスタントラーメン。

食後まもなくして、渉がうとうとしはじめた。私たちは娘をベッドに寝かせにいった。シングルベッドでせまかったけれど、私と武蔵くんも渉をはさんで横になった。夜が深まっていた。渉は寝息をたてている。

「言わないんだね」

私たちは渉のお腹の上あたりで手をつなぎ、渉を起こさないような声で武蔵くんが話しかけてきた。

「なにを？」

「ここにいたいって。僕とずっといっしょにいたいって。龍一は言ってくれたのに」

「あの子、そんなこと言ったの？　ていうか、龍ちゃんもここに来たことがあるの？」

「あるよ。おとなしかな。くわしく事情は訊かなかったけど、いろいろ抱えて弱ってたんだろうね。そういうとき、人はこの世界に迷いこむから。でもだいたい一回きりだよ。だから琴子さんも今回かぎりだと思う」

武蔵くんが少しだけ手をつなぐ力を強め、渉はレアケースだよ、とほほえんで娘の前髪をもう片方の手でやさしくなでた。

「でも渉もそろそろ来なくなると思う。僕がそろそろここから去る時期だろうから」

なんて答えていいかわからず、私は武蔵くんよりもっと強い力で手を握りかえした。そしたら武蔵くんがその手を離して私を抱きよせ、そっとキスをした。

「……私は言わないよ」

「え」

「だって私がいないと山田家が成り立っていかないもの。子ども四人食べさせていかなきゃいけないいんだから。しかもそのうち三人は、なにかとメンドーな女子よ」

「だね。琴子さんは太陽だ。ほんとお疲れさまです。心よりソンケーします」

武蔵くんは笑った。私も笑った。

「龍ちゃんもね、最近男くさくなっちゃって。あの子、高二になったあたりから、ごくしぜんに一人称をオレに移行させたのよ」

「へえ、大人になったんだなあ」

「ボクのほうが似合ってたのに。しかも家計簿の鬼だし。クレジットの明細チェックしては、無駄遣いは控えるように、だって。必要経費だっつの。まったく可愛くないったら」

武蔵くんがまた笑った。私もまた笑った。そして時間の許すかぎり、この四年の子どもたちについて話した。武蔵くんはうんうんと楽しそうに聞いてくれた。話しているうちにだんだん眠くなってきた。私は重くなっていくまぶたを必死に持ち上げた。琴子さんもう眠って。武蔵くんは私の前髪をやさしくなでて言った。それからおでこにキスして、長い髪にキスして、鼻の頭にキスして、最後にくちびるにキスをした。長い長いキスを。

それは魔法のキスだったみたいだ。ごめんなさいも、後悔していますも、たくさんたくさんありがとうも、愛していますも、ホイップクリームのような甘くなめらかな層に幾重《いくえ》にも幾重にもおおわれてしまい、言葉はすべて消えてしまった。私はゆっくり眠りに落ちていった。やわらかい層の向こうから、幸せを祈ってるよと聞こえてきたのに、私はもうなんにも答えられなかった。

でも魔法のキスは呪いを解くものと決まっている。私は長い長い眠りから覚めた。いつもの寝室で横になっていた。でもひとりじゃない。ぬくもりにドキッとした。でももちろんそれは渉の手だった。私たちは昨夜と同じかっこうで、ベッドの真ん中で手をつなぎあっていた。渉はまだ熟睡していて、あまりに気持ちよさそうに寝ているので、私もまたまぶたを閉じた。そして次に目が覚めたとき、部屋にはさんさんと陽が射しこんでいて、龍ちゃんがベッドの横で仁王立ちしていた。

「なんっべん起こしにくりゃいーんだ！　いいかげんにシャキッと起きろっ」

思いっきり怒鳴られ、私と渉はさすがに飛び起きた。もう七時半を回っていた。急いで顔を洗い、着替え、透と蛍は冷たいものですでに登校していて、私と渉が朝ごはんを口に詰めこんでいるあいだに龍ちゃんも玄関でくつをはきはじめ、お茶碗と箸を持ったままいってらっしゃいと言いにいくと、龍ちゃんはじっと数秒こちらを見つめ、そのあと目をそらし、照れくさそうにいってきますと答えるもんで、思わずほっぺたにチューしようとくちびるをつき出したら例のごとく見事によけられた。龍ちゃんは笑った。私も笑った。そして私と渉はなんとか八時前に車に乗りこんだ。近道を駆使して小学校へ急いだ。渉の髪は寝ぐせだらけ。私もスッピン。信号待ちのすきま時間でメイクするしかない。赤信号になったとたん、ファンデーションを塗りたくっていると、後部座席のジュニアシートから話しかけられた。

「おかーさん、ラーメンおいしかったね！」

渉はうれしそうに満面の笑みだ。信号が青に変わった。

「うん、さすがおとうさんだったね！」

私はアクセルを踏んだ。沿道の桜の花が咲きはじめていた。来なければいいと思っていた春は、とても美しかった。


「お誕生日おめでとうございます」

シマウマ舎の前で、私は河田さんにケーキの箱を差しだした。河田さんはぎょっとなって一歩後ずさった。

「……どんだけ個人情報流出してるんですか。金子さんルートですね？」

「いらないならいいですけど。大好きなお店の、だぁーいすきなチーズケーキなのに」

えっと、河田さんはケーキの白い箱に印字された店名に目を凝らした。次に私に不審そうなまなざしを向けてきた。

「ハナさんに教えてもらったんです。正規ルートですよ。ねー？」

私がハナに笑いかけるもので、ますます河田さんの不審はつのったようだ。でも「これホールケーキですよ。出血大サービス」と言うと、思わず手が出たようで、ぶじケーキは受け取ってもらえた。私はニヤリとした。

「ほんとにハナはＵＭＡなんですね……なんでも見通している。そしてじつは私は動物と心で会話のできる特殊能力者で……」

「ハイハイありがとうございました。あとでおいしくいただかせてもらいます」

河田さんは頭を下げると、じゃ仕事に戻るんで、と背中を向けた。私はあたりを見回した。まもなく四月。園内のあちこちに植わっている桜の花も満開に近づいている。その美しさに引き寄せられたらしく、平日なのにきょうの動物園はにぎわっている。週末はもっと多くの人出が見込まれるのだろう。ほんとにきれいだなあと、淡いピンク色に見とれていると、あ、そうだ、と呼びかけられた。

「山田さん、年パスって持ってますか？」

「え？　パス？」

「年間パスポートです。一年間有効で、三回来園したらモトが取れますよ。頻繁にいらしてるんで、もし買ってないんだったら、もったいないなーと思ってたんです」

それだけ伝えると、河田さんはまた背中を向けて歩きだした。私はカーキ色の制服の後ろ姿をしばらく見送った。パスポート。私はフェンス越しのハナに尋ねてみた。

「どうしよっか。ハナには会いたいな。ていうかあの人、天然なわけ？」

ハナはこちらを見ているだけで、もちろんなにも教えてくれない。やがて私から離れて広場を歩きはじめた。私もシマウマ舎を離れ、ピンク色が点在する園内を歩きはじめた。風がくすぐったいほどにやわらかい。これからいい季節だ。ゴールデンウィーク、夏休み、お盆あたりには夜間動物園も催されるだろう。三つ子たちが行きたいとせがむはず。お得なんだから家計簿の鬼のお許しも出るはず。

私はコートを脱いだ。うーんと大きく伸びをした。このあいだまで広場に出されていなかった、寒さに弱いカピバラやリクガメやプレーリードッグも元気に動いている。ソフトクリームをなめながら、私も元気に有休最終日を満喫することにした。

# 母さんの料理がへたすぎて

僕の名前は山田龍一朗《やまだりゅういちろう》。この春ぶじに高校三年に進級した十七歳。身長一七〇センチ、靴のサイズは二六センチ、朝イチでスマホで検索するのはスーパーのネットチラシ、とりあえずの目標は来年ぶじに東京の調理師専門学校に入学すること。

高三になってクラス替えがあった。

まあ、そんな予感はしてたけど、今年も佐藤《さとう》と同じクラスになった。これで十二年同じだ。小一から高三までずっといっしょの教室で過ごすなんて、どう考えても教育現場で闇の操作がおこなわれているとしか思えない。いったいなにが目的なのか。どんな計画が進められているのか。十二年という長きにわたる調査によって、いかような研究成果を得ようというのか……などと考えていたら、席替えでも前後になってしまった。公平公正なるクジ引きのはずなのになんたる偶然……いや必然なのか……今年の担任も闇の組織の一員なのか……などと教壇に立つにこやかな女教師をジロジロ観察していたら、よっこいしょーと、やけに可愛らしい声の持ち主が前の席まで荷物を運んできた。椿原《つばきはら》さんだった。

「山田くん、ご近所さんだねー。今年もよろしくー」

白百合のような清楚な笑顔がキラキラと輝く。闇の組織もたまにはいいことをする。

「う、うん、よろしくね」

僕らは席に座った。椿原さん、僕、佐藤の順番だ。

うたた寝寸前だった始業式が先ほど終わり、ついに三年生スタート。さっそくホームルームで進路調査がおこなわれた。

教師が進路調査票を配る。なんと今年の担任は青木《あおき》先生だ。十五分後に回収しまーすとほんわかした緊張感ゼロの声で告げ、教壇そばのパイプ椅子に腰かけて文庫本を開いた。

僕は調査票に目を落とす。まず進学なのか就職なのかに〇をつけ、第一志望から第三志望までの空欄に記入した。二年生になっての初日にも同じことをしたけれど、それ以来、キリのいい時期に、何度も同じような用紙の空欄を埋めてきた。みんな少しずつ、将来が具体的なかたちを取ってきていることだろう。僕の志望は一貫している。学校の名前や志望の順番が変わったりはしたけれど、進路の方向性はぶれていない。だから今回もサラサラ～っと書いて、あとは美しい後ろ姿に見とれていた。

長い黒髪がきょうはポニーテールに結ばれている。ヘアゴムは黒・紺・茶系と地味な色にすべしと暗黙の校則で決まっているので、つややかな髪は紺色のシュシュでまとめられ、陽の光を受けたうなじはさらに白さが際立《きわだ》っている。あまりにガン見してたらヘンタイになってしまうので、僕は頃合いを見計らって視線をそらした。しぜんと進路調査票に目が落ちる。椿原さんはなんて書いたんだろう。野球部のエースは意外にも理系でクラスが分かれてしまった。そしてふたりが別れたという噂を耳にしたのだけど、真実だろうか。

「ハイ、じゃあ後ろから回していってね～」

制限時間がきて、青木先生が用紙を提出するように指示した。いちばん後ろの席から前へ前へと紙がリレーされる。僕は佐藤から受け取った。こいつはなんて書いたんだろう。

罪悪感と好奇心がせめぎあった結果、ちょっとぐらいかまわないよなと好奇心が勝って、僕は裏返してあった紙をそっとめくった。白紙だった。名前さえ書いていない。僕はあぜんとした。思わず後ろを振りかえりそうになった。けど寸前で「山田くん？」とストップしたリレーをふしぎに思ったらしい椿原さんに話しかけられ、まるで悪事をかくすように自分の調査票を上に重ね、「ごめん」と前に回した。

新学期初日は毎度のこと、午前中だけで授業は終わった。運動部のやつらはさっそくユニフォームやジャージに着替えて練習みたいだけど、文芸部にそんなハツラツさはない。一応図書室に顔を出してみたら、青木先生と女の子たちがお昼を食べていて、今年度もよろしくーと一応あいさつしたら食後のおやつを分けてくれて、僕はありがたくマカロンをいただいて昇降口に向かった。

「あれ、部活は？」

下駄箱の前で佐藤と鉢合わせになった。佐藤は陸上部だ。足の速さだけは、うん、潔《いさぎよ》く認めよう、完膚《かんぷ》なきまでに僕が劣っていることを。ところが佐藤は詰襟《つめえり》姿だったのだ。

「ちょっと。休み」

短く答えただけ。ドスンとごついスニーカーをコンクリの床に落とすと、小さく砂ぼこりが立ち、佐藤は両足をつっこんだ。僕もそれ以上はしゃべらず、靴をはいた。そして同じ方向に歩きだした。小学校区が同じということは、家がごく近所ということだ。

「あれ、教科書取りにいかねぇの？」

あしたからさっそく授業が始まる。きょうまでに契約書店に受け取りにいかないと困ることになる。学年やクラスや選択科目を申告して、みんな個人で店まで取りにいくのだ。佐藤は足を止め、ぼんやりと僕のほうに顔を向けた。

「ああ……そっか」

　ぼんやりしたままうなずくと、黙ってついてくる。すっかり桜は散って、代わりに沿道のツツジが目覚めはじめている。色づきはじめた硬いつぼみがツンと天を向き、黄色い交通安全カバーたちが車道をはさんだ向こうの歩道を集団で歩いている。全然傷んでいないランドセルはふっくらして大きくて重そうだ。学校に慣れるまでしばらく午前授業なのだろう。でもピカピカのランドセルも一年でだいぶボロくなるのだ。僕は去年の今ごろの透《とおる》たちのようすを思い出し、さらに僕らがはじめて出会った一年一組の教室の日なたくささを思い出し、そしてさっきの真っ白な紙を思い出した。

「おまえさ、進路なんて書いた？」

　前を向いたまま、なんとなく訊いてみる。でも返事はない。佐藤のほうにちらと目をやると、ピカピカの一年生のにぎやかさをぼんやりと見つめている。

「進学だよな？　大学？　やっぱり陸上が強いところにいくのか？」

　具体的に訊いてみても、やっぱり返事はない。なんなんだろう。二年のころは即答じゃなかったっけ。スポーツ推薦枠のある行きたい大学があるとかなんとか……。書店が見えてきた。

「俺はさ、今さら言うまでもないだろうけど、調理師専門学校。大学で栄養学とか基礎から学んでみるのもいいかと思ったんだけど、やっぱり実践優先だよな。日本有数の講師陣からプロの技をたんまり盗んでやるつもり。あ、逆に、俺の実生活にもとづく時短技を盗まれたりしてな」

茶化して言うと、「ふうん」と、ようやく返事が聞こえてきた。僕は切れ目ができないようにつづけた。

「でさ、将来はもちろん料理人になる。一流のシェフを目指す。卒業したら何年かホテルの厨房とかで修業して、あ、海外に行ってもいいかな、それでいつか自分の店を持ちたい。でも海外に行ったら、そのまま世界を渡り歩いたりして。いろんな店で働いて、世界じゅうの人に俺の料理を食べてもらったりして。でも、今なら、日本にいてインバウンドに料理をふるま」

「……っせえ」

「は？」

「うるせぇんだよ。さっきからベラベラベラベラ。そんなに偉いんか。将来の夢があるっつーんは」

「そ」

んなこと言ってねえだろ、と言いかえしたかったのに、佐藤の迫力につぶされた。目がまじだ。真っ赤に燃えている。それにふっと、薄い笑みがにじんだ。

「山田はいいよな。夢、簡単にかないそうだもんな。調理師なんてちょっと経験積めばだれでもなれんだろ？　それをまあ、えらっそうにベラベラと」

「てめ」

声を荒らげる前に佐藤は踵《きびす》を返した。書店は目の前だというのに走り去っていく。

さすがに少しぐらいこっちも啖呵《たんか》を切ってやりたくて、僕は追いかけようとした。でも佐藤の足に追いつけるわけがない。すでにかなり遠ざかってしまっている。無駄な努力はすまい。僕は書店の前に留まった。夕飯の準備をする体力は確実に残しておかなければ。でも僕は韋駄天《いだてん》のごとく駆けてゆく佐藤の後ろ姿を目だけで追いつづけた。ちょっと見とれて。口に出したことはないけど、これから先も言ってやるつもりはないけど、佐藤のランニングフォームはきれいだ。小学生のころから走るのが速くて、だれよりも先頭を走っていて、リレーのチームがいっしょになると、これで勝てると心から頼もしかったものだ。僕はそんな佐藤にこっそり憧れていたのだ。足が速い以外はホント平々凡々なやつなんだけど。

僕は書店に入った。店の人に氏名を告げて教科書を受け取った。佐藤のぶんももらっておいてやろうかと思ったけど、本人じゃないとダメだと断られた。そして翌日、英語の時間も数学の時間も、佐藤の机の上はノートだけだった。


「透、じゃがいもはせめて四分割にしてくれ」

土曜日の昼前、僕らきょうだいはキッチンに集まっていた。

「えー？　ヨンブンカツってなに？　トンカツの友だち？」

「いや、ぜったいちがうってわかって言ってるだろ。半分じゃなくて、せめて半分の半分にしろって言ってんの」

僕はまな板の上の新じゃがを指さして言った。どでかいじゃがいもは、半分に切ってもまだでかくて、そんなのが三個も四個もできあがっている。火が通りやすいように、経済的に、できれば六分割にしたいところだが、まあきょうのところは黙っていよう。

透は慎重にじゃがいもを切っていく。お手伝い包丁で。柄の部分にウサギ、ネコ、クマのイラストがそれぞれ描いてある三本だ。先日悩みに悩んで買ったもので、こんなの必要ないと思ったのだけど、僕もふつうの三徳《さんとく》包丁で調理デビューしたのだから、でも「カワイイもの」は母さんいわく女子心を桃色にくすぐるらしい。だから半額シールの貼ってある肉や魚をここぞと買い占め、もやし料理を週三で取り入れ、僕はなんとか費用を捻出した。レッスンに誘導するために。

「ああ、蛍《ほたる》、米はギュウギュウ力いっぱいとがなくていいんだって」

「えー？　じゃあどれぐらい？　具体的に言ってよ」

「だからさ、シャカシャカって感じだよ。ボールを握るような手つきでかき回すんだ」

「ボールなら透のほうが得意よ」

「んなこと言ってないで、苦手なことにも挑戦しろ。あと、めっちゃ流しに米こぼしてっから」

ああ、もったいない……と目の端で惜しみながらも、僕はやっぱりできるだけ手を出さずにグッとガマン。蛍はやさしくシャカシャカ手を動かしはじめた。米一合に対する水の分量を教え、米に水を浸透させる時間を教え、それが夏と冬とでちがうことも教え、そこまで教えたら、なべからいい匂いがしてきた。

「渉《わたる》、玉ねぎの炒め具合はどうだ？」

「へー？　みゃだアメ色になってにゃーい」

「そんなに飴色にこだわらなくてもいいぞ。かきまぜるのに疲れるだけだから。ちょっと茶色になってねっとりして水分飛ぶぐらいで……っておまえなに食ってんだ」

「ちょこ」

「チョコというわりに手にはヨーグルト持ってんぞ」

「食べくらべてんの。かくし味はどっちにしようかなーって」

「かくし味とか知ってるのは褒めるべきところだが、今は玉ねぎに集中しろ。がんばって炒めたのが焦《こ》げると想像以上に心折れんぞ。これは実話だ。気をつけろ」

へーいと、まだ口をモゴモゴさせながら渉は返事をした。押しつけるように木べらで玉ねぎをかきまぜているが、ここでも僕はグッとこらえた。そしてキッチンのすみっこでニンジンの皮むきを始めた。さすがに初日にニンジンの皮むきはさせられない。じゃがいもは新じゃがだから皮をむく必要はなかった。玉ねぎもみじん切りまでは僕がすませた。母さんはのんきに美容院に出かけている。春を軽く通りこし、初夏に近い微風が、リビングのカーテンを揺らし、フローリングで日溜《ひだ》まりも揺れている。

三つ子に料理を仕込む。前々から考えていたことだった。

のんきにパーマをかけにいった母さんには、残念ながらもう伸びしろという希望はない。透たちが小学校に上がったら教えようと思っていた。でもはじめての学校生活に順応するのに三つ子たちもいそがしく、勉強に家事に節約にと僕もいそがしく、十八の春には自分が家を出るという現実味もまだ薄くて、延期に延期を重ねてしまっていた。結果、あっというまに新しい春がめぐってきて、三つ子たちは一年でグンと成長し、僕は進路先を東京に確定していた。

「たっだいまー。わあ、カレーのいい匂い〜」

玄関から母さんの弾《はず》んだ声が聞こえてきた。僕らは玉ねぎ、じゃがいも、ニンジン、ちょっと奮発して国産牛のこま切れ肉を煮こんだなべにカレールウを加え、絶妙なとろみ具合になるタイミングを見極めていた。とりあえずレッスン初日はスタンダードなビーフカレー。絶対条件は大なべでつくること。そしたら二、三日ぶんの夕食は確保できること。三日目でふつうのカレーライスに飽きてきたら、ドライカレーやカレードリアにアレンジできること。もちろんタッパーで冷凍保存が可能なこと。そういうことを僕は三つ子たちに教え、桃色のレシピノートにも書きこんだ。

「おかえり。もうすぐできるよ」

僕は味見をしながら言い、三つ子たちはさっさと母さんに寄っていき、パーマかわいいー、あたしもしたーい、美容院の匂いがするーとはしゃいでる。おみやげのクッキーシューの箱を見つけたら歓喜のダンス。僕はしゃもじを持ち、炊飯器のふたを開けた。そして硬直した。

「……きょうのカレーはパンで食う」

「えーっ？　なんでよー！」

もちろん蛍の不満たっぷりな声が飛んできた。けど僕は黙々とバゲットを適当な大きさにカットしていった。ちょうど食パンもバゲットもあって助かった。炊飯器のスイッチを入れ忘れ、米が炊けていないというサザエさん的凡ミスが起きたとはいえ、はじめてにしては上出来だとしておきたい。先につくっておいたサラダをカウンターにならべ、カレー皿に三つ子がはじめてつくったカレーをよそっていく。

食卓について僕はいつものように号令をかけた。三つ子たちは自分たちでつくったカレーをおいしそうにたいらげた。おかわりしたのは、優雅に髪の手入れをしてきただけの母さんだったけど。僕の頭の中のレシピノートが開く。次はなにを教えよう。ぼやぼやしていたら、またあっというまに春がめぐってきてしまう。

「山田くん、国際料理コンクールって知ってる?」

座れば牡丹《ぼたん》、の椿原さんが前の席から振りかえった。月曜から幸先《さいさき》がいい。朝のホームルームを前に教室はざわついている。僕は心の中でせき払いして答えた。

「うん。まあ、聞いたことあるぐらいだけど」

「じゃ、今年の優勝者って知ってる? あ、十八歳以下の部門で」

僕が首を横に振ると、椿原さんがスマホを取り出し、動画を再生しはじめた。つい先週イタリアで開催されたらしい映像だった。世界的なコンクールは拍手喝采に包まれていた。カメラのフラッシュが無数の星のようにまたたいている。

たくさんの参加者たちは白いコックコートに身を包んでいた。表彰式では恰幅《かっぷく》のいいスーツ姿の初老男性がトロフィーを手にしている。そして名前が呼ばれ、壇上にあがったのはアジア系の少年だった。間違いない。目がくらむほどのフラッシュ。優勝トロフィーを受け取ったのは、なんと辰美《たつみ》だった。

「すごいよねー。この部門で日本人がチャンピオンになったのって初らしいよ。この子イタリアに住んでるんだって。しかも私たちと同じ十七歳。日曜日のニュースでもやってたんだけど、山田くん、見なかったの？」

僕は首を縦に振ることさえ忘れていた。日曜日、僕は、産直市場がオープンする九時から安くて新鮮な野菜を買っていた。ポイント三倍デーのスーパーで肉や魚や卵を一週間ぶん買っていた。最後に激安ドラッグストアに寄り、広告の目玉のトイレットペーパーと歯みがき粉と詰め替えハンドソープを買っていた。さらに昼からはマイナス五歳肌を目指す母さんと、美肌にこだわりだした蛍に引っぱられるかたちで、日帰り温泉に出かけていった。男湯は案外空《す》いていて、とろりとした透明の湯につかり、ぼんやり目を細め、日頃の疲れを癒《いや》していた。帰宅する途中で回転寿司も食べた。それから宿題をしてテレビを見て十時には寝た。歴史にはぜったい残らない、なんてことのない一日だった。しかし辰美は徹底的にちがったのだ。

「あ、佐藤くん、おはよー」

椿原さんの声にハッとスマホから顔を上げると、遅刻ギリギリで佐藤が登校してきたところだった。流ちょうなイタリア語でインタビューに答えている辰美の映像に、佐藤は辰美とわかっていてのことか、ちらと視線を投げた。

「……おはよ」

どっちへのおはよ、なのか。どっちともへのおはよ、なのか。佐藤はあくびまじりに僕の横を通りすぎ、後ろの席についた。ぜったい椿原さんだけへのおはよ、だ。

「……ねえ、ふたり、ケンカしてるの？」

遠慮ぎみに小さく、可愛い声が心配してくれた。チャイムが鳴り、青木先生が教室に入ってきた。三者面談の希望日時を記入するよう、さっそく用紙が配られる。今回も第三希望まで空欄は設けられていた。僕はあらかじめ母さんに確認しておいた日時を書きこんだ。後ろの気配をさぐりながら。ホームルームの終わりに用紙は回収され、今回もいちばん後ろの席からのリレーだった。僕はなんとなく目を合わせず、佐藤から受け取り、じっとり汗ばんだ手で、そっと用紙を裏返してみた。

『渡辺《わたなべ》はすげーな』

右上がりのでかい字。肝心の希望日時は三枠とも空欄のまま。小学生のころのままのヘタクソな字のくせに、挑発という小賢《こざか》しさを身につけた高三のヤツは、僕が用紙を盗み見ることを見通していたのだ。

「渡辺にくらべたら」

とっさに後ろに振りかえりそうになった。でも振りかえらなかった。用紙を盗み見たことを認めることになるから。それとも図星だから？

「……山田くん？」

椿原さんがふしぎそうに振りかえった。そしてぎょっとした。僕はどんな顔をしていたのだろう。あわてて彼女に用紙を回し、ごめんと小声で謝り、その声はかすかにふるえていた。背後からあくびが聞こえる。

あれは本当に佐藤の声だったのだろうか。二度目のあくび。僕は振りかえれない。そして一限から六限まで、なんていうことのない一日が過ぎていった。

イタリアの紺碧《こんぺき》の空の下。

放課後、僕は曇天《どんてん》の空を見上げた。グラウンドでは運動部が走りまわっていた。陸上部はとくに駆けまわっている。佐藤の姿を探したいような、見つけたくないような、僕は横目でフェンス越しに彼らを眺めながら歩き、いつものようにスーパーへ向かった。

透が好きなイチゴがようやく安くなっていた。カゴに入れた。蛍がハマっているトロピカルスムージーも忘れちゃいけない。カゴに入れた。渉が南蛮漬けが食べたいと言っていた。豆あじをカゴに入れた。母さんにはチー鱈《たら》。僕は精算をすませ、ずっしりと重いエコバッグを右手に提《さ》げて帰路についた。見飽きた町の空の下。そして家に入る前、玄関わきのポストを開けたら、紺碧の空が配達されていた。

『龍一朗へ。久しぶり。元気でやってる？』

大胆な性格とは裏腹な、小ぶりで丁寧な字がびっしりとならんでいる。

『じつは俺、国際料理コンクールのファイナリストに選ばれました。このハガキが届くころには、かる〜く優勝をかっさらってると思うんで、祝ってやって（笑）　まあ、実際どういう結果になるかわかんないけど、腕試しできるのは楽しみ。夏休みにいったん日本に帰ります。久しぶりに会おうぜ。おばさんや三つ子たちにもよろしく。Ｂｕｏｎａ　ｆｏｒｔｕｎａ！』

エコバッグの中で、特売の卵のパックが音をたててずれた。

「……おまえはホント、漫画の主人公かっつの」

笑ったつもりが、また僕の声はふるえていた。ホームランを予告して、本当に特大のやつをかっ飛ばすなんて、ほかのだれに真似《まね》ができるだろう。

Ｂｕｏｎａ　ｆｏｒｔｕｎａのあとに追伸があった。そこには同じ十七歳らしく進路について記してあった。でも内容はやはり場外ホームラン級で、しかもまぐれじゃない、大胆ながらもしっかと地に足のついた目標が宣言してあった。

『もう進路は決めた？　俺はバイト先のレストランのオーナーの紹介で、ホテルの厨房に入らせてもらえることになった。フランスに渡るよ。何年か修業して、たぶんまたべつの国に移る。俺の夢は世界じゅうの人に料理をふるまうことだから。老若男女、国籍も貧富の差も問わず。そのための第一歩。まあ、帰国したらいろいろ話そうぜ』

卵のパックがさらにずれて、袋の外まで出てきて、いやな音をたてた。僕はいいかげんしく、玄関のドアを開けて冷蔵庫に向かった。三つ子たちはいったん帰ってから遊びにいったら用意していたおやつのプリンはきれいに食べられ、流しには三個のカップがならび、食べた本人たちは家にいなかった。卵にはひびが入っていた。ウソみたいに全部。

僕は食材を冷蔵庫にしまうと、洗濯物を取りこみ、制服から着替えもせず、テレビもつけないまま、機械的に習慣づいた手つきでシャツやタオルをたたんでいった。日が暮れていく。イタリアではまだ太陽が高いところで輝いているのだろう。

俺の夢は世界じゅうの人に料理をふるまうことだから。

四つ折りにしたタオルの山をぼんやり見つめながら、何度も何度も反芻《はんすう》する。辰美と僕の夢は同じはずなのに、まったくべつの夢のように響いてくる。

ベラベラベラベラえらっそうに。

まったくその通りだった。白紙で迷っている佐藤のほうがまだ正しい。僕は迷わなかった。一瞬たりとも。迷う必要なんてないと決めこんで。将来の目標が少しも定まっていないなんて、とあきれて。なにを説教ぶっていたんだろう。僕は手に入りやすく、そこそこ見映えのする、一応だれからも褒めてもらえる、そんな未来の枠に自分をはめこんでいただけだというのに。それなのに、壮大な夢を描いている気になっていた。

「ただいまー」

三つ子たちの声が玄関から聞こえてきた。その声に母さんの「腹へったー」の声もまじっていて、僕はハッとして時計を見た。まだ六時。母さんが帰ってくるような時間になってしまったのかとあせったけど、たまたまきょうは帰りが早かっただけらしい。僕はほっとして、タオルの山を持って立ち上がった。

「ちょっと龍一ィ、なんで教えてくれなかったのよぉ?」

「なにが」

洗面所でパンストをするする脱ぐ母さんをできるだけ視界に入れないようにし、僕はタオルを種類ごとに棚にしまっていく。

「辰美くんのことよ。なんか世界的なコンクールで優勝したって聞いたわよ、さっき雪乃《ゆきの》ちゃんから。おかあさん恥かいちゃった、ニュース見てない人みたいじゃない」

なんと答えたらいいものか、僕はつい黙ってしまった。すると、そのわずかなすき間にジョークの種を見つけたらしく、母さんは含み笑いでからかってきた。

「あ、ジェラシーだ？」

「ちげえよ」

自分でも驚くぐらいの声が出た。もちろん母さんもびっくりだ。わ、わかってるわよと謝るように小さく笑ってきて、ますます僕はなんて言っていいかわからなくなってしまい、逃げるようにキッチンに入って夕飯のしたくを始めた。

「きょうのごはんなに〜？」

カウンター越しに、ひとり汗だくの透が訊いてくる。スポ根の雪乃といっしょにまた土手沿いでも走ってきたのだろう。

「オムライス。ていうか、メシの前におまえは風呂入ってこい」

は〜いと透はさっさと給湯ボタンを押しにいく。蛍と渉はリビングで宿題。母さんはネットショッピング。僕は玉ねぎ、ニンジン、ピーマン、エリンギ、鶏もも肉を小さく切って、バターを溶かしたフライパンで炒めはじめた。

冷凍ご飯をレンジでチンしているあいだ、卵をボウルに割っていく。すでにひびの入った卵は割りやすそうなのに、不自然に底だけ歪《ゆが》んだ卵は力を加えるたびにポロポロ、カラのかけらがボウルに落ち、気をつけても気をつけてもポロポロポロポロ、僕はイライラをつのらせながら十個全部を割り、イライラを押さえつけながらとろりとした白身にまとわりつく数ミリのかけらを、スプーンで無言のままますくっていった。

調べてみたら、けっこうコンクールというものはあるものだ。

料理大会、クッキングバトル、創作料理コンテスト、開催名こそ違えど、毎年のように各県で行われている。各県を越えて関西、関東、全国大会もあり、小学生対象とか高校生限定とか、年齢制限が設けられているものも多い。ちょうどゴールデンウィークに僕の年齢で出場でき、電車で行けそうな範囲でコンテストが予定されていた。春の味覚料理コンテスト。僕はほのかに発光するスマホ画面をスクロールしていき、開催概要を読み、とりあえず氏名や住所など必須項目を空欄に入力していき、最後の「エントリー」のボタンのところで止まった。これだけ調べておいてなにを迷っているのか、自分でもよくわからなかった。けどなんとなくためらう気持ちが残り、でもこれで優勝できれば少しでも進路先に有利に働くかもと思い切り、赤く誘うエントリーボタンをタップした。

「山田くんもコンクール出るの？」

とつぜん背後から声がして、小動物のごとく僕はびくついた。ひざを机にしたたか打ちつけてしまった。コソコソするようなことでもないのに。

「ご、ごめん、ちらっと見えたものだから……」

椿原さんは長机の角を曲がり、僕の真向かいにきて、もう一度ごめんねと謝ってくれた。

「コンクール？　コンテスト？　って文字が目に入っただけで盗み見てたわけじゃないよ。ていうか大丈夫？」

僕は痛みにもだえながら無言でうなずいた。カッコ悪すぎる。椿原さんはまだ心配してくれつつ、イスに腰を下ろし、英語のテキストとノートを鞄から取り出した。

「勉強してる人、けっこういるね」

小声の指摘に、僕は図書室を見回した。明らかに三年生が多い。一学期の成績までは内申点に影響するので、塾が始まるまでの時間つぶしなのか、図書室を利用する人数が最近増えてきていた。

「椿原さんも、これから塾なの？」

「ううん、図書室のほうが家でやるより勉強はかどるから。あと、きょうは夕飯までのつなぎなの。帰りにマックに寄るつもりだから」

「マック？　家の人は？」

「今夜はひとりなんだ。おかあさん看護師なんだけど、きょうは夜勤で、おとうさんはこの四月から東京に単身赴任中。おとうさんいないと、夜勤の日は夕飯つくるのめんどーなんだって。あんたもう十七でしょって言われちゃった」

「じゃ、うちに食べにくる？」

くちびるがしぜんに招待していた。苦笑していた椿原さんの表情がピタリと止まる。その真顔と目が合い、僕の全身からはドッとへんな汗が噴《ふ》きだした。なにを言っちゃってるんだ自分。僕はあわてて訂正した。

「な、なんてね！　冗談だよ」

「冗談なの？　えーっ？　行きたい行きたい」

「い、行きたいの？　なんで」

「なんでって、山田くんのごはんが食べれるんでしょ。ぼっちマックより百倍いいに決まってるじゃない。ねー、食べたいよー、お夕飯ちょこーっと分けてくれるだけでいいんだよー、山田くん、山田さま、椿原はもうファストフードに飽きておるのでございますー」

なんだこの可愛すぎる生きものは……。椿原さんは両手をこすりあわせるようにして拝み倒している。これで断れる人間がいたら、もうそいつは神にちがいない。

「じゃ、ど、どうぞ……」

まだへんな汗をたらしながら承諾すると、椿原さんはすんばらしく可愛らしい笑顔でよろこんでくれた。僕らは図書室が閉まる五時まで宿題や予習をし、いっしょに歩いて家まで行った。玄関を開け、せま苦しいところですが、いえいえ、などとオバちゃん同士のごあいさつ的な会話をしていると、まあ予想はしてたけど、聞き慣れない真珠色の声をオオカミなみの聴力で聞きつけた三つ子たちがリビングから飛びだしてきた。

「あ、こんばんはー。ほんとに三つ子ちゃんなんだぁ、かわいいー」

椿原さんにニッコリされ、三つ子たちはその場でかたまった。

「あっし、椿原と申す、以後お見知りおきを」

ナゾの見得《みえ》を切ったあと、椿原さんは脱いだ靴をきちんと屈《かが》んでそろえ、改めて三つ子たちにニッコリしてみせた。すると金縛りがとけたように、いっせいに叫び声。

「おかあさーんっ！　おにいがカノジョつれてきたーっ！」

キャアーッとはしゃぎながらリビングに飛んで帰っていく。僕らもリビングに入った。

こんな日にかぎって母さんの帰りが超早い。チョコアイスを食べていて、よりにもよって僕の中学のころのジャージを着ていて、だらりとソファにもたれてテレビを見ていて、「おじゃまします」とあいさつする天使に気づくと、チョコだらけの口をあんぐりと開けた。

「……天女来たれり」

切り口ナナメの感想をのべると、母さんは今さらながら急いで髪を手ぐしでとかし、ソファから立ちあがった。

「まあーっ、どうもどうも、息子がいつもお世話になっておりますぅ、さあ、さあさあ、どうぞお掛けになって、ちょっと龍ちゃんお茶！」

よそゆきの声で命じられずとも、僕はすでにキッチンでカモミールティーを淹れていた。ティーカップを盆にのせて運んでいくころには、椿原さんはソファの両どなりを三つ子にガッチリはさまれて、なぜか母さんはラグの上に正座して、神々《こうごう》しいものに接するように彼女を見上げていた。

「ごはん、今からつくるから。食べられないものとか、ある？」

「ううん、へいき。ありがとう」

椿原さんは女神のごとき微笑とともに返答し、僕はニヤニヤ全開の母さんの視線を無視し、キッチンに戻った。リビングではさっそく雨あられのおしゃべりタイム。

さて、なにをつくろうか。椿原さんは、おかあさんが夜勤だと言っていた。あした、疲れて帰ってくるのだろう。おかあさんのぶんもタッパーに入れて、もらって帰ってもらおう。揚げ物は時間が経つとベタッと油くさくなるし、麺類も伸びてまずいし、水気の多いものは雑菌の繁殖が心配だ。冷蔵庫の中身をチェックしながら僕は考える。じゃがいも、ニンジン、玉ねぎ……。

いつのまにか渉がとなりに立っていた。いっしょに野菜室の中をのぞきこむ。

「またカレーは？」

「いや、肉じゃがにしよう。ちょうど牛肉もチルドに入ってるし」

僕はすばやくエプロンを締め、手を洗い、野菜も洗いはじめた。渉もエプロンのひもを小さな手で不器用そうにちょうちょ結びにしている。母さんセレクトの父さんの遺《のこ》したエプロン。目のチカチカする魚へんの漢字オンリーのやつ。

「渉も気がついたように、カレーは肉じゃがに転用できる。だからカレーつくろーと準備してたのに、カレールウが一個もないことに気づいてもあわてるな。みりんとしょうゆで味つけすれば、りっぱな肉じゃがになる。ただし肉じゃがをカレーに転用するときは気をつけろ。すでに白滝をまぜこんで煮てた場合、白滝入りカレーを食べることになる。食べれないことはないけど、冷凍は難しい。白滝は凍らせると悲惨なことになるんだ」

「ヒサン？　どうなるの？」

「ミイラになるんだ」

僕は米をとぎ、水を吸わせているあいだに、先日アクを抜いておいたタケノコを薄切りにした。じゃがいも、ニンジン、玉ねぎの処理はおさらいの意味もこめて渉に任せた。僕は湯を沸かして削り節でだしを取り、長ねぎ、油揚げ、ワカメ、とうふのみそ汁をつくった。サニーレタスとトマト、茹《ゆ》でて高密閉パックに保存していたブロッコリーでサラダをつくった。落としぶたの下で肉じゃががリズムよくグツグツ踊っている。タケノコご飯も炊飯器でもうすぐできあがりだ。僕はもう一度冷蔵庫をのぞき、ほうれん草を取りだしてさっと茹で、刻んだクルミと和《あ》えてお浸《ひた》しを追加し、お客さん用の飯碗《めしわん》や汁椀《しるわん》や箸を食器棚から取り出したところで、炊飯器がピロリーンと鳴った。

「すごいね、毎日こんなふうにつくってるんだね」

みそ汁をお椀によそっていると、いつのまにか渉ではなく椿原さんがとなりに立っていた。キラキラの大粒のまなこをさらにキラキラにさせ、僕の手もとをのぞきこんでくる。

「私、せめて運ぶね」

そばにあったお盆に手を伸ばそうとするので、僕はつい制止していた。

「うち、自分のぶんは自分でっていうセルフ式だから、あ、でも椿原さんはもちろんいいよ、俺が持ってくから座って待っててよ」

気を遣ったつもりなのに、とたんにさも面白くなさそうな顔になった。椿原さんは僕の手から奪うようにみそ汁の椀を取っていった。どうしたものかと、僕は黙々とみそ汁をよそいつづけ、いつものように汁椀をカウンターに置いていった。三つ子たちがさっそく取りにくる。タケノコご飯も置いていく。不細工《ぶさいく》ぶった顔で椿原さんも取りにくる。それでもじゅうぶんにカワイイんだけど。

落としぶたを外すと、煮つまった肉じゃがから湯気があがった。椿原さんがまたキッチンに来てのぞきこむ。まだ変顔のままで。いつもなら大鉢にザーッとあけて、テーブル中央に持っていくところだ。そしてめいめいが直箸《じかばし》で好きにつまんでいく。僕は京焼《きょうやき》の中鉢をひとつだけ用意していた。眉間にしわを寄せ、タコみたいな口にしている椿原さんを改めて見て、僕は肉じゃがをふだん用の白い大鉢にザーッとすべて盛った。すると、まさに椿のようなくちびるが、ニッと引き上げられた。

「三つ子ちゃーん、ごはんできたよー！」

まるで自分が料理したようにダイニングへ運んでいく。僕は楽しそうな彼女をキッチンに立ったまま眺めた。キラキラのまなこと目が合ったのに、あわててそらさない自分に少し驚いた。僕はお客さん用の小鉢も使わないで棚にしまった。代わりにふだん用の中鉢と小鉢を全員ぶん重ね、サラダボウルにトングをのせ、お浸しは調理したままのノンラップ鉢のまま、すべてを大きな盆にのせ、いつもよりさらににぎやかなテーブルまで運んだ。

椿原さんはぱくぱくと遠慮なく、気持ちよく食べてくれた。三つ子たちもすっかりなついて、こんなおねえちゃんがほしかったーっと、わざとらしく僕に目をやった。母さんもこんなお嫁さんなら最高ねえと、あいかわらずのニヤニヤ顔で言い、やだあ気が早いですよ、お・か・あ・さ・まっと、椿原さんのノリもテンションも絶好調。僕はかなりうれしい言葉を聞いているはずなのに、ちらちら視線を送るのは椿原さん自身ではなく、彼女の器の中身の減り具合だった。

「あ、龍一、見て見て、また辰美くんよ！」

母さんの声に僕の心臓は動揺した。なんでこんなに、というぐらいに。

「え、この人、山田くんの知り合いなんですか？」

椿原さんがテレビに目を向け、びっくりしたように、母さんというより僕に訊いた。僕もテレビに映っている辰美に目を向けた。イタリアの街を食べ歩きする旅行番組で、偶然なのか、いやコンクールで優勝したせいだろう、辰美がバイトしているというレストランが取材されていた。もちろん日本語が話せる調理場スタッフは辰美だけで、彼は愛想よくインタビューに答え、おすすめの魚介パスタをつくってみせ、ちゃっかりレストランの宣伝もしてみせていた。終始、満ち足りた笑顔だった。

「すごいわねえ、すっかりスターの風格ねえ、そうなのよ椿ちゃん、辰美くんは龍一の友だちなの。小学校五、六年のときクラスメイトでね。うちにもよく遊びにきてたのよ。残念ながら中学に上がるタイミングであちらに移住しちゃったんだけど」

「そうなんですか……」

椿原さんの視線を受け止めることができない。そうなんだ、この前話すの忘れてたね、ごめん、辰美とは今でも手紙のやりとりをしてるんだよ、今どき手紙ってところがシブいでしょ。こんなふうに気軽に紹介すればいいのに。でも僕は辰美の存在をかくしたがった。

「そういや、なにかの雑誌にも、写真と記事が載ってたわよ」

母さんが華々しい情報を追加すると、たっちゃんすごーい、と三つ子たちが拍手し、そのパチパチという音を聞きながら、僕はなるべくテレビを見ないようにしてみんなのグラスにお茶を足していった。

七時半になる前に椿原さんは玄関で靴をはいた。送っていくために僕も靴をはいた。またきてねーと三つ子たちは手を振り、その後ろで母さんは謎のガッツポーズを僕にこっそり示し、僕と椿原さんは暮れゆく舗道をならんで歩いた。まもなく五月。外はまだほの明るく、夕焼けの淡いべっこう色に包まれていた。

「お弁当ありがとうね。おかあさん、ぜったいよろこぶ」

椿原さんはランチバッグを持ちあげてみせ、にっこりと僕にお礼を言った。よかったらおかあさんにどうぞと、タケノコご飯と肉じゃがとお浸しを弁当箱につめ、夕飯後に手渡したのだ。僕はうんとうなずき、そのあとはただ自分の影を踏んでいた。

「……辰美って人のこと、気にしてるの?」

やや間の空いたのち、椿原さんが訊いてきた。気遣うような声音が、かえって押し殺していた僕の焦燥感《しょうそうかん》を逆なでした。

「いや、そんなことないよ、うん、まあ、たしかに辰美は昔からすごいやつだったけど、辰美は辰美、俺は俺なわけだし」

「だよね。人とくらべるもんじゃないよね。自分は自分!」

椿原さんは安心したように笑った。僕も笑いかえした。でも心の中はちがった。はたして本当にそうだろうか。とくに今の時期、僕らの年齢、分岐路、これまで積み上げてきたものによって、くっきり浮きあがっている差に、だれもが気づいているんじゃないだろうか。自分は自分。だれかが正当化して築きあげたきれいごとを信じて、いつかめぐりあうだろう運命を待っていたら、時間ばかりが経ち、気づけば顔のない、どこにでも転がっている石ころのような大人になってしまうのではないだろうか。でもあせればあせるほど宝石にはなれない。原石にさえも。すでに辰美はダイヤモンドを磨いているというのに。

「あ、佐藤くんだ」

川をまたぐ橋の上まできたとき、土手沿いの道を見下ろして椿原さんが言った。歩道兼サイクリングロードになっているアスファルト路に、ジャージ姿の佐藤と雪乃が立っていた。コンクリの法面《のりめん》をすべりおりれば、もしくは階段を使えば、さらに芝生のスペースが広がっていて、よくそこで透がバッティングなど雪乃の特訓を受けている。

「あの子だれかな。カノジョかな？」

「ちがうよ」

やけにくっきりとした声が出た。

「そうなの？　いい雰囲気っぽいけど。体育会系〜って感じでお似合いじゃない」

「でも、ちがうよ。あれは雪乃っていって、俺らの小学校からの幼なじみ。佐藤に彼女なんていないよ。ていうかつくってる場合じゃない。あいつ、進路決めてないんだ、全然。高三の春も過ぎようっていうのに、なに考えてんだろうね？　いいかげんまじめに将来について検討すべきなのに。こんなとこで遊んでる場合じゃないよね？」

僕の声は半ばからかうような抑揚を含んでいた。まるで自分をなぐさめるために、佐藤を利用しているようだった。辰美にくらべれば。佐藤とくらべれば。

「あいつ、雪乃もそう。ソフトボールやってるんだけど、妹が言ってたんだけど、プロ目指してるんだって。プロのスポーツ選手なんて、しかもそれで食ってくなんて、夢のまた夢なのに。しかもあいつ三年になってようやくレギュラーになれたらしいけど、それから試合で一本もヒット打ててないんだって。そんなんでプロとか無理でしょ」

椿原さんは黙っている。こんなふうにからかいたいわけじゃない。ひやかしたいわけじゃない。そもそもこんなこと、言いたくなんてない。僕は口をつぐんだ。

見えない。見えない。はっきりと将来の目標を捉《とら》えていたはずなのに、それは既製品にすぎなかった。もう何百何千何万の人たちの手垢《てあか》だらけ。佐藤流に言えば、ちょっとがんばれば容易に手に入る未来。現実的で経済的で合理的。やっぱり僕は、だれかが描いた、きれいでじょうずな絵に見とれていただけだったのだ。苦いつばがのどの奥から上がってきた。それを飲みこめないでいたら、椿原さんから鋭い声が出た。

「……そんな言い方ってないと思う」

僕の心臓はなさけないほどビクリと震えた。

「ひとの夢を否定するなんて、だれにもできないんだよ？」

椿原さんは土手を見下ろしたままだった。ストレッチしている佐藤を見下ろしたまま。

「佐藤くんだって、いろいろ考えてると思う。迷ってると思う。そりゃ山田くんにくらべたら、私たちって、地に足がついてないかもしれない。私、一応進学希望で、大学に行こうと思ってるけど、やりたいことがはっきりしてるわけじゃない。でも、だからこそ大学で一生懸命学んで、自分の道を探したいって思ってる。それって甘い考えなのかな？　ダメなのかな？」

僕は答えられなかった。答えられない理由は自分がいちばん知っていた。そっと佐藤を見下ろす。こんなときになんだけど、やっぱりヤツの脚は美しい。彫刻のようなふくらはぎが夕陽を受け、金褐色になった肌がひかりをはね返している。佐藤と雪乃はストレッチを終えた。これから走るつもりらしく、舗道にならんで足首を回しはじめた。

「……佐藤くん、ひざ治ったのかな」

「え」

「えって……まさか知らないの？　春休みの大会でケガしたこと。たしか全治一ヶ月」

僕は金褐色を凝視した。なにも知らなかった。

「スポーツ推薦、ねらってたと思うな。夏にある最後の大会の結果しだいで、決まるんじゃないのかな。今、いつもの佐藤くんじゃないのに。なんでこんなときなんだろう」

雪乃と佐藤は走りはじめた。ゆっくりとしたペースで。リハビリみたいに。

「山田くん、もうここまででいい。送ってくれてありがとう。お弁当、ほんとにありがとう……じゃ、またあした」

椿原さんは振りかえることなく橋を渡っていった。僕は立ち止まったまま、遠ざかっていく佐藤を見つめていた。なにか大事なことを忘れている気がした。なんでもない、でもあたたかな記憶。小学生のときだろうか。思い出そうとしても、僕はすっかり歳をとってしまって、さまざまに入り乱れるよけいな感情が邪魔をして、僕のこの目では見つけることができない。そして佐藤としゃべらない日々のまま、辰美に手紙も返さないまま、ゴールデンウィークに入り、僕はコンテスト会場のキッチンに立っていた。

結果から言うと、僕は優勝した。参加人数は三十人。保健センターのおっきな調理室にステンレスの作業台がずらりとならんでいて、ふだんは地域の料理教室とか離乳食教室とかの会場として使われているのだろう。保健センターは新しくて清潔で、調理室はガラス張りで、外の廊下をたくさんの人が行ったり来たりして、もちろん立ち止まるギャラリーもいて、僕らはそんな中で主催者が用意した食材を使って料理をこしらえた。

僕は名前を呼ばれ、賞状とトロフィーを受け取った。辰美と同じように。でも想像していたようなよろこびは湧きあがってこなかった。世界規模のコンクールでなく、地方の小さなコンテストだからだろうか。とはいえ、ほかの二十九人は真剣に調理に臨《のぞ》み、審査員のひとりはときどきテレビで見かける人で、その中で一等に選ばれたのだから、誠実に優勝の味を噛《か》みしめるべきだった。でもやっぱりなにかがヘンだった。違和感はどうしようもなかった。三人の審査員それぞれに出した料理は、どの品もひと口ふた口箸をつけられただけ。三十人ぶん食べなきゃいけないんだから仕方ないのだけど、僕は冷えきった盆の上の、食品サンプルの失敗作みたいになってしまった、春キャベツたっぷりのメンチカツ、菜の花と海老のソテー、タケノコの酢味噌和え、山菜の炊きこみご飯、あさりのスープ、いちごのプリン、それらをぼんやりと見つめた。母さんだったらすっかり食べてくれるのに。炊きこみご飯とプリンはおかわりだろうに。想像していたらふっと笑いがこみあげてきて、それをどんなふうに勘違いしたのか、準優勝した高一の女の子が「おめでとうございます」と話しかけてくれた。涙目の笑顔だった。僕はなんて返したらいいのかわからず、ただ自分が場違いな人間だということだけは、はっきり理解できていた。

僕は後片づけをすませたら、まっすぐ駅に向かった。せっかく遠出してきたのに、どこにも寄らず、まっすぐ家へ帰った。

賞状もトロフィーもこれといって家族に見せなかった。一応優勝したことだけは伝えたけど、着替えたらいつものようにスーパーへ行って、当たり前に夕飯をつくった。透が今年もやまんば山で山菜をゲットしてきていたので、炊きこみご飯をこしらえた。思ったとおり母さんはおかわりしてきて、僕はきょうはじめてうれしさを嚙みしめている自分に気がついた。

うれしいのに、うれしいことがなんだか不安だった。自分がすごくちっぽけというか、満たされる世界があまりにも小さく、容易で、こんなんじゃ辰美と同じレベルの世界になんて到底たどりつけないのは明らかだった。おいしいと大口を開ける母さんを見ているとたのしいのに、たのしいこと、うれしいことが、なんだか怖かった。

大型連休が明けたら衣替えとなった。と言っても男子は黒の詰襟を脱いだだけ、という感じで冴えない。一方、女子は紺のセーラー服に白いスカーフだったのが、セーラー服は白、襟はブルー、胸もとは赤いリボンと様変わりして、教室の約半分がちょっとウキウキしていた。そして教室は朝からどよめいた。青木先生が「席替えしま〜す」と、ほのぼの笑いながらクジ引きの箱を教壇の上に置いたせいだった。

「先月したばっかじゃんってみんな思ってるでしょ。小学生じゃあるまいしってあきれてるでしょ。でもやりま〜す。高校生活もついに最後の一年、心残りのないよう、より多くのクラスメイトと話す機会を増やしてほしいんです〜ってことで、廊下側の列から順にクジを引きにきてください」

めんどくさい雰囲気が教室じゅうをかすめた。でも数秒だけ。なんだかんだ言ってまだみんな子どもなので、衣替えの浮かれ気分も手伝って、いっさい文句も出ずに一人ひとりクジを引いていった。僕は窓ぎわのいちばん後ろを引き当てた。なんという幸運。こんなところで運を使っている場合じゃないのに。

「あ」

机を移動させたら、前の席から声がした。思わず出てしまった、というようなひと声。佐藤だった。席替えしたというのに、僕らはまた前後になってしまったわけだ。

「もしもーし、私もいますけどー？」

立てば芍薬《しゃくやく》、の彼女の声も聞こえてきた。つまり前から椿原さん、佐藤、僕の席順。

「くどいようだけど、連休中にオープンキャンパスに行ってきた人もいるでしょうから、進路調査票また記入してねー」

全員が机を移動させ終わってから、青木先生が用紙を配りはじめた。先ほどまでのざわめきがウソのように教室は静まり、シャーペンの音が雨音のように聞こえてくる。調査票を記入するときってこんな音がするんだ。僕ははじめて知った。そして十分ほど経って、用紙はいつもの方式で回収された。

佐藤がびっくりした顔で振りかえってきた。回された僕の紙を、その馬鹿力で握りつぶさんばかり。やがていつかの僕のように、椿原さんにうながされ、あわてて自分のを重ねて前に回した。佐藤はもう振りかえらなかった。ただ、いかり肩になっている。僕はそんな後ろ姿をぼんやり眺めた。

神童が凡人になるなんてよくあること。不意にそんな言葉が頭に浮かんできて、神童のまま成長した紺碧の笑顔も浮かんできそうになって、でもその直前に一限目のチャイムがけたたましく鳴り響いて、僕はほっと胸をなで下ろした。

あした槍でも降るのか、帰宅したら三つ子たちが自主的にキッチンに立っていた。

「あっ、おにいも早くてつだって！」

例のエプロンを締めた渉が、おかえりなさいおにいさまをすっ飛ばし、冷蔵庫を開けたまま急かしてきた。透は野菜を切り、蛍はなべで炒めている。流しや作業台は直視してしまうと泣けてきそうなほどごっちゃごちゃ。

「……とりあえず説明を求む」

僕は鞄を床に置き、いつものエプロンを手に取りながら尋ねた。

「こっせつだよ。しかも右手だよ」

「こ、骨折？　だれが？　母さん？」

「ちがうよ、中山《なかやま》さんだよ。おうちで転んで、手をついて、そのままポキッ」

「そのままポキッ……」

「そう。だからごはんこまってるの。だから渉たちつくってるの」

蛍が炒めた玉ねぎのなべに、透がじゃがいも、ニンジン、シメジ、ナス、今晩使おうと思っていた豚こま肉を一気に加え入れた。シメジとナスをプラスするというアレンジ技を見せている。そして全体に油が回ったら、水も一気にそそぎ入れてふたをした。十五分ぐらい経ってじゃがいもがやわらかくなったらルウを割り入れ、とろみがつくまで待ち、僕が手伝わなくてもみごとにカレーは完成した。

「はい、さっさとおにいは持つ」

ベチャベチャになったフリフリのエプロンを脱ぎ捨てながら、蛍が命令してきた。僕は従順にアツアツの両手なべを持ち、四人でおとなりの中山さんちに向かった。チャイムを鳴らして出てきた中山さんは、本当にガッチリ手首をギプスで固定されていた。

「まー、まあまあまあ、すばらしいごちそうだこと」

居間に通され、なべのふたを開けると、本当にごちそうを見るような目でほほえんでくれた。飴色の棚の上にはたくさんのフォトフレームが飾ってあった。家族写真ばかりだ。嫁《とつ》いでいった娘さんふたりのウェディングドレス姿、その娘さんたちとお孫さんたちの晴れ着姿、亡くなった旦那さんと今より少し若い中山さんの観光地での笑顔、そしてもっと若いときの家族四人の思い出たち。今はもう誰もこの家にいない。この広い二階家に。暗がりのキッチンに洗い物がたまっていた。

三つ子たちは猫と遊びはじめた。大切にされているのがひと目でわかる、つやつやの黒い毛並み。僕は腕まくりをして食器を洗いはじめた。

「悪いわねえ、龍ちゃん。できるだけ汚れものは出さないようにしてるんだけど」

中山さんが申し訳なさそうに、僕の手もとを見つめながら言った。

「気にしないでください、うちにくらべたら全然少ないですよ」

帰ったら泣きながらあのキッチンを片づけなければいけないので、本当に全然なんでもなかった。僕は飼い猫とたわむれる三つ子たちを眺め、まだ申し訳なさそうにとなりに立っている中山さんのシミの目立つ色白の左手をそっと見た。

「……ほんと、お世話になりましたね、幼稚園のとき。ありがとうございます」

「あら、そんな、水くさい。独居老人には、とても楽しい三年間だったわ。最近はおねえさんになっちゃって、あんまり遊びにきてくれないからさみしいぐらいよ」

さみしい、の言い方が言葉の意味とは反対に明るかったので、僕はつい中山さんを正面から見据えた。僕は本当に鈍感だ。三つ子が大きく強くなったということは、中山さんは小さく弱くなりつつあるということなのに。

「……冷蔵庫、拝見してもいいですか」

「えっ？　かまわないけど、いいものなんて入ってないわよ」

僕は冷蔵庫を開け、野菜室や冷凍室も確認した。四人暮らしのときのままの大きな冷蔵庫。僕は本当に鈍感だ。中山さんはいつ骨を折ったのだろう。佐藤はいつからひざを痛めていたのだろう。冷蔵庫にはしなびた小松菜やキャベツや大根やねぎ、芽のはえかけたじゃがいも、大袋のまま開封されていない玉ねぎ、ひげ根の伸びてきたニンジン、豆腐も納豆も卵もチーズも賞味期限が切れ、肉や魚は手をつけられないまま冷凍保存されている。

「……これ、料理してもいいですか」

「えっ、いいけど、もう古いわよ」

「大丈夫です、まだまだ食べられます。それじゃ、今晩は三つ子のカレーを食べてもらって、あしたから僕、夕方にうかがいますね」

「え……えっ？　そんな、いいのよ、それでなくても龍ちゃんいそがしいのに。おばさんのことは気にしないで。出来合いのものですませてるから。けっこうおいしいのよ。それにあと二週間もすればギプスも取れるし」

「まだ二週間もあるじゃないですか。中山さんこそ水くさいですよ。あの野菜たちを放置したら、父さんに叱られます。間違いなく」

僕がやや強引に「じゃ、あした六時ごろ」と笑顔で決めてしまうと、中山さんはまだしぶっていたけれど、やがて笑顔に変わり、「たしかに武蔵《むさし》さんに叱られちゃうわね」と了承してくれた。すてきな笑顔だった。僕の小さな世界がまた反応した。


辰美への返事をまだ書いていない。そして僕は青木先生に呼び出された。まあ、そうなるだろうと思っていたし、それに呼び出しというより、部活中にちょっと図書準備室においでおいでと手招きされただけだ。

「オレンジピール？　ジャスミン？　それともハイビスカスにしちゃう？」

先生はカセットコンロで湯を沸かしながら訊いてきた。いつも集まっている女の子たちは全員外に出てくれている。

「……女子たちは毎日そんなオシャレティーを飲んでるんですか」

「毎日ってわけじゃないけど、烏丸《からすま》くんの卒業記念品っていうか、後輩たちとどうぞってハーブティーセットをくれたのよ。で、ハイビスカスにしちゃう？」

「そういうことをさらりとするあたりが先輩……ハイビスカスにしちゃってください」

「おっけー」

先生の手にはすでに赤みを帯びた茶葉が用意されていた。ガラスポットに沸騰した湯をそそぐと、乾燥した花が息を吹きかえしたように次々開いていく。みるみる鮮やかなルビー色に染まった。先生はグラスにカルピスの原液と氷を入れ、そこにポットの中身をそそぎ、カラリカラリと二、三回かきまぜた。そして僕の手にミルキーピンクの飲み物が渡された。先生も同じものを手にして向かいのイスに腰かけた。

「カルピスとまぜると、甘酸っぱくなって、さわやかなのよ〜」

青木先生は両手をグラスに添え、こくこく飲んでいるだけで、本題に触れてこない。だから僕から切り出してみた。

「白紙の件ですよね。すみません。ふざけたわけじゃないんです」

「うん、わかってるわ。それに調査票の件じゃないの。佐藤くんとのことよ」

「佐藤？」

「そう。そもそも白紙じゃなかったのよ、山田くんの紙。これはなにかのまちがいですって、全部ひらがなで書いてあったの。佐藤くんの字ね。私、国語教師だから、だれの字かおぼえるのは得意なの」

「あいつ、なんで、よけいなこと……」

「びっくりして、心配して、思わず走り書きしちゃったんじゃないかしら。いい友だちじゃない。なのに、ふたり、どうしちゃったの？　それこそよけいなお世話かもしれないけど、クラスの雰囲気もビミョーになってるし、私で相談にのれることならと思って」

「べつに微妙になんてなってないと思いますけど。俺、目立つキャラでもないし」

真顔で言うと、先生も一瞬真顔になり、そのあとクスクス笑いだした。笑いは止まらない。意味がわからない。

「ごめんなさい、悪気はないのよ。山田くんらしいなあと思っただけ」

僕らしいってなんだ。僕はその自分らしさってやつに、嫌気がさしてるっていうのに。

僕はせき払いをし、けっきょく先生も聞きたいはずだから、グラスを机の上に置いた。

「調査票を白紙で出した理由ですけど、これまで正直あんまり深く考えてなかったことに気づいたからです。自分のやりたいことと、できることが、当たり前みたいに一致してたから。でも僕の夢はシェフになりたいとか、自分の店を持ちたいとか、見たことのある、聞いたことのある、だれかの夢をなぞってただけだったんです。世界に打って出たいっていうのも張り合ってただけ。負けたくなかっただけ。夢だと思ってたものが、なんか、ちがうのかなっていうか、ぶれてきたっていうか。もちろん料理は好きなんですけど」

「好きなら大丈夫よ。平気平気」

「そんな、簡単に……」

「だって、ほんとにそうなのよ。ぶれてもいいの。ぶれない人なんて信用できないもの。ぶれない姿勢を貫くことが大事、みたいな風潮があるじゃない？　そういう人が偉いっていうか。ああいうの、私、大嫌い。ぶれろってのよ。ぶれてナンボなのに」

「ナンボっすか……」

「そうっすよ。烏丸くんなんてね、ぶれぶれだったわ。でもね、そういう人のほうがまっとうで、私は好きよ」

青木先生は最後の言葉にハッとしたみたいに、少し赤くなって下を向いた。グラスの中で氷がとけてカランと音をたてた。ミルキーピンクは先生のほおの色を映したよう。先輩が幸せそうでなにより。幸せをお裾分《すそわ》けしてもらったおかげか、僕は少し元気が出てきて、ごちそうさまでしたと言ってイスから立ち上がった。先生はまだ少し赤い顔のまま、僕のほうへ目線を上げた。

「あの、佐藤くんとのことね、うまく仲直りできそうになかったら、私でよかったらいつでも相談にきてね」

「せんせー、教師なら、白紙のほうを心配したほうがいいですよ」

「あら、だから大丈夫なんだって」

先生は自信たっぷりだった。メガネの奥の目がにっこり細められた。僕もつられて笑って、会釈をして図書準備室を出た。


六時を少し過ぎるのを待ち、僕はエプロンと少しの食材を持ち、中山さんちのチャイムを鳴らした。

「いらっしゃい、いそがしい時間にありがとねえ」

扉が開くと、中山さんの口もとが、かすかに光沢を放つ紅《べに》色に引き上げられていた。玄関にみずみずしい花がたっぷりと飾ってある。踵《きびす》を返すと、すみれ色のスカートのすそがひらりと揺れ、僕はその春らしい色を追うように廊下の奥へとついていった。

さっそく冷蔵庫を開けた。青ねぎと大根を取り出して包丁で切り、カチカチの豚バラ肉は電子レンジで解凍した。かつお節とこんぶがあったので出汁を取り、あすの朝と昼も食べられる量のみそ汁をつくった。しなびた小松菜もキャベツも、芽の生えたじゃがいもも、刻んでみそ汁の具にしてしまえば問題ない。ごま油で豚バラを炒め、いちょう切りにした大根も加え、出汁としょうゆとみりんで味つけし、なべにふたをして大根がやわらかくなるまで煮ていく。そのあいだに泥を落として持参したごぼうをささがきにし、ニンジンも細切りにしてきんぴらをつくった。冷凍してあったご飯をレンジであたため、野菜室の奥で眠っていた、ちょうど食べごろのキウイも切ってガラス皿に盛った。煮つまった豚バラ大根に小口切りの青ねぎを散らしたところで、レンジがチンと鳴った。

「ごはんできましたよー」

庭の緑に水をまいていた中山さんに声をかけた。中山さんは夕暮れの淡い光の中で少女のようにほほえみ、サンダルを脱いで、リビングの掃き出し窓から上がってきた。

「まあ、まあまあ、きのうに引きつづき、ごちそうだわ」

席についた中山さんは、湯気の上がる夕飯を見て、口もとをほころばせた。でも僕は決定的なミスを犯していた。中山さんは利き手が使えないのだ。箸が握れない。

「す、すみません、なんか食べづらいものつくっちゃいましたね……」

スプーンで食べられるカレーを選択した三つ子のほうがよほど気が利く。

「あら、心配ご無用よ。この何週間で、左手も器用になってくれたものなの。フォークを使えばきんぴらだって食べられるわ」

中山さんはそう言うと、いただきますと軽く頭を下げ、たしかにじょうずにフォークを使って食べはじめた。けどやっぱり左手はぎこちない。僕の頭の中でレシピノートが開く。と、黒猫がガリガリと網戸を引っかいて帰宅を知らせた。立ち上がりかけた中山さんを僕は目で留め、リビングの網戸を開けにいった。するりと上がりこんだ黒猫は夕飯を急かし、カツオのネコ缶を請求した。そこへさらに夕飯を急かす輩《やから》どもが庭石をケンケンパみたいに跳んできた。勝手に他人の家に上がりこんでくる。僕はいったん家に戻り、ささっと三つ子どもの食事を準備した。しかしいっこうに帰ってこない。呼びにいくと、案の定クロちゃんとたわむれまくりで、中山さんもまじってたのしそうなので、ここで食べたーいというワガママをつい受け入れてしまった。僕はまた家に戻り、夕飯を盆にのせ、中山家とのあいだを何往復もした。そして五人で夕飯を食べた。

中山さんのお皿はきれいにカラになった。すると、きれいに食べてもらえたすべてが、僕のお腹にワープしてきた。僕の小さな世界が満ちていく、例の感覚が広がっていった。でも家族の場合とは少しちがうことに気がついた。僕はやはり少し怖かった。しかし中山さんは幸せそうで、その笑顔に偽《いつわ》りのないことは、お腹にワープしてきた命たちが物語ってくれていた。

食後、みんなでトランプに興じていたら、母さんから「四人で家出?」というメールがスマホに届いた。すでに八時を過ぎていた。僕らはおいとまするこにし、大量の洗い物はあした来たときに洗おうと思った。すると僕の頭の中を読んだように、中山さんが断ってきた。

「龍ちゃん、今夜は本当にありがとう。久々ににぎやかな食卓でたのしかったわ。だからもうじゅうぶん。やっぱり龍ちゃんの仕事をこれ以上増やすわけにはいかないわ」

「いえ、あしたも来ます」

「むりしないでいいのよ。野菜もあらかた片づけてもらったし」

「いえ、来ます……来たいんです、僕が。来る必要が……ある気がして」

中山さんはふしぎそうに首をかしげた。僕は深めに頭を下げた。そしてさよならとおやすみなさいを言って帰宅した。

翌日の夕方六時、僕は中山家のキッチンに立っていた。三つ子たちもエプロンを締めていた。こういうときの順応性が抜群に高い母さんは、車を家においたら、「ただいまー」と中山さんちに帰ってきた。この日は六人の食卓となった。翌々日は七人に増えた。透が雪乃に話したからだ。三日後は日曜ということもあって、一気に十三人に増えた。透が雪乃のほかに亜里沙《ありさ》ちゃん、蛍が烏丸先輩と青木先生、母さんが河田《かわた》さんという飼育員さんと美喜《みき》おばさんに声をかけたからだ。渉からは報告だけだった。「サトーは来ないって」と。そして椿原さんは、たまたま前日に僕とスーパーで会って、「ラッキー」とほくほく笑顔でやってくることになった。食事はランチバイキングスタイルにした。中山さんの家はふすまを開け放てば、十六畳ふた間の座敷として使えたので、三台の座卓をならべ、料理を盛った大皿をならべ、好きに取って食べてもらった。

「龍」

僕がデザートを取りに自宅に戻るため、玄関で靴をはいていたら、雪乃が呼びとめてきた。僕らは徒歩三十秒で到着したわが家にいっしょに上がった。僕は冷蔵庫を開けた。昨夜のうちにつくっておいた、材料をまぜて冷やしておけば出来上がるチョコレートプリン。一個一個カップをトレイの上にのせていくのを、雪乃は黙って見ていた。そしてプリンが十四人ぶんあることに気づいたせいか、ようやく口を開いた。

「……カナちゃんのひざ、もう昔のようには戻らないんだよ」

残酷な宣告が背中をつき刺してきた。僕は冷蔵庫のほうを向いたままで、冷気が体温を奪っていき、長いあいだ開けっぱなしだったせいで冷蔵庫の警告音がピーッと鳴りはじめ、ハッとしてようやく扉を閉めた。

「日常生活に支障はないし、走ることもできるけど、思いっきり全力で駆けることはできないんだ。もとに戻そうとがんばってるけど、たぶん無理。医者からも言われてるし、走るって、とくに短距離走って、そんな甘いものじゃないから」

これはなにかのまちがいです。僕のほうこそ、佐藤の白紙にそう書いてやりたかった。

キッチンの作業台の角に古い傷がある。けさ三つ子に食べさせたホットケーキの粉の袋が出しっぱなしだ。そして思い出した。小学五年のとき、家庭科の調理実習でからかわれ、僕が一度料理を捨てたとき、そういえば佐藤だけは揶揄《やゆ》の輪に加担しなかった。辰美が転校してきて、同じようにからかわれたときも、ハブられたときも、佐藤だけはちがった。クラスのだれもが辰美を避けていたのに、偶然会ったスーパーで、ごく当たり前に話しこむようなことができるやつだった。その日のことを思い出し、僕は小さく笑った。あの日を境に僕は辰美と親しくなれたんだった。

佐藤は、要《かなめ》は、だれよりも正確で尊い目を持っていたのだ。その心の目で、いつも物事の真実を見極めていたのだ。超がつくバカなくせに。算数でゼロ点とったことがあるの、僕は知ってるんだぞ。食う寝る走る以外に取り柄がないくせに。食う寝る走る以外に……。

「龍」

僕はゆっくり顔を上げた。雪乃が、ユキが、おさげ髪だったときと同じ、やさしい目で僕を見てくれていた。

「カナちゃんは強いよ。すごくね。あんなんだから、つきあいの短い人にはわかんないけど。でも龍はわかるよね」

ユキがくちびるを噛んで少し黙った。僕は、一度は使えなくなった右手で、作業台の傷をなでていた。ユキがゆっくり息を吸った。

「……わたしにはムリなの。いっしょに走ってあげることはできても。龍にしかできないんだよ。もちろん龍よりじょうずにつくれる人はいるけど、龍じゃないとダメなんだよ。ぜったいに」

僕にしか、できないこと。雪乃はプリンのカップを一個、作業台の上に取り置き、残りをのせたトレイを抱えて出ていった。閉めきった部屋はまだ五月だというのに蒸し暑い。チョコレートプリンだけが冷たかった。でもじきにぬるくなるだろう。僕は冷凍庫からケーキを買ったときについてくる小さめの保冷剤をふたつ取り出し、カップにラップをし、保冷剤でプリンをはさむようにして、小さめの保冷バッグにそっと入れた。それから玄関の鍵を閉めて自転車にまたがり、中山さんちとは反対の方向に走りはじめた。

「シュークリームだ」

紙袋を差しだされ、佐藤はぎょっとした。朝の教室、開口一番、男子同級生にスイーツをプレゼントされたら、だれでもそんな顔になるだろう。

「……キホンがなってねーぞ、まずはおはようだろうが」

「では、おはよう。で、中身はイチゴクリームだ。生クリームとイチゴの甘酸っぱさが絶妙のバランスだと自負している」

「あ、あっそ……ていうか、日曜からなんなんだよ。玄関前にプリン置き去りとかホラーだろ。サスペンスだ。秘密組織に狙われてんのかと思ったぞ」

「ホラーでもサスペンスでもなく、これはノンフィクションだ。留守だったんだから仕方ねえだろ。でも、食ったんだろ？」

佐藤は答えなかった。けど静かにつばを飲みこんだのが返答にちがいない。しっかりプリンを食って、しっかり僕からだと認識している。

「さて、リクエストがあるなら受けつけよう」

「だから、なんなの、おまえ……」

「そうか、ないようなら、あすは抹茶のパウンドケーキの予定だ」

「いや、だからさぁ」

佐藤がいい感じに戸惑っているところへ、青木先生が「ホームルームはじめまーす」と教室に入ってきた。僕と佐藤のツーショットを見て、あからさまにうれしそうなごようす。

先生は教壇の前できょうの連絡事項を伝えはじめた。僕はいちばん後ろの席できょうのスケジュールを確認しはじめる。六限まで授業を受けたら、今週はそうじ当番じゃないから即下校、スーパーに寄って買い出し、自宅で下ごしらえ、三つ子たちがいたらレッスンも兼ね、忘れずに洗濯物を取りこみ、その後中山さんちに行って料理を仕上げ、三つ子たちもいっしょに食べさせ、そして中山さんとクロちゃんに三つ子たちと遊んでもらっているあいだ、僕は帰宅して抹茶パウンドケーキを焼く。そんな感じで一週間が過ぎた。

【月曜日】
中山さん……海老と帆立《ほたて》のドリア（スプーンで食べられ、ライスもいっしょに食べられてラク。中山さんは帆立が好物）・サラダ・コンソメスープ
佐藤……シュークリーム

【火曜日】
中山さん……肉豆腐（これもスプーンでいける。冷蔵庫に高級和牛が冷凍してあった。さすがわが家とはちがう。お裾分けしてもらえて三つ子たち歓喜）・雑穀ご飯・きゅうりとキャベツの浅漬け・みそ汁
佐藤……抹茶パウンドケーキ

【水曜日】
中山さん……麻婆茄子（これもスプーンでいける。むしろだれしもスプーンのほうがいい。暑い日だったので辛いものにしてみたが、中山さんは辛党淑女と判明。もっと辛くてもへっちゃらよとのコメント）・雑穀ご飯（昨晩の残り）・サラダ・ワカメスープ
佐藤……チョコチップ入りミックスナッツクッキー

【木曜日】
中山さん……サバ缶チャーハン（木曜は中だるみしてくるころ。余り野菜とサバ缶でパ

パッとラクさせてもらった）・サラダ・玉子スープ
佐藤……水曜と同じ（クッキーは大量につくって棒状に丸めて冷凍しておく。そして食べたいときに包丁でカットしてオーブンで焼く）
【金曜日】
中山さん……焼き鳥いろいろ（なぜもっと早く気づかなかったのか。これほど左手でも食べやすいおかずはないではないか。心躍る金曜日というわけで、母さんは片手に焼き鳥片手にビール、中山さんに晩酌をつきあってもらっていた）・ご飯・春菊の白和《しらあ》え・キノコのバター炒め・トマトスープ
佐藤……ブルーベリーマフィン
【土曜・日曜】
中山さんの計《はか》らいで週休二日制導入。最近オープンした、おいしい手作り弁当店を教えてもらった。佐藤はもちろんナシ。
もちろん、僕は通常の倍以上いそがしかった。でもふしぎなことにたいへんではなかった。そんな感じで一週間がまた始まった。
月曜日は三、四時限目が家庭科だった。各自エプロンを持参して家庭科室に移動した。すると新米の家庭科の先生が「きょうは特別ゲストがきてくださってまーす」と、いつもより濃いめの化粧の顔でほほえんだ。みんな何事かと顔を見合わせた。そしたらチャイムが鳴るのを待っていたかのように、キーンコーンとBGMを背負いながら、満を持して家庭科準備室から出てきたのは辰美だった。

「渡辺辰美くんでーす！　みんなはくしゅー！」

先生のテンションにまだついていけないながらも、まばらな拍手があちこちからあがった。クラスメイトの四分の一は「だれ？」と不審そうで、また四分の一は「イケメ〜ン」とざわつき、さらに四分の一は「ちょっと前にテレビに出てなかった？」と気づき、残りの四分の一は小学校が同じメンバーで「あの渡辺だ」とびっくりしていた。

「おまえ、知ってたのか？」

佐藤が小声でわき腹をつついてきたものの、知るはずもない。帰国するのは夏休みではなかったのか。ていうか、なにをフツーに学校に現れてくれちゃってんだ。

「おっ、龍一朗見っけ」

辰美が陽気に手を振ってきて、もれなくクラスメイトの視線は僕に一点集中した。そして先生がせき払いをして説明を始めた。

「えー、知ってる人もいると思いますが、今年渡辺くんは国際料理コンクールの十八歳以下の部門で優勝しました。そして先日、『世界を変えるティーンエイジャー百人』のうちのひとりにも選ばれました。渡辺くんは昔この町に住んでいたことがあり、山田くんと親交が深いこともあって、校長先生に特別の許可をいただいて、きょうはいっしょに授業を受けることになりました。みんなで歓迎しましょうね。はい、では、改めてはくしゅー！」

先生がハイテンションに誘導するまでもなかった。クラスメイトたちは、先ほどとはくらべものにならないほどの拍手を辰美に送った。つられて僕も拍手した。

きっと、いや確実に、僕は料理の腕をくらべられるだろう。想像すると緊張してきた。

でも怖くはなかった。辰美は僕よりはるかに鮮やかな手さばきを披露するだろう。出会ったときから天才だったのだ。その天才が努力を積み重ねているのだから、くらべものにならないのは当然のことだ。僕は陰でみんなに嘲笑されるのかもしれない。それならそれでよかった。

辰美は僕のグループにまじった。前に会ったときより背が伸びて、僕より数センチ目線が高かった。久々の対面ということもあって、やはり緊張はしたけれど、本当に怖くはなかった。先生がきょうはつくりたいものを好きにつくっていい、と満面の笑みで言った。僕のくちびるはしぜんと尋ねていた。

「辰美、なにが食べたい？」

椿原さんが驚いたのが空気でわかった。さっきから僕のとなりで心配そうにしていたから、おだやかな口調は予想外でびっくりしたのだろう。佐藤は驚いていなかった。いつものように腹へったーと言ってるだけ。調理実習のグループは席順で分けられている。

「そうだなあ、龍一朗がいちばん得意なもん」

「そんなんありすぎて困るわ」

「おっと、言ったな。じゃメインはおまえに任せっから、俺はデザート担当ってことで」

「りょーかい」

みんなの視線が僕らの調理台を意識しているのが伝わってきた。僕は三つ子たちにレッスンするように、椿原さんと佐藤に手伝ってもらった。小麦粉で皮をつくり、本来きょうはなにをつくる予定だったのか、ちょうど豚こま肉があったので、それをさらにミンチにし、白菜はなかったのでキャベツをみじん切りにして塩でもみ、ねぎとしょうがとニンニクもみじん切りにし、しょうゆとごま油でシンプルに味をつけ、よく手でまぜ合わせ、できあがった餡《あん》を皮で包んでいった。生クリームを泡立てていた辰美が、おっという顔で笑ってきた。オーブンから甘い匂いがしてきて僕も笑った。そして思い出の味の餃子とシフォンケーキがテーブルにならんだ。

「うまい」

餃子をほおばり、しっかり味わったあと、辰美がなつかしそうな笑みとともに言ってくれた。

「親父さんの味がする。でも龍一朗の味だ」

僕はほっとした。餃子は焼き加減が勝負なので、フライパンに引く油の量、加える水の量、火加減、焼き時間など慎重に扱ったつもりだけど、実際に口に入れてもらうまでドキドキしていた。父さんの笑顔が心に浮かんできた。父さん、小学五年のあの日、辰美をうちに招待してくれてありがとう。餃子パーティーを開いてくれてありがとう。そして佐藤はあの日と同じように、黙々とバクバクと餃子を口につめこんでいる。

「辰美もケーキうまくなったな。お菓子作り、苦手だったのに」

「いや、まだまだだ。親父さんのふわっふわなシフォンケーキがつねに俺の目標だ」

「もうじゅうぶんだと思うけど。超ふわっふわで超うまいんだけど」

「いや、まだだ」

辰美はきびしい顔で、自分のつくったケーキにフォークを入れた。甘党女子代表の椿原さんは悶絶《もんぜつ》。佐藤は餃子と同じパターン。そして家庭科室の在庫の小麦粉を使い果たしたのか、辰美はすべてのオーブンをフル稼働させてケーキを焼いていたので、先生およびクラスみんなの口の中でも、シフォンケーキは幸せにとろけていた。

思い出話と近況報告で昼休みはあっという間に終わった。辰美は五限も六限もいっしょに授業を受け、そうじ当番の僕といっしょに廊下のモップがけもし、文芸部にも顔を出し、ようやく「そろそろ時間だ」と言って昇降口で靴をはいた。たった一日の帰国。荷物はバックパックと丈夫そうなごついブーツだけ。僕と佐藤もスニーカーをはき、最寄り駅へとゆっくり歩いた。

「じゃ、ふたりともまたな」

辰美はきっぷを買って改札に向かった。僕らもまだついていった。すると、改札を通る前、辰美が振りかえった。

「龍一朗、いいかげん返事よこせ。知ってのとおり、俺、友だち少ないんだから」

辰美は茶化すように笑って言った。その笑顔は少しさみしげで、小学生のころのままで、テレビで目にした笑顔とはまったく別物だった。

「うん、書くよ。すぐ。元気でな。イタリアまで気をつけて帰れよ」

辰美はうなずき、発車時刻がせまっているため改札を通った。通り抜けた先でもう一度振りかえり、僕らに手を振り、僕らも大きく振りかえした。そして階段をのぼって行ってしまった。僕と佐藤はしばらく夢の中にいるように、ぼんやりその場に立ちつくし、じゃ、帰るか、と駅を出た。

陸上部はきょうも放課後は部活のはずだ。けど佐藤はジャージではなく制服姿で、僕につきあって辰美を見送ってくれたんだろうかと思っていたら、頭の中を読んだようにとなりから答えが聞こえてきた。

「きょうは病院」

「えっ、だ、大丈夫なのか」

「大丈夫だろ。ユキと走ってんの知ってんだろ。一応の経過観察だ」

僕がほっとしていたら、今度はとなりから笑い声が聞こえてきた。

「それにしても、あいつはホントに同じコーコーセーなんかな。二次元世界の伝説の勇者が、なんかの手違いでこっちの世界に出てきたとしか思えん」

「じゃ、伝説の勇者、新幹線もとまらない田舎のプラットフォームから旅立ってったぞ」

僕らは顔を見合わせて笑った。その笑いには尊敬の意が大いに含まれていたけれど。

「おまえ、渡辺みたいに、やっぱり世界目指すの」

「わかんね。正直、料理がしたいってこと以外、わかんねえんだよな」

「おいおい、大丈夫なんか。俺たちもうすぐ高三の夏だぞ」

「おめーにだけは言われたかねーよ」

「人聞きの悪い。俺はちゃんと決めてるぞ。選手がダメでもトレーナーとか、スポーツに関わる道はいくらでもあるかんな。鍼灸《しんきゅう》とか健康科学とか。医療系の資格も持ってると就職に有利っていうし」

「え、じゃあ大学に行くのか？」

「んー、まだわかんね。行くかもしんねーし、短大か専門かもしんねーし。でも、俺も走るのが好きってことだけはわかってっから」

歩きつづける僕らの上に、梅雨前の青空が広がっていた。心地よい風が襟もとから入りこみ、制服の白シャツをふわりとふくらませる。

「今度の日曜、昼メシ食いにこいよ」

「え」

「中山さん、土曜にギプスが取れるんだ。それで快気祝い。大勢くるぞ。学生は参加費五百円。五百円で食べ放題だぞ。いいだろ」

佐藤は電線にとまっているツバメを見上げ、迷っているフリをしていた。間違いなくフリだ。横顔がニヤけている。

「そうだなあ、唐揚げとハンバーグと海老ピラフとたらこクリームパスタとチョコレートケーキが出るんなら行ってもいい」

「そうか。わかった。つーかおまえは小学生か」

僕らはまた顔を見合わせて笑った。それから僕はスーパーへ、佐藤は病院へと別れた。そして夜、僕は辰美への長い返事を書き、翌朝いちばんにポストへ投函した。

椿原さんと野球部エース（現キャプテン）、青木先生と烏丸先輩、中山さんと社交ダンスで知り合ったというロマンスグレーの紳士、美喜おばさんとダンナのおじさん、母さんと河田さん、雪乃と佐藤、蛍でさえも悠太《ゆうた》くん同伴。

「……なんだろう……むなしくて手に力が入らん……」

十六畳ふた間にはいい雰囲気が充満していた。あまりに縁遠い空気で、主成分は酸素ではなく二酸化炭素なのかもしれず、僕はめまいを起こしそうになった。

「おにいさん、元気出してくださいっ。わたし、一生懸命手伝いますからっ」

お人形さんみたいにカワイイ子が励ましてくれる。ああ、僕があと十歳若かったら。

「ありがとう、亜里沙ちゃん……なんて優しい子なんだ……」

亜里沙ちゃんは清楚なパウダーブルーのエプロンを持参して、いそがしいきょうの調理を手伝ってくれている。妹たちとちがってなんて思いやりのある子なんだろう……親御さんのすばらしき教育のタマモノだ……僕はもう一度「ありがとう」と言って、パッツン前髪の頭をなでなでしてあげた。

「おにい、キモいことしてないで働きなよ」

すると、雪乃に鍛えられた鋼鉄の右足が尻を蹴りあげてきた。

「おにい、それってもうセクハラよ。あたしたちもう小二なんだから」

サボっていた蛍が戻ってきて、透とともに冷たい視線を送ってきた。キッチンの床にうずくまって僕は痛みに耐え、亜里沙ちゃんはオロオロし、渉はケラケラ笑っている。そして涙目で気を取りなおすと、料理の皿をジャンジャン、五人で座敷に運んでいった。

「すごい。さすがは山田シェフ。どれもうまそうだ」

キャプテンが美少女のとなりで褒めてくれた。日に焼けた素肌に白い歯がこぼれてキラリ。爽やかすぎて直視できない。べつに例の噂なんて信じてたわけじゃない。わけじゃないけど、けど、けど……僕は自分の中のエコーを聞きながら、なんだかまた涙目で、それでも料理をジャンジャン運び、佐藤はさっそくバクバク食べはじめている。となりには雪乃。佐藤のグラスにお茶をついであげている。椿原さんの言っていたとおりみたいだ。なんだか僕は、恋をしていたわけでもないのに、幼なじみたちの変化に失恋したみたいな気持ちになっていた。みんな変わっていく。

ふと母さんのほうを見ると、河田さんと昼間っから日本酒を酌み交わしていた。いい笑顔だ。僕は亜里沙ちゃんと三つ子にもういいよと言い、ありがとういっぱい食べてねとほほえむと、ひとりでいったん自宅に戻った。

冷蔵庫を開け、冷えたボウルを取りだす。チョコクリームを表面にたっぷりぬったホールケーキも取り出す。パサつかないよう、百均で買ったケーキの箱に入れておいた。

さあ仕上げよう。絞り袋にもったりしたチョコクリームを入れ、星口金《くちがね》からケーキの上に慎重に絞り出していき、半分までできたところで、玄関の鍵の開く音が聞こえた。

「龍ちゃん、おつかれさまー」

母さんだった。手にはおにぎりやら唐揚げやら、いろいろ盛り合わせた皿を持っている。

「お腹すいたでしょ、朝から動きっぱなしで。ちょっとつまみなさいよ」

「ありがと。助かった。でもちょいちょい味見してるから、けっこう食べてんだけどね」

「それでもお腹すくでしょ」

「うーん、まあそうだけど、満たされてくるから平気」

「満たされてくる？　お腹が？」

僕は答えず、絞り袋を絞って、もう半分も飾りつけた。そして中央に飾るフルーツを用意しようと、冷蔵庫をふたたび開けたところで、母さんの勘が働いた。

「心だ？」

ヒューッと口笛が鳴らされる。そう、僕の心はワープしてきたごはんたちでいっぱい。

「イヤーン、はーとふるー、龍ちゃんってばステキー！」

母さんはテンションが上がり、例のごとくキスしようとせまってきた。もちろん僕は避けようとした。が、たまにはいいかと思って動かずにいると、母さんも避けるだろうと思っていたらしく、でもくちびるがブチュッと僕のほっぺたにくっついたものだから、自分からせまっておきながら「キャア！」と叫んで離れた。久々のチューは酒くさかった。僕は黙々とフルーツを包丁で切り、ケーキに飾りつけていった。母さんもだんまりで、もじもじしている。

「……ありがとう、母さん」

「えっ、キスが？」

「ちげーよ」

即答すると、母さんは不機嫌そうにむくれてみせた。僕はつづけた。

「母さんが料理できなくてよかったってこと。へたすぎてありがとう」

「なにそれ。全然すなおに喜べないんですけど」

「だって、ここまで徹底的にできないと、もう俺がやるしかないじゃん。もしも中途半端にでもできてたら、今の俺っていないと思うから。父さんが死んで大変だったけど、母さんの料理がへたすぎたから、いやでも鍛えられたわけだし。結果オーライ。そういうわけで、どうもありがとうございます」

　母さんは喜んでいいのか、悲しんでいいのか、どっちつかずの表情でかたまっていた。でも僕が絞り袋に残ったクリームをスプーンですくい、口に持っていくと、すなおにパクリと食べ、子どものように笑った。

「ほら、ケーキ、完成したから持ってって」

「え、私が？　これって大トリじゃない。龍ちゃんが披露しないと」

「いいのいいの、俺はちょっと休みたい。さすがに腹減ってきたし、これ食う」

　僕は母さんが持ってきてくれた、てんこ盛りの皿を手に取り、さっさとリビングのソファにドサッと座りこんだ。目の前には父さんの写真。

「じゃ、あとから来なよ。龍ちゃんのぶん、残しとくから」

　僕はおにぎりで口がいっぱいで、返事ができず、目でうなずいた。母さんはケーキを箱に収めて中山さんちに戻った。僕はカーテンを開けて窓も開けた。昼下がりのひかりが射しこみ、風がふわりと肌をなで、父さんは笑っていた。僕はてんこ盛りをすべてたいらげ、さすがに疲れがたまっていたらしく、ソファに横になるとすぐ寝入ってしまった。満腹で気持ちよかった。父さんの夢は見なかった。あたたかなまなざしだけを感じていた。

「おにい、算数のドリルがなーい！」

　妹一号がドタドタと、鋼鉄の両足で階段を駆け下りながら訊いてくる。

「玄関だ。なぜかグローブの下敷きになっている」

僕はフライパンに油を引き、ベーコンをじゅわっとさせながら答えた。タイムセールでゲットした卵を次々割って、ベーコンをフライパンの端に寄せ、目玉焼きも焼いていく。水を加えてふたをしたら一分。

「おにい、ラメラメのピンクのカチューシャがなーい！」

妹二号は三つ編みのまま寝た髪をほどき、くしゅふわワックスをもみこみながら訊いてくる。

「リビングの机の下だ。ていうか、今さらだが、色気づくには早すぎるぞ」

僕はベーコンエッグを五つの皿に移しながら答えた。そしてフライパンをざっと洗い、ふたたび火にかけ、バターを落としてミックスベジタブルとほうれん草を炒めはじめる。

「龍ちゃん、ママの勝負下着がなーい！」

「知るかそんなん。が、もしも真っ赤っかで、超スケスケで、ひらひらレースで、金銀で薔薇の刺繡《ししゅう》があしらわれているものなら、洗面所の棚のいちばん下の引き出しだ」

「なんでよ？　ママのパンツは上から三番目のはずでしょ」

「最近透たちの友だちがよく遊びにくるだろ。ちょうど目の高さで、好奇心で引き出しを開けて、目撃して、トラウマにでもなったら責任がとれん」

「なんでよ？　ナイスセンスじゃない？　あれはいたら商談がうまくまとまるのに」

「それはそれは、わが家のサイフにとっては朗報です。ぜひはきつづけてください。ただしトップシークレットでお願いします」

えーなんでよーとブツブツ言いながら、髪の毛バクハツの母さんは洗面所に入っていく。

僕はシメジとエリンギと玉ねぎをなべで軽く炒め、水を加えて煮立たせ、コンソメ顆粒で味つけをし、キウイとバナナをカットしてヨーグルトに加え、牛乳を冷蔵庫から出し、カウンターに朝食を盛った皿をならべ、食パンをオーブントースターに入れて三分にセットした。それでも妹三号はまだ起きてこない。

「母さん、パン焼けたら、次のパンも焼いといてね」

おっけーと洗面所から返事が届き、僕は階段を上がった。三つ子たちの部屋のドアを開けると、渉はふとんの上に座っていた。

「なんだ、起きてるのか。早く下りてこいよ」

僕は渉のそばに寄った。すると小さな手が、小さめのノートを渡してきた。

「おとうさんから。おにいに渡してって」

僕はハッとした。ためらうような手つきで、ぶ厚いA5サイズのクラフトノートを受け取る。そっと開くと、そこには父さんの小さな字がびっしりならんでいた。レシピノートだ。フライパンやトマトや鶏のへたな絵も描いてある。新しいレシピばかりだ。僕はぱらぱらとページをめくっていき、レシピはノートの半分ちょっとでおしまいで、そのおしまいのページに大きな字で丁寧にこう書かれていた。

『龍一朗の信じる道はすべて正しい道です。つまずいても迷っても、あきらめなければ道は途絶えません。健闘を祈っています。そしてみんなの幸せをずっとずっと、いつまでも祈っています。父より』

「もうおとうさんには会えないんだ。だから最後に渡してって」

　渉の言葉に、僕は息をのんだ。渉はさみしそうだった。でも覚悟していたような明るい笑顔を向けてくれた。僕はもう一度父さんのメッセージを読み、渉に笑いかえし、ありがとうと言って、手をつないで階段を下りた。

　すると一階でトラブル発生。とんでもなく焦げくさい。まさかと思ってオーブントースターのほうを見ると、母さんが泣きそうな顔で、食パンだったものをつまんでいた。

「りゅ、龍ちゃ～ん、ごめんなさ～い……はじめのパンはちゃんと取り出したんだけど、次のパンのタイマー間違えちゃって、き、気づいたら、こ、こんなんに……」

　真っ黒だった。真っ黒とはこのことかというほどの黒さだった。パンが焦げてあんなに黒くなるか？　あれは本当にパンなのか？　いや炭だ。そうだ備長炭《びんちょうたん》だ。母さんが朝からボケてみせて僕からのツッコミ待ちにちがいない。いやちがう。ちがうに決まってんだろ。現実逃避するな自分。

「……もういいよ、しょうがない。それは食べられないから、新しいの焼こう」

　僕は母さんの手から、かわいそうなパンだったものを受け取り、流しに置いた。そしてもう片方の手に持ったままだったノートを、キッチンの引き出しにしまう前にもう一度開いた。

『追伸　琴子さんの失敗は、琴子さんの琴子さんたるゆえんだから、海のように広く深い心で受け入れてあげてね』

　僕は新しい食パンをオーブントースターにセットした。カウンターに自分の朝ごはんを取りにきた渉と目配せして、もう一度笑いあった。そして三分後、きれいに焼きあがったトーストを食卓に運び、いつものように号令をかけた。

「はい、いただきます！」

四人からいっせいに声が返ってくる。

「いただきまーす！」

お皿の中身はみるみる五人のお腹におさまっていく。きょうもいい天気だ。さて、夕飯はなにをつくろうか。

僕の名前は山田龍一朗。この秋で十八歳。将来の夢はまだ未定。でも父さんのようになりたいと思っている。母さんのようにもなりたいと、じつは少し思っている。そして僕も三つ子たちにりっぱなレシピノートを渡してやりたい。

朝食後、三つ子たちを送り出し、母さんも送り出し、僕は制服に着替えた。戸締まりをして家を出ると、中山さんが自宅前をほうきで掃いていて、おはようございますとあいさつした。すっかり右手は元どおり。いってらっしゃいと僕も送り出され、新緑のやわらかい木漏れ日を浴びながら並木道を歩いていった。

今晩は手羽元をゆで卵といっしょに甘酸っぱく煮ようか。新鮮なアジが手に入ったら三枚におろしてなめろう丼にしよう。いや、たまにはビッグなロース肉を買って、トンカツの甘い脂《あぶら》を味わうのもいい。いろいろ考えながら歩いていると、佐藤と横断歩道の前でばったり会った。

「俺らの列、きょう英語の訳、当たる日だな」

あいさつ代わりに言われて、爽やかな朝はどこへやら。

「まじか」

僕は信号が青になったらダッシュで横断歩道を渡った。学校についたら教室のいちばん後ろの席ですぐに教科書と辞書を開いた。よりによって僕が当たる部分はかなり長いセンテンス。英語は一限目。僕が和訳に奮闘している中、ホームルーム開始のチャイムが鳴って、青木先生の「みんなおはよー」というのんびりした声が耳に届いた。

「母さんは料理がへたすぎる」は第一回「おいしい文学賞」受賞作として、
月刊「asta*」２０１８年７月号に掲載されました。
ほかは書き下ろしです。

白石睦月（しらいしむつき）
1982年、山口県生まれ。山口大学人文学部卒。美術史専攻。10年在住した群馬県で、独学で小説を書きはじめ、おもに長編を執筆。短編「母さんは料理がへたすぎる」で第1回「おいしい文学賞」を受賞し、本書にてデビュー。趣味はバードウォッチング。

# 母さんは料理がへたすぎる

発　行　2020年1月12日　第1刷

著　白石睦月
発行者　千葉 均
編　集　門田奈穂子
発行所　株式会社ポプラ社
〒102-8519　東京都千代田区麹町4-2-6
電話　（編集）03-5877-8112
（営業）03-5877-8109
ホームページ　www.webasta.jp

印刷・製本　中央精版印刷株式会社


ISBN978-4-591-16585-0 N.D.C.913 / 310p / 19cm



P8008273